電波女と青春男

入間人間

イラスト†ブリキ

designed

藤和エリオ（トウワ エリオ）

●布団を上半身にぐるぐる巻きにしている女。
●俺の青春ポイントの低下要因。
●身長は160㎝ぐらい（たぶん）。体格は少し痩せ気味。
●日光に当たらない所為で肌は凄く白い。
●髪は切ってないようなので長め。色がそのまんま宇宙人っぽい。
●表情はそこまで変化なさそう。というか、布団があるから表情見えない。
●ずーっと、裸足。

「地球は狙われている」

丹羽 真（ニワ マコト）
●自称、俺。
●身長は170cmちょい。
●田舎暮らしが長かったため、都会に憧れているっぽい。高校生活とか。
●曲がったことがそこまで嫌いなわけでもない。
●青春ポイント獲得に命をかけている。
●いやましで。
「なんかその発音だとさ、『転校せい！』って方言混じりに強要されてるみたいだ」

「へいっ、テンコーセー」

御船流子（ミフネ　リュウコ）

- 同級生。
- 俺の青春ポイントの上昇要因。
- 身長は150cm後半。体格は普通。
- 自転車に乗る際には黄色いヘルメットを被っている。
- 顔の各パーツがのんびりした印象の、緩い系。
- 髪は茶髪で、軽くパーマがかっている。ただ手を入れないとすぐに真っ直ぐになる（本人談）。
- 性格は若干天然入った、普通の人。特徴のないのが特徴とか言ってごまかされてた。

「藤和は宇宙人に誘拐されたって話してたよ。
途中から実は自分が宇宙人で、
地球の観察をしてたとか言い出して周囲をどん引きさせたあげく、
退学していったけど」

前川さん（マエカワ サン）

●同級生。でも下の名前が分からない。
●俺の青春ポイントの上昇要因。
●身長は180㎝ぐらい。体格は針金と勝負できるくらいの細身。
●コスプレ趣味がある。制服とか着ぐるみとか。
●病弱キャラではないのだけど、なんというか虚弱キャラ。
●全体的にキリッとしてる感じ?
●ハキハキと物事を語って、中性的な語尾が多い。
でも、女性であることはちゃんと主張する感じ。

「まいっか、今はマコ君いるしね。
ちょーっと年の若い旦那さん代わりだけど」

藤和女々（トウワ メメ）

- 叔母。年齢は三十九歳。
- 外見は年齢よりは若め、ということにする。
- いつも笑って、深く考えているようで何も考えていない。
- 俺の青春ポイントの……なんだろ。

一章『宇宙人の都会』……10
二章『変態観測』……32
三章『自問・ババ抜きでジョーカーが三枚手札にあったらどうしよう編』……100
四章『失踪する思春期のパラノイア』……154
五章『地を這う少女の不思議な刹那』……220
六章『都会の宇宙人』……244

電波女と青春男

一章 『宇宙人の都会』

現在の青春ポイント合計　±0点

青春ポイントの話をしよう。

青春ポイントの、一度の行動による最高獲得点数《かくとくてんすう》は5点満点。行動の一例《いちれい》を挙《あ》げてみるとだ。

まず1点の行動。これは休み時間に女子と他愛《たあい》ない話をしたり、学校帰りに男友達と飯《めし》を食う、言ってみれば学生生活を真《ま》っ当《とう》していれば大抵《たいてい》、日常的《にちじょうてき》に加算《かさん》されるポイントと言える。ただし青春ポイントは放っておくと日々減退《げんたい》していくので、これだけではプラマイゼロになりかねない。その時その時は何だか楽しかったけど、卒業して振り返ったら特筆《とくひつ》する思い出がなかったぜ、と後悔《こうかい》する可能性《かのうせい》が高いので、現状維持《げんじょういじ》に甘《あま》んじてはいけないのだ。

次に2点。これはさっきの通り、夜の公園で同年代の女子と会話するといったものが代表的か。1点行動に『夜の』とか『部活《ぶかつ》中に』といった、雰囲気《ふんいき》と状況《じょうきょう》を加味《かみ》することで加点されることが多い。1点が基本なら、2点は応用《おうよう》とも言える。こちらは毎日とはいかないが、目聡《めざと》く生活していれば決して少ない機会《きかい》ってこともないだろう。

続いての3点行動まで来ると、成功率《せいこうりつ》にまで随分《ずいぶん》と不確定要素《ふかくていようそ》が混《ま》じってくる。バスケットのスリーポイントと考えてくれたらいい。ここ一番で決めるのは難《むずか》しい、だけど決められればそれまでの流れさえ変えられる可能性も秘《ひ》めている。果敢《かかん》に挑戦《ちょうせん》したいところだ。

恋《こ》い焦《こ》がれる相手《あいて》とデートするのは、十分《じゅうぶん》に3点獲得の領域《りょういき》だ。ただ、ここで大事なのは、正式に恋人同士《どうし》となった相手とデートしても、点数が加算されることはほぼないということである。あくまでも片思いか、恋人未満の相手という条件《じょうけん》が制限されている。

ここら辺《へん》、線引《せんび》きが曖昧《あいまい》で踏《ふ》み違《ちが》えやすい。努々《ゆめゆめ》注意されたし。

他に3点は複数人での行動、といった特別ケースも取り扱《あつか》っている。勢《いきお》いに任《まか》せてみんなで旅行へ行ったとか、部活の引退時《いんたいじ》に何か行《おこな》うとか。ただ、ここまで点数が高まるのは稀《まれ》である。

4点行為《こうい》は、機会が限定されている活動に与《あた》えられることが多い。文化祭《ぶんかさい》が良い代表例だろうか。ただし漠然《ばくぜん》と参加するのではなく、目的意識《いしき》と、それに加《くわ》えて連れ添《そ》う相手次第《しだい》で点数の減点を防ぐ必要《ひつよう》はあるが。

一方、体育祭は余程周囲《よほどしゅうい》の志気《しき》が高まって、熱血風潮《ねっけつふうちょう》が成り立っていなければ点数を加算することさえ難しい。運動能力は個人差が大きい為《ため》、盛《も》り上がりきれない人が大多数だからだ。

卒業式も、やり方次第では点数を引き出すイベントと言える。感傷的《かんしょうてき》な気分に、恥《は》ずかしさを上回って浸《ひた》れる人は狙《ねら》ってみるのも一興《いっきょう》だと思う。

そして5点はある意味、自己基準《じこきじゅん》に大きく左右される。個々の価値観《かちかん》によって、「これだ！」と一つ際立《きわだ》つ思い出があるのなら、それはその本人だけの5点満点となっていいのだ。

異性《いせい》の為《ため》に恥《はじ》も外聞《がいぶん》もなく町を駆《か》け回ったとか、甲子園《こうしえん》で優勝してみたとか。トラウマと栄《えい》光《こう》の混《ま》じり合う境界線《きょうかいせん》を踏み続けて疾走《しっそう》した人間だけが、最高点へ到達《とうたつ》出来る。

1点を獲得《かくとく》出来《でき》ない生活の奴《やつ》は、まずこの5点の片鱗《へんりん》さえ見つけられない。

思春期《ししゅんき》も資本《しほん》社会の中でしか育《はぐく》まれない、ということだ。

要領《ようりょう》と器量《きりょう》に恵《めぐ》まれた奴は、高校三年間で20点以上の貯金《ちょきん》を稼《かせ》ぐことさえ可能《かのう》だ。その貯金はそこから目先《めさき》の進路、大学進学や就職先《しゅうしょくさき》では、大《たい》した価値《かち》を成《な》さないだろう。

だけど死ぬ間際《まぎわ》の満足感《まんぞくかん》が、普通《ふつう》の人とは天と地の差を生む。

人生の『過程《かてい》』はその『結末』の為《ため》にあるのだから、如何《いか》に高校生活が重要《じゅうよう》か分かるだろう。

……ま、暇《ひま》だったから即興《そっきょう》で定義してみただけなのだが。

両手が動いてるのに脳味噌《のうみそ》とは隔《へだ》たりを感じていたので、つい頭を働《はたら》かせてみたのだ。

しかし、段ボールにキュッと私物《しぶつ》を詰《つ》めることに快感《かいかん》を伴《ともな》っている俺は何フェチなんだろう。

整頓《せいとん》フェチ？　上下運動マニア？　長方形信望者《しんぼうしゃ》？

「いやー、人間はほんと分類《ぶんるい》っつーの、ジャンル分け？　が好《す》きだよなぁ」

自分の思考《しこう》に、自前《じまえ》の口で突《つ》っ込みを入れながら鼻歌《はなうた》を演奏《えんそう》して目玉《めだま》はテレビを一瞥《いちべつ》して両手はせっせと荷造《にづく》り。段々と物が失われて寂《さび》しくなる自室《じしつ》の風景《ふうけい》と対照的《たいしょうてき》に俺は浮き足立っている。寝不足気味《ねぶそくぎみ》ではあったけど精神の高揚《こうよう》に引きずられて総合《そうごう》的には絶好調《ぜっこうちょう》だった。

学園物ＲＰＧの主人公《しゅじんこう》が良く辿《たど》る、両親が海外赴任《ふにん》→高校卒業まで後《あと》二年の息子《むすこ》は叔母《おば》の家へ預けられる→転校の権利《けんり》を得てからようやく三日が経過《けいか》して引っ越《こ》しまで残り四日間で、垂《すい》誕《ぜん》中な俺は今、人生の絶頂《ぜっちょう》を迎《むか》えた気分。

迎えている春休みに短いと文句《もんく》を愚痴《ぐち》らなかったのは今年が初めてだ。

むしろ新学期が待《ま》ち遠しい。

何と言っても転校先は都会《とかい》である、クラスの生徒数が二十人ってことはあるまい。購買《こうばい》のパンのメニューがカレーパンだけってこともあるまい。ひょっとしたら学校の敷地内《しきちない》にコンビニとかカット専門《せんもん》十分千円の床屋《とこや》とか開店してるかも知れない。

今まで通ってきた高校生の時間は、青春ポイントで査定《さてい》してしまえば正直、マイナスだった。入学当時を零《ゼロ》と基準《きじゅん》にすれば、マイナス３ぐらいだろうか。日々に消費《しょうひ》されていく、寿命《じゅみょう》に近い減点を補《おぎな》いきれなくて原点の維持《いじ》さえやり遂《と》げられなかった。だけど、これからは違う。

「ふははは、ふひっ」と隣人《りんじん》がいれば隣々人になってしまいそうな薄気味《うすきみ》悪い笑《え》みを浮かべて優越感《ゆうえつかん》に手足を痺《しび》れさせる。テスト期間解放後に見られる、緊張《きんちょう》が溶《と》け出す時の残滓《ざんし》にそれは似《に》ていた。心地《ここち》良い。三半規管《さんはんきかん》が程《ほど》良くイカレた、波《なみ》に揺《ゆ》られる感覚《かんかく》ってやつなんだろうか。

「海、行ったことないからなぁ」都会に住みだしたら、一度は電車に乗って行って、青春ポイントを大幅《おおはば》に稼いでやろう。出来れば女子とペアか、無理《むり》なら男女混成《こんせい》グループに紛《まぎ》れ込んで。

小学校のときに一枚だけ貰《もら》ったことのある賞状《しょうじょう》を二つめの段ボールの底《そこ》に敷《し》いて、その上に紐《ひも》で縛《しば》った教科書一式をどかどか詰め込む。「あーでも、教科書ってあっちで買い直すんかな」

ボロアパートから引っ越《こ》す時に、古い冷蔵庫《れいぞうこ》どうしようかしらと悩《なや》むキューティクル女子大生ばりに首を捻《ひね》って取り捨《す》て選択《せんたく》を楽しむ。

新生活の場の説明には、大半《たいはん》の高校生がこうやって胸躍《むねおど》る要素《ようそ》がふんだんに含《ふく》まれていた。俺が寄宿《きしゅく》する叔母《おば》さん宅《たく》は独《ひと》り暮《ぐ》らしで、旦那《だんな》さんも子供もいないらしい。しかも働《はたら》いてる（まあ当たり前だ）。それはつまるところ、俺には条件付き独り暮らしが約束《やくそく》されているということに他ならない。それは一言《ひとこと》で言うなら『そんな単純《たんじゅん》に表現できるかよ』と突《つ》っぱね青春反《はん》抗期《こうき》まっただ中な高二男子の喉《のど》から手となけなしの小遣《こづか》いと安っぽいプライドを根《ね》こそぎ搾取《さくしゅ》する魔性《ましょう》の環境《かんきょう》だった。健全《けんぜん》な青少年の育成《いくせい》という大人の願いは叶《かな》えられない、捻くれ物の神《しん》龍《りゅう》が俺に気まぐれに味方《みかた》しているとしか思えない。

無茶苦茶《むちゃくちゃ》ウキウキしていた。穀物《こくもつ》を食い荒らす猿《さる》より新生活にがっつこうとしている。田舎者《いなかもの》だからって都会《とかい》っ子の徒党《ととう》の逆鱗《げきりん》に触《ふ》れて苛《いじ》められるんじゃね？　とか恐怖《きょうふ》を抱《いだ》くことも全《まった》くない、いわば全裸《ぜんら》で春のキャンプ場を走り回ってる感覚。

絶頂《ぜっちょう》の絶好調《ぜっこうちょう》だった。


荷物を重力で苛めたり反《かえ》させてみたり屈服《くっぷく》させてみたり（要約《ようやく》すると、かなり無駄《むだ》なことをして）の四日間が過ぎ、いよいよ都会へ引っ越す日がやってきた。

二日前の、教室の壇上《だんじょう》に登っての別れの挨拶《あいさつ》は、流石《さすが》に少し湿《しめ》り気《け》を帯《お》びた。田舎の学校は、小学校、中学校、そして高等学校と教室内メンバーをそこまで変更《へんこう》せずに進学するのが普通だから、一年の付き合いだったとはいえ、顔馴染《なじ》みの度合《どあ》いは深い。

多少は教室をしんみりさせ、それなりに満足《まんぞく》のいく別離《べつり》の風景《ふうけい》と空気《くうき》は作れただろう。俺との別れに公衆《こうしゅう》の面前《めんぜん》で躊躇《ちゅうちょ》なく涙《なみだ》する女子がいたら急遽《きゅうきょ》段ボール箱に詰《つ》めて郵送《ゆうそう》するつもりだったが、しかし特に誘拐犯《ゆうかいはん》などになることもなく今日、十五年近く過ごした土地と、電車の力を借りてサヨナラを果《は》たした。流石に駅《えき》まで見送りに来るシンユーとかはいなかった。両親も、一週間ぐらい前にソコトラ島だかソ連だか知らないけど行って日本を離れていたし。ただ、この別離と未知《みち》への高揚感《こうようかん》だけで、青春ポイントのマイナスを払拭《ふっしょく》して零《ゼロ》に引き戻してくれたのではないだろうか。始まりに相応《ふさわ》しい、心の水平線を見渡《みわた》せる気分だ。

高校入学式の気分を、二回も味わえるのは珍《めずら》しいだろうしな。

二時間半ぐらい、電車の座席《ざせき》に乗って揺られた。途中《とちゅう》の一時間ぐらいは眠っていたみたいで、目覚めるとがら空きだった席の大半《たいはん》が客で、窓《まど》の外から覗《のぞ》ける景色《けしき》の田んぼが人家や工場に領土《りょうど》を奪《うば》われていた。

耳にはめ込んでいたイヤホン（英語《えいご》を使ってはいるが、この文は鼻から鼻血が出たみたいなものな気がする）から流れる音楽も、ランダム選曲《せんきょく》が一通り終了して無音《むおん》になっていた。

ポケットから取り出したｉｐｏｄを操作《そうさ》して、今度は気に入った一曲だけ垂《た》れ流し続ける。

もっとも、寝《ね》ぼけている所為《せい》か右の耳にしか聞こえちゃいなかったけど。

斜面《しゃめん》の芝生《しばふ》に植《う》えた花で文字を描《えが》き、社名と地球に対するエコ活動を呼びかけている会社や富士山《ふじさん》、ついでに海を通り越《こ》すのを、寝ぼけ眼《まなこ》で見続ける内に目的地の駅名《えきめい》が車内放送に取り上げられた。

携帯《けいたい》電話を取り出して、『もうすぐ着きます』と登録《とうろく》も真新《まあたら》しい叔母《おば》さんのメールアドレスに送信《そうしん》する。電車が速度を緩《ゆる》めるより前に、返信が来た。『今、会いに行きます』

「…………」マジなのか冗談《じょうだん》なのか、メールって受け取り方がムズカシイネ。友好的《ゆうこうてき》であると善処《ぜんしょ》を下して、電話を仕舞《しま》った。

大半《たいはん》の荷物は先に叔母さん宅《たく》へ送ったから、手荷物は底がしなびて持ち手が干《ひ》からびた、水洗便所《べんじょ》の綺麗《きれい》な水みたいな臭《にお》いがする鞄《かばん》一つだった。

いつの間にか隣《となり》に座《すわ》っていた紫髪《しはつ》のオバサンに足を引っ込めてもらったので会釈《えしゃく》しつつ、座《ざ》席《せき》から通路へと出る。俺が車両の扉《とびら》へ向かおうとする動きに釣《つ》られてか、通路に立っていた乗客の方々も一斉《いっせい》に駅へ下りる準備《じゅんび》を始める。カッペ極《きわ》まりない俺はその都会人《とかいじん》の横をすり抜ける度《たび》に一瞥《いちべつ》をくれてみるけど、都会マークとかシールとかで田舎《いなか》との差別化《さべっか》を図《はか》っている様子《ようす》もなく、金属《きんぞく》アクセサリーチャラチャラのオシャレさんもいなかった。

都会的な匂《にお》いもまだ嗅《か》ぎ分けられない。高揚感《こうようかん》が少し萎《な》えた。

電車が大都会のホームに滑《すべ》り込む。俺の地元だった駅の六倍は、ホームに並ぶ人が溢《あふ》れかえっている。若干《じゃっかん》の萎縮《いしゅく》。聴《き》いてる音楽をピアノ曲から男性ボーカルの金切り声に変更《へんこう》して、勇《いさ》ましい足取りの為《ため》に足踏みで事前準備を行《おこな》う。電車の自動扉が開いて、俺を先頭《せんとう》にして転がるようにホームへと中身《なかみ》どもの行列が流出《りゅうしゅつ》し始めた。

エスカレーターじゃなくて階段《かいだん》を選択《せんたく》し、改札《かいさつ》へと上がっていく。その途中《とちゅう》、微《かす》かな思考《しこう》。叔母さん。これから同居人《どうきょにん》となる。どんな人だろう。実は面識《めんしき》なし。親類《しんるい》を評価《ひょうか》する唯一《ゆいいつ》の情報源《じょうほうげん》と言える両親からは『大供だな。大人と子供の練《ね》り物』と聞かされていた。だから携帯電話に登録する名前は『カマボコ叔母さん』と決定したわけだが、それが何をどう全体像《ぞう》に結びついていくんだろう。精々《せいぜい》、ヤクルトおばさんを連想《れんそう》してお終《しま》いだ。

切符《きっぷ》を通すときに若干もたつきながらも、改札を通過《つうか》する。そして、左中右の三方《さんかた》へ生まれる人間川の濁流《だくりゅう》に呑《の》まれないように壁際《かべぎわ》へ逃げてから、きょろきょろ探索《たんさく》開始。

隣で彼氏《かれし》との待《ま》ち合わせをしていると思《おぼ》しき茶髪《ちゃぱつ》女子高生よりも露骨《ろこつ》に首を振って、待ち人を探《さが》す。二十七年前に撮影したという兄妹揃《そろ》っての写真《しゃしん》を父に持たされたが、これに頼《たよ》って叔母さん探しをしていたら俺は浦島太郎《うらしまたろう》になってしまう。なるなら桃太郎《ももたろう》の方がいい。

「真《まこと》くん？」

俺の名前が、探《さぐ》りを入れる調子《ちょうし》ながらも呼ばれる。頭の中に、幼少期《ようしょうき》のエジソンばりに宇《う》宙《ちゅう》からの意思《いし》（火星中継《かせいちゅうけい》センター経由《けいゆ》）を送るリトルピープルがいると信じて心中《しんちゅう》で名乗っておくが、俺の名前は丹羽《にわ》真だ。たんばではない、にわだ。そして『しん』じゃなく『まこと』。

右に首を傾《かたむ》け、声の主《ぬし》を確《たし》かめる。三十代って印象《いんしょう》の、清楚《せいそ》っぽい女性が俺の目を真《ま》っ直《す》ぐ覗《のぞ》き込んでいた。目と目だけで通じ合える間柄《あいだがら》でもないんだから、もう少し自重《じちょう》して欲《ほ》しい。

つい、目を逸《そ》らして顔を俯《うつむ》かせ、口が塞《ふさ》がってしまう。咄嗟《とっさ》に返事できない。

「真《まこと》くん、だよね？」

俺が口を開かないから、愛想《あいそ》笑い混《こ》みでもう一度探《さぐ》ってくる。品《ひん》のある柔《やわ》らかさを含《ふく》んだ、少女の仕草《しぐさ》だった。それが外見《がいけん》とのギャップを良い方向に作用させて、第一印象を上向きに持っていく。

「あっ、はい。ご指名《しめい》の丹羽《にわ》真です、どうも、いやどうも」

へこへこ頭を下げる。中途半端《ちゅうとはんぱ》に謙虚《けんきょ》さをアピールしようとして、自分のことながら腹立《はらだ》たしい。「暫《しばら》くの間、お世話になります」慌《あわ》てたように付け足《た》した。あー、ぎくしゃく。

「いえいえ。こっちこそ、ね」叔母《おば》さんも頭を下げる。長髪《ちょうはつ》が肩から滑《すべ》って滝《たき》になった。

「あ、名刺《めいし》とか渡《わた》しちゃおっかな」

背筋《せすじ》を伸《の》ばし戻した叔母さんがハンドバッグを若干《じゃっかん》手荒《あら》に漁《あさ》って、プラスチックのケースを取り出す。蓋《ふた》を開け、黄金比《おうごんひ》の長方形を成立させている名刺を一枚、俺に差し出してきた。

「これはどーも、ご丁寧《ていねい》に」といい加減《かげん》な丁寧さで受け取って、目を通す。

「藤和女々《とうわめめ》『三十九歳』」と強引《ごういん》なカギ括弧《かっこ》で年齢表記《ねんれいひょうき》を凹凸《おうとつ》させていた。どうやらまだ

だが。

『四十肩《しじゅうかた》とはなんぞや?』という態度《たいど》を貫《つらぬ》き通したいらしい。名刺《めいし》の消費期限《ひょうひ》は一年なさそう

しかし……事前に聞いてはいたけど、下の名前……変わってるな。

「これ、とうわ……芸名《げいめい》か源氏名《げんじな》、通り名にリングネーム、ついでに大穴《おおあな》で内なる2Pキャラのこの世界《せかい》で通称《つうしょう》する為《ため》の仮名《かめい》って線《せん》もありますけど」「本名《ほんみょう》なんだな、これが」

軽い調子《ちょうし》で言葉《ことば》の節々《ふしぶし》から若者っぽさの原液《げんえき》を滲《にじ》み出させようとしているのが伝《つた》わった。それは知っているけど、読み方が『メメだったかジョジョだったか』と説明あやふやだったし。

俺の困惑《こんわく》を察《さつ》したのか、叔母《おば》さんが自分を指差して自己紹介《じこしょうかい》を補足《ほそく》する。

「トウワメメ。ジョジョって呼んでくれてもよくってよ」

叔母さんがウインクして皺《しわ》を増やす。口走れば生命線をずたずたに切り刻《きざ》まれそうなので唾《つば》を飲みこんで事態《じたい》への対処《たいしょ》に一拍置《いっぱく》く。名刺も見直す。

名付け親の趣味《しゅみ》全開ってことだけは伝わるな。ネットで検索《けんさく》してこの名前が本名として引っかかったら一笑《いっしょう》に付すところだけど、当《とう》の本人が目の前にいるんだから口を裂《さ》いて勇気を振り絞《しぼ》って対話《たいわ》に持ち込んでまで馬鹿《ばか》笑いなどしたくない。

「はー」とか感嘆《かんたん》の息《いき》を吐《は》くふりしながら、名刺を財布《さいふ》に仕舞《しま》って移動《いどう》の指示を待《ま》った。

「それじゃ、今日のところはタクシーで家に行きましょうか」

「あ、はい。贅沢《ぜいたく》ですね」当たり障《さわ》りのない台詞《せりふ》ばかりが口を出る。追々《おいおい》、慣《な》れるだろう。

　女々さんのにこやか笑顔《えがお》とテキパキ挙動《きょどう》に先導《せんどう》されて、道路を一つ挟《はさ》んだタクシー乗り場へ向かう。その途中《とちゅう》も、自前《じまえ》の髪《かみ》を手の平で撫《な》でながら女々さんが話しかけてくる。

「電車、長く乗ってたから疲《つか》れたでしょ？」

「はい。こっちの方に出てくるの、中学の修学《しゅうがく》旅行の時以来ですから」

「そっかー。真《まこと》くん、今高二だっけ？　おっきくなったなぁ」

「そうです。高校って叔母さんの家から近いんですか？」

「うーんと、自転車で十五分くらい。あ、叔母さんの運転でだから、真くんならもっと早いかな」

　などと五分後には綺麗《きれい》さっぱり忘れ去《さ》りそうな、無味《むみ》に限りなく近い会話で道中を埋《う》める。

ただ印象的《いんしょうてき》なのは女々さんの、親密《しんみつ》でも疎遠《そえん》でもない独特《どくとく》の口調《くちょう》だ。粘《ねば》り気《け》が若干増加《じゃっかんぞうか》され
たぬるま湯とでも言おうか、居心地《いごこち》は悪くないのに妙《みょう》に足下《あしもと》が不安になる。

「へーい」と乗り場で停止している緑タクシーに向かってわざわざ手を振る女々さん。不覚にもちょっと可愛《かわい》いと思った。だけど俺に年上属性《ぞくせい》はないから、遠くで信号待ちしてるさっきの女子高生と彼氏《かれし》を眺《なが》めてあのスカートのくねくねしたとこが堪《たま》らないなぁとか思ってなんか色々と回避《かいひ》したり抑《おさ》えたりした。馬鹿《ばか》じゃねーの、と呟《つぶや》くのは別に却下《きゃっか》せずに。

　タクシーの後部座席《こうぶざせき》に乗り込む。女々さんは助手席《じょしゅ》の方に乗り、ごま塩頭《しおあたま》の運転手に行き先を告《つ》げる。早口《はやくち》で、第三者の俺には覚えきらない。深々と座席に座りこんで、重い瞼《まぶた》を目で擦《こす》

った。ていうか、何で叔母《おば》さんは二人なのに助手席《じょしゅせき》に乗り込んだんだろう。

何故《なぜ》か助手席に座《すわ》る女々《めめ》さんは振り向いてまで俺に話しかけることはない。まぁ、話しかけられても道中の風船《ふうせん》会話が膨《ふく》らみもせずに中途半端《ちゅうとはんぱ》に視界《しかい》の端《はし》を行ったり来たりするだけだろうから、ありがたい。

両親に地元《じもと》の大学へ行けって高校入学早々に言われてたから、成人するまで半《なか》ば諦《あきら》めてた生活様式《ようしき》を棚《たな》からぼた餅《もち》に手に入れて、女々さんに感謝《かんしゃ》はしているけどさ。

俺はこの都会《とかい》へ疑似《ぎじ》独《ひと》り暮らしを求めているのだ。青春ポイントの培養《ばいよう》、もとい増加に適《てき》した環境《かんきょう》だからな。この二年での目標《もくひょう》として、貯金《ちょきん》15ぐらいは狙《ねら》いたい。

高層《こうそう》ビルの並《なら》ぶ駅前《えきまえ》から外《はず》れた道を十分ぐらい進んで、適度《てきど》に人家《じんか》が増えた土地に入る。それでも緑が少なく、金属《きんぞく》の目立つ風景なことに多少驚《おどろ》いたり。

都会の匂《にお》いは、金物臭《かなものくさ》そうだ。土臭い地元よりは色々期待できそう。

などと格好《かっこう》つけてほくそ笑んでいたら、ルームミラー越《ご》しに女々さんと目が合う。

若干《じゃっかん》、気恥《きは》ずかしい。

そして、道路の頭上にある地名の掲《かか》げられた看板《かんばん》を通過《つうか》した瞬間《しゅんかん》、女々さんがくるっと愛嬌《あいきょう》たっぷりに振り向いて、

「ようこそ、宇宙人《うちゅうじん》の見守る町へ」

「……はい？」

にこやかに、逆敬遠《ぎゃくけいえん》したくなる歓迎《かんげい》をされた。

ほんわか放射線状《ほうしゃせんじょう》にひび割《わ》れた発言が一部混《ま》ざっていたと鼓膜《こまく》は脳《のう》へ伝達する。

しかしタクシーの運ちゃんの走行過程《かてい》に一寸《いっすん》の乱《みだ》れもないことから、俺の聞き間違《まちが》いの可能《かのう》性《せい》も否《いな》めない。ここは、素直《すなお》に唖然《あぜん》としておいた。

「あれ、ちょっと引いた？」女々さんが作り笑いを浮かべ、目を丸くする。

「突拍子《とっぴょうし》のなさに好反応《こうはんのう》することが出来《でき》なかっただけです」

「ここ、UFOの目撃情報《もくげきじょうほう》とか多いのよ。フロリダ州的っていうの？」女々さんの釈明《しゃくめい》。

「はぁ」あ、そういうことと納得《なっとく》はしつつも、ひょっとしてこの人はエイリアン信望者《しんぼうしゃ》かな、と疑念渦巻《ぎねんうずま》く。MMR直撃世代《ちょくげきせだい》かも知れない。

そして宇宙に俺の青春はない。右肩上《みぎかた》がりの予定のポイントが、先端《せんたん》を萎《しお》れさせかけている。

「七次元キーホルダーとか昔《むかし》ながらの駄菓子屋《だがしや》さんで売ってるから」

「それだけの科学力を三次元でこぢんまり活《い》かそうとする商売姿勢《しせい》が理解できません」

そして宇宙人と次元は関係ありそうな単語《たんご》ながら、全《まった》く接点なし。エレクトロニックとレトリックぐらい違《ちが》う。

「これからこのまま家に戻るけど、今日は近所を歩いてみたりする？」

女々さんがこれからの予定を、確定《かくてい》した部分を話して未定の箇所《かしょ》を確認《かくにん》してくる。俺は「ん、どうしよ」とこめかみを指で掻《か》いて、考える時間を返答の前にねじ込む。

「歩くなら、簡単《かんたん》に道案内とかしちゃおっかなって」

次いで、親切を微《かす》かに塗《ぬ》ってくる。指でなぞれば簡単に払拭《ふっしょく》できる、後腐《あとくさ》れのない量。

「今日は荷物片付けてますから……家にいようかなって」

家の前に『叔母《おば》さんの』とつけようか迷《まよ》ったけれど、結局は簡略《かんりゃく》で返した。事前に他意《たい》を含《ふく》ませたわけじゃないけど、結果として親しみが増したかも知れない。

「りょうかーい。じゃ、夕飯《ゆうはん》は家で一緒《いっしょ》に食べましょうね」

女々《めめ》さんは笑顔《えがお》を、身体《からだ》を前に戻す直前まで引っ込めなかった。

それからタクシーは五分ぐらい、市内の内臓《ないぞう》でも走るように道を流れていく。

「あ、ここです」女々さんの指示で、目印《めじるし》のないような平凡《へいぼん》な位置でタクシーのブレーキがかかる。後部座席《こうぶざせき》の左の扉《とびら》が独《ひと》りでに開き、俺は先に下りる。料金メーターを一瞥《いちべつ》すると、俺が両親から与《あた》えられていた小遣《こづか》いでも二回は乗車出来る金額だった。そういえば、これからの新生活は小遣いどうなるんだろう。

やっぱし、バイト？　というか俺の両親は女々さんに仕送りとかしてるのだろうか。

「はい、ここが真《まこと》くんの第二の家よ」

料金を支払《しはら》って俺の隣《となり》に並んだ女々さんが、にこやかに情報《じょうほう》を上書《うわが》きする。親戚《しんせき》の叔母さん家ではなく、マイホームとして扱《あつか》えと言っているのだ（図々《ずうずう》しい）。

しかし、俺の新しい生活の拠点《きょてん》は見上げても、色々特筆《とくひつ》したいのに自然と書き出せる要素《ようそ》が少なかった。

　ふっつーなのである。写真《しゃしん》に撮《と》ってご町内の至《いた》るところに張り出せば『まぁ、素敵《すてき》でクリアランスな豪邸《ごうてい》』とか評価《ひょうか》を受けずに『カルト？　ねぇカルト宗教《しゅうきょう》？』と不気味《ぶきみ》がられる、中堅《ちゅうけん》に纏《まと》まったお家なのだ。まぁそれは表面上だけで、中は忍者屋敷《にんじゃやしき》みたいに回転扉とか実生活では迷惑極《めいわくきわ》まりないだけのギミックに溢《あふ》れてるのかも知れない。

「さ、入りましょ」「はい。……えっと、よろしくです」

　家に入る前に、改《あらた》めてご挨拶《あいさつ》。息子《むすこ》の態度がアレだと両親の教育が疑われるからな。

「これはご丁寧《ていねい》に」先程《さきほど》、俺が発した文章内容をコピペしたみたいに、言い方だけ整《ととの》えて女々さんが再利用《さいりよう》してくる。

「こっちこそよろしく。ほんとごめんねよろしく」

　早口《はやくち》で返事をされた。……ん？　何だか謝罪《しゃざい》みたいなのも混《ま》じっていたような……。

　ああ、こんな立派《りっぱ》なお屋敷でごめんってこと？　ちょいと自信過剰《じしんかじょう》だなぁ、多分俺が。

　俺の疑問解決など待《ま》たない女々さんが和風《わふう》の戸を横に滑《すべ》らせ、玄関《げんかん》に呑《の》まれる。俺も続いた。

　どんな生活の匂《にお》いがするかな、と鼻をひくつかせると……と、と、と。

「ただいまー」

　女々さんが靴《くつ》をするすると脱《ぬ》ぎ、軽やかに家へ上がる。……ちょっと待って。

　スリッパ履《は》く前に、

俺の名を呼ぶ前に、

爽《さわ》やか笑顔《えがお》の前に、

気にかけることが、あんたの足下《あしもと》にあるだろう。

足下に一直線に引かれていたはずのスタートラインが、ぐにゃりと歪《ゆが》んだ気がした。

「真《まこと》くんも一回、言ってみて」

しかし俺の強い視線《しせん》を受け流し、現金払《ばら》いしたくなる笑い顔で歓迎《かんげい》の意《い》を示《しめ》す。

世界《せかい》のピントが一気《いっき》にぼやけだした。

「……え、ああ、はい」と返事すつつ、目線ば右下に釘付《くぎづ》けですばい。

田舎《いなか》に住んでたのに上手《うま》く田舎言葉《ことば》が喋《しゃべ》れず、角張《かくば》った訛《なま》りになる。それはどうでもいいけど、しかし……こう。玄関《げんかん》上がってすぐのカーペットの脇《わき》にいる、ある？　のがさ、なんか。

……嫌《いや》な予感で、遠足前のようなワクワク感がもっさりし始めたのはここからだった。

写真《しゃしん》で見ると異常《いじょう》に可愛《かわい》い犬《いぬ》を直接見たら、『何だこのチンチクリンは、ノミが飛び立ちそうじゃないかキミィ』と抱《だ》き上げるのを拒否《きょひ》せざるを得《え》なかったときの気分だ。

夢《ゆめ》の新生活にどっさりと『現実』を運び込んできたもの。

俺がこれから嫌々《いやいや》学校へ行くときに見送り、遊び疲《つか》れた身体《からだ》を引きずって帰ってくるときに出迎《でむか》える愛《いと》しき我《わ》が家の玄関に、

なんかちくわみたいなのがいた。

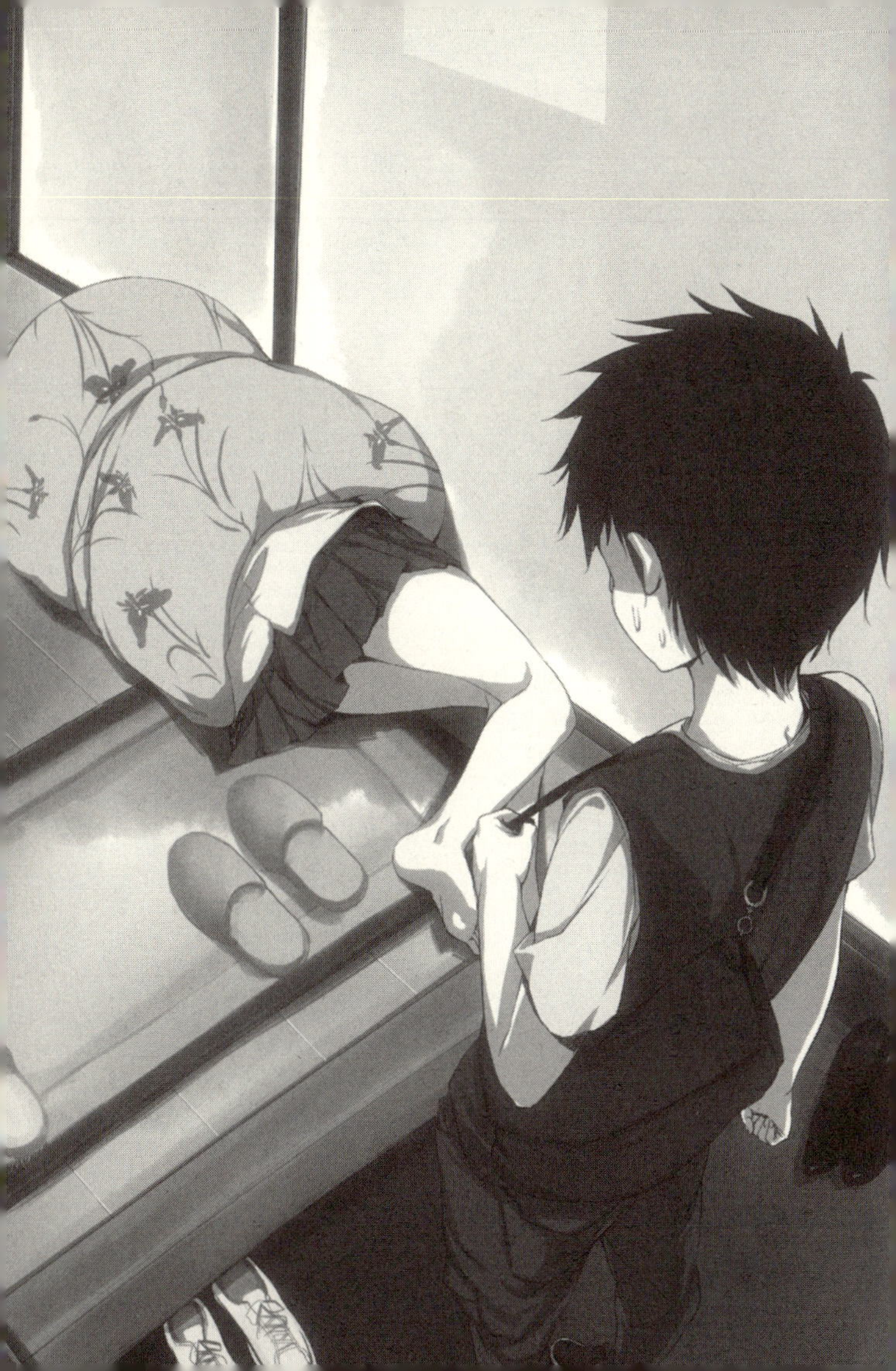

地球上《ちきゅうじょう》の何処《どこ》にいても浮いてしまうファッションで着飾《きかざ》ったというか呑《の》み込まれて。
寝転ぶことへの躊躇《ためら》いを全《すべ》てねじ伏《ふ》せ、伸《の》びきった足の裏《うら》。
思わず踏《ふ》み潰《つぶ》すか蹴《け》り飛ばしたくなる、衝動《しょうどう》の中枢《ちゅうすう》を刺激《しげき》する丸《まる》まり具合《ぐあい》。
「…………………………………」
玄関《げんかん》の濁《にご》り硝子《ガラス》越《ご》しに降り注《そそ》ぐ春の日差しが、粘《ねば》る汗《あせ》と軽い寒気《さむけ》を背中に生む。
青線《あおせん》が額《ひたい》に生える感覚《かんかく》が、肌《はだ》の上を踊《おど》った。
俺の青春ポイント、マイナスに返り咲《ざ》き。

二章 『変態観測』

● 田舎の高校生活の総計。　−3
● 同級生との別れ、新生活への高揚感。　+3
● 叔母の家で、ちくわめいたもの発見。　−5

現在の青春ポイント合計　−5

横たわるちくわモドキは微動《びどう》だにしなかった。

或《あ》るいは電源《でんげん》を切った電動コケ（言い切るギリギリで略《りゃく》に成功）。まぁ略っつーか文字数大幅《おおはば》増加《ぞうか》してねぇ？　と思わんでもないが、俺の現国《げんこく》の成績ではこんなフォローが限界《げんかい》だ。何せ本文の主旨《しゅし》を百文字以内に纏《まと》めよという設問《せつもん》に『作者の自慰行為《じいこうい》』と書いてその夏一番のハネを答案用紙に頂戴《ちょうだい》したからな。あれは手首のスナップが効《き》いた、素晴《すば》らしいVの字だった。

「さー、散《ち》らかってませんからどうぞ上がって。昨日《きのう》ちゃんと掃除《そうじ》したのよ。でも狭《せま》いのは勘弁《かんべん》してね」

女々《めめ》さんがおどけた風《ふう》に、玄関《げんかん》で突《つ》っ立っている俺を招《まね》き入れる。けど俺の足は、家主《やぬし》の足下《もと》に転がるトラップめいたものを警戒《けいかい》して動こうとしない。田舎者《いなかもの》が都会《とかい》へやって来たときに精一杯《せいいっぱい》詰め込んできた期待《きたい》の感情にひたすら青線《あおせん》引いたり、入れ物の殻《から》を割《わ》ってこようとする何かがその転がりっぷりから感じ取れる。

そいつは、二の腕《うで》付近から頭頂部《とうちょうぶ》まで、上半身《じょうはんしん》のほとんどを羽毛布団《うもうぶとん》で簀巻《すま》きにしている物体だった。床《ゆか》に無造作《むぞうさ》に転がっている。洗濯紐《せんたくひも》みたいなので布団を外から縛《しば》り、ちくわには間《ま》ったゴボウみたいに残りの身体《からだ》を外へさらけ出している。いやそれが普通《ふつう》なんだけどさ、間《ま》違《ちが》いなく。ちなみに布団の柄《がら》は菖蒲《しょうぶ》だった。本人は何と勝負《しょうぶ》してるか分かったものじゃないが。

中身《なかみ》の人間の視界《しかい》は完全に塞《ふさ》がれていることだろう。布団の生地《きじ》だけが世界《せかい》だ。当然こっちからもそのご尊顔《そんがん》を拝《おが》むことは叶《かな》わない。一瞥《いちべつ》だと、置物の域《いき》に達した不動さを維持《いじ》してるし。ただ注意深く観察《かんさつ》すると、細い素足《すあし》の小指が微《かす》かに開閉《かいへい》している。女の子……なんだろうか。ワイシャツの端《はし》みたいなのとスカートが服装《ふくそう》として確認出来《かくにんでき》る。そしてどうも生命体のようだ。

全体的に線が無茶苦茶《むちゃくちゃ》細くて、冗談《じょうだん》でも足を蹴《け》ったら重度《じゅうど》の傷害罪《しょうがいざい》が待っていそうだった。

「んー？」女々さんがめっちゃ可愛《かわい》らしさを意識《いしき》して小首《こくび》を傾《かし》げる。その曖昧《あいまい》な微笑《ほほえ》みに、思わずこっちも引きつり笑顔を浮かべることを促《うなが》されてしまう。

「んもー、遠慮《えんりょ》してるの？　そーいう他人行儀《ぎょうぎ》なの、よくないゾっ！」

どったんと一跳《ひとは》ね。ちなみに今の台詞《せりふ》は、ウインク付き。ドライアイ光線発射《こうせんはっしゃ》！　とかそういう吹き出しが中空《ちゅうくう》に浮かびそうな魔性《ませい》を秘《ひ》めた振る舞《ま》いだけど。

「……………………えへは」

「あら、似合《にあ》わなかった？」澄《す》まし顔で恥《はじ》の概念《がいねん》なく尋《たず》ねてくる。

「いや……まあ」十五年前なら色々釣《つ》れたんじゃないッスかね。

「それでいいのよ。叔母《おば》さん、ギャップ萌《も》えキャラ目指してるの。知ってる？　萌えって」

「健全《けんぜん》な高校生活の為《ため》に知っていたくないです」

「叔母《おば》さんなのに力道山《りきどうざん》を素手《すで》で倒《たお》せる！　みたいな人のことよ」

「そうじゃねーよ」突《つ》っ込める自分が些《いささ》か悲しい。「そんなマイクロすぎる属性《ぞくせい》を狙《ねら》い打ちしてどーする……プロ打者が魔球《まきゅう》にしかバット振らないようなもんじゃねーか」

打率最悪《だりつさいあく》だ。絶対クビになって、夢《ゆめ》は閉ざされる。

もうこの際《さい》、俺も簀《す》巻《ま》き布団《ぶとん》の物体を無視《むし》することにした。「オー、ビューチフルハウース」とか褒《ほ》めちぎって板張りの廊下《ろうか》を歩く。「オー、エキゾチックガラス戸ー」ぺたぺたと触《さわ》る。

ガラスに淡《あわ》く映《うつ》った俺の顔面は、随分《ずいぶん》と瞼《まぶた》が重そうになっていた。

「真《まこと》くんの部屋《へや》は二階ね。階段上がって、二つある部屋の手前」

「うっす」話を聞きながら玄関《げんかん》を振り返ると、まだ物体Xは無造作《むぞうさ》に転がっていた。ウケ狙《ねら》いであんな五流の仮装《かそう》に身《み》を包《つつ》んで玄関で俺を待《ま》ち伏《ぶ》せていた家人《かじん》だったら、無視されたことに怒《おこ》って俺を追いかけ回してきたりするかと思ったけど、そういった反応《はんのう》は一切《いっさい》引き出せない。

いやそもそも、叔母さんは独《ひと》り暮《ぐ》らしだと説明されたはずなのだが。どういうことよ。

事《こと》と次第《しだい》によっては、生活環境《かんきょう》によって養《やしな》われようとしている青春ポイントの種《たね》から、光を奪《うば》われかねないぞ。

「何か不都合《ふつごう》あれば言ってね」

本当に言っていいんだろうな。丁寧語《ていねいご》とか省《はぶ》いてマシンガントークすんぞ。

「いえ、住ませていただければ満足《まんぞく》ですよ」

心中《しんちゅう》のざわめきを取り繕《つくろ》うように、口が爽《さわ》やかに社交辞令《しゃこうじれい》でごまかす。

結局俺は曖昧《あいまい》な態度で階段を上がり、振り向こうとはしないのであった。

玄関から、嫌《いや》な予感が影《かげ》のように俺について回っていた。


それから、未開封《みかいふう》の段ボールだらけの部屋で二時間ばかり眠《ねむ》った。

アスパラのベーコン巻きみたいな布団簀巻き人間が気にならなかったと言えば嘘《うそ》になるが、気にしないと決めた以上は「俺も布団にくるまる！」と対抗意識《たいこういしき》を燃やして眠りに落ちてみた。

過程《かてい》と結末に、取り立てた虚偽《きょぎ》が混《ま》ざっていないのが些かもの悲しい。

ベッド（ていうか現段階では多少柔《やわ》らかい板）の寝心地《ねごこち》は精神の不安定さに比例《ひれい》して最悪で、浅い眠りを何度も繰《く》り返して頭痛《ずつう》まで発症《はっしょう》した。額《ひたい》の寝汗《ねあせ》を横着《おうちゃく》に拭《ぬぐ》って一階へ下りると、丁度《ちょうど》夕飯《ゆうめし》が用意されていた。

……ただし、なんか別のものも準備万端《じゅんびばんたん》というか。

「今日は奮発《ふんぱつ》してみました！」色とりどりの料理《りょうり》を前にはしゃぐ三十九歳。

「……おー」右の眼球《がんきゅう》ちらり。

「明日からは平日の夕食一緒《いっしょ》、っていうのは難《むずか》しそうだから。真くん、料理は出来《でき》る？」

「ああまぁ、包丁《ほうちょう》使わない料理ぐらいなら……」汗たらり。

「あはは、男の子だ」

拍手《はくしゅ》を二回打たれる。何か過程《かてい》は不明だが気に入る要素《ようそ》があったらしい。

「どうしたの、目がきょろきょろして。何か気になる？」気にならんとしたらあんたは菩薩《ぼさつ》か？　悟《さと》りを何回開いて脱皮《だっぴ》を幾度《いくど》繰《く》り返せばそこまで世間《せけん》に無関心《むかんしん》になれる？　もう現世《げんせ》に生きちゃいねーよそんなの。

先程《さきほど》の布団《ふとん》が今度は縦《たて》になっている。それ以外のタンパク質《しつ》は女の子座《ずわ》りで食卓《しょくたく》を囲んでいた。

「見えてはいけないのか見てはいけないのか、悩《なや》ましいものが右端《みぎはじ》に少々」

「幽霊《ゆうれい》って必《かなら》ず左端から出てくるそうね」

「そんな科学とスピリチュアルの境界話《きょうかいばなし》を夕餉《ゆうげ》の華《はな》に添《そ》えたいわけではなくてですね……分かりました、回りくどいことは苦手《にがて》だから、はっきり言います」

「ああもう求婚《きゅうこん》？」

「誰《だれ》がヒヤシンスの話をした！」意識《いしき》的にキレて無理矢理単語《たんご》を入れ替えた。実はこの家に婿《むこ》として呼ばれたのではないか、という微《かす》かな疑念《ぎねん》も振り払《はら》って俺は正座《せいざ》を崩《くず》す。

「叔母《おば》さん、貴女《あなた》は俺に嘘《うそ》を吐《つ》いています」

礼儀《れいぎ》知らずに、人差し指を目上《めうえ》の人間へ突《つ》きつける。ひょっとして俺は騙《だま》されたのではないか、と家賃《やちん》三万七千円２ＤＫの部屋《へや》があると不動産屋に紹介《しょうかい》されて喜んで見に行ったらアパートの隣《となり》が断崖絶壁《だんがいぜっぺき》に等しい場所だった時の大学生ばりに怒《いか》りを燃やした結果、不躾《ぶしつけ》な態度を優先《ゆうせん》することになったのだ。

取りかけていた箸《はし》を箸置きに戻して、女々《めめ》さんが頬筋肉《ほおきんにく》の使用度合《どあ》いを変更《へんこう》して笑顔《えがお》を作り替える。

「嘘。真《まこと》くんが嘘を暴《あば》く。なんか字面《じづら》にしたら格好良《かっこうよ》さそうね」

「あ、確《たし》かに」一瞬《いっしゅん》、和《なご》みかけた。俺探偵《たんてい》向いてるかも。……ではなくて。

「叔母さんは、独《ひと》り暮《ぐ》らしではありません」

「な、なんだってー」スーパーいい加減《かげん》に驚《おどろ》いてくれた。

「どーいうことすか。もう空腹《くうふく》なのにちょっと背伸《せの》びしてご立腹《りっぷく》ですよ」

「それはそれは、胃痙攣《いけいれん》を起こしそうな努力の結晶《けっしょう》を抱《かか》えてるのね」

女々さんがまるで深刻《しんこく》さを伴《ともな》わない対応《たいおう》で俺の言葉《ことば》を床《ゆか》に落下させる。

いや、俺もシリアス濃度《のうど》限界で遺憾《いかん》を表明してるわけではないのだが。

「私が嘘を吐いているという証拠《しょうこ》はあるのかしら？」

「証拠……？」裏拳《うらけん》で布団の前面をぶっ叩《たた》いた。「はい証拠」

ごてん、とサンドバッグもどきは後ろへ素直に倒《たお》れる。そして即座《そくざ》に足の指に力を込めて踏《ふ》ん張り、上体を起こしてまた直立《ちょくりつ》布団に復帰《ふっき》した。どうやら亀《かめ》の親戚《しんせき》ではないようだ。

「あらまぁ」証拠の上下運動を一部始終眺《なが》めての、叔母さんの無難《ぶなん》な感想。

「遠回りなのは苦手《にがて》なんですよ。何ですこれ」

「それを語るには少し遠回りに話をしなければいけないわ」

こっちの話を聞いた上でからかわれると、喧嘩《けんか》を売られたのかとつい錯覚《さっかく》してしまう。しかし自分の小心《しょうしん》なところは、相手《あいて》が女性だからつい強気《つよき》に振る舞《ま》いたくなってしまうところだと思う。ちょっと傷心《しょうしん》。

これが『牛三郎』とか名《な》が体《たい》を後付けしたような筋肉《きんにく》さん（でも裏《うら》ではぬいぐるみとか好《す》きみたいな設定持《せっていも》ち）に絡《から》まれているのだったら、俺は愛想《あいそ》笑いで目を逸《そ》らしながら「ごめん、ほんとごめん」と教室でヘタレ王にのし上がるところだ。

「えっと、じゃあまぁ説明よろしく、これの」

もう一回、軽く叩《たた》いてみる。今度は倒《たお》れないものの、やはり中からの反応《はんのう》なし。中に入ってるのがマネキンとかだったりして。

もしそうだったら今度は叔母《おば》さんのインテリア趣味《しゅみ》を疑《うたが》う羽目《はめ》になるが。

そして『独《ひと》り暮《ぐ》らし』は『奇妙《きみょう》な家での生活』となり、核戦争後《かくせんそうご》の世界《せかい》ぐらい光が射《さ》し込まない毎日を送る羽目《はめ》になる。ポイントの定期消費《しょうひ》が今までの倍以上になること請《う》け合いだ。

女々《めめ》さんがこほんと咳払《せきばら》いして、「千九百年代の始め、アメリカのとある田舎町《いなかまち》に黒雲《こくうん》のようなものが」「そういう前振り抜きなら何分で済《す》みますか？」

すかさず省略《しょうりゃく》を求めた。女々さんは「若いっていいわぁ」と動じない。

「事を急《せ》いても若さって一言《ひとこと》で好意的《こういてき》に済まされるものね。叔母さんがスーパーの安売りに群《むら》がって特売品を買おうと頑張《がんば》ったら冷《さ》めた目で見られるもの」

「それは目の血走り具合《ぐあい》に差があるのでは……」遠い目をしたので何故《なぜ》かフォロー係《がかり》を果《は》たす俺。いかん、また話題が脱線《だっせん》しようとしてる。どんだけ脱輪《だつりん》しやすい手抜き構造《こうぞう》なんだ。

「とにかく、ナスが一袋十五円だろうと挽肉《ひきにく》のタイムバーゲンが愛《いと》おしかろうとそんなことは一切合切《いっさいがっさい》関係なく、俺が問題なのはこの、」こんこんとトイレのドアをノックするように布団を指で打つ。「あ、お料理《りょうり》冷めちゃうわ。まっきゅんはよ食べんとあかんねよ」「うっさいわ！それに後半は何語だよ！」

テーブルに手の平を叩きつける代わりに、布団を打つべし、打つべし！

もはやストレス解消法にシフトしかけていた。調子《ちょうし》に乗ってワンツーとか決めてみた。

そしたら、しっぺ返しがあった。

「いって！　のぐあ！」テーブルの下で何者かに向こう臑《ずね》を襲撃《しゅうげき》された。ガシガシ蹴《け》られた。跳《は》ねた膝《ひざ》をテーブルの下にぶつけながら身体《からだ》を引き、上半身《じょうはんしん》を屈《かが》めて正体を確認《かくにん》する。

「のあ！」仰《の》け反る。小さなおみ足が俺の額《ひたい》を蹴り飛ばそうと飛んできていた。そしてそれが布団から生えている足であると理解し、同時にそれが意思《いし》ある反撃《はんげき》であったと納得《なっとく》する。

「ま、」マネキンじゃなかった。肌《はだ》が人間っぽくないからつい油断《ゆだん》してたぜ。

「ひぃひゃのは四度の原ない接ひょくにひゃんひょうし、防ほぉひのうがひゃらいたの」

「は？」布団《ふとん》の中で何かがもふもふ喋《しゃべ》った。はっきり言って、日本語《にほんご》の骨《ほね》が取り除《のぞ》かれすぎ。

「パードゥン？」口がもごっていると思わしき部分へ耳を寄せて、リピート希望。

「ひぃひゃの」「あーもういぃ」諦《あきら》めた。人の足を蹴《け》ることに追随《ついずい》した台詞《せりふ》なんて、どうせろくでも大《たい》したことでもないだろう。大事な点である、『こいつは喋《しゃべ》る』だけ理解すればいい。まだテーブルの下では、千葉某所《ちばぼうしょ》のドリームランドにあったアトラクションの海賊船《かいぞくせん》みたいに足がぶんすかと振《ふ》り子《こ》運動を描《えが》いている。視界《しかい》が閉ざされてるから、狙《ねら》いが大まかにしか定まらないと思われる。人生含《ふく》めて見失いすぎだと思われる。

「本ひつの意ひきと意ひふぉ見失ひなっひゃうひょーむひょーひょかんさづうったいがひやすくわたしにふへふのは許はれない」

意味が分からん。内容以前に何言ってるかがさっぱりだ。言葉《ことば》に布団を通すのは個人の自由で結構だが、翻訳機《ほんやくき》も通過させて欲《ほ》しい。それかコンニャク食え。

「原ひはふしゅうようひゃいであう責《せき》を見失っは蛋白《たんぱく》ひふのひゅう合体、それがあなたたち」

「…………………………」

布団を見つめる。収《おさ》まりかけた頭痛《ずつう》が首の裏側《うらがわ》付近からせり上がってきた。諦めた。真剣《しんけん》に考えると俺の前途《ぜんと》ある（んだよ）前頭葉《ぜんとうよう》が現実にキャトルミューティレーションされかねない。

「すいません、訳《やく》してください」

頼《たよ》れる美人の叔母《おば》さん（憧《あこが》れキーワード三種合成《さんしゅごうせい》）に救援要請《きゅうえんようせい》。

「はじめましてと言ってるのよ。私の娘《むすめ》、藤和《とうわ》エリオが」

あんたの翻訳力は人の話を聞かないという条件付《じょうけんつ》きで名人級《めいじんきゅう》だな。

「……娘？」血縁者《けつえんしゃ》。家族。ノット独《ひと》り身《み》。

青空を描《えが》いた水彩画《すいさいが》に、黒油性《くろゆせい》ペンで点々をつけまくられたこの気分。拳《こぶし》が震《ふる》える。

「娘ってなんですか！」

「マイドーター」

「突《つ》っ込《こ》みづらいんでもうちょっと文章量を増やして会話してください！」主旨違《しゅしちが》っとる！

「そしてユアドーテー」

「うっせえよ！」田舎《いなか》は出会いが少なかったからやむを得《え》ないんだよ！

言い訳《わけ》だけど！

「独り暮らしはどうした！」夢《ゆめ》の肝《きも》の部分へ、勢《いきお》い込んで詳細《しょうさい》を求める。

「独りで暮らしてる風《ふう》な態度《たいど》を、真《まこと》くんに会ってから一環《いっかん》させてみたじゃない」

悪《わる》びれもせず、かといって悪戯笑顔《いたずらえがお》を備えることもなく、淡々《たんたん》と返答してきた。

「あ、えーと、……」一瞬《いっしゅん》、毒気《どくけ》を抜かれる。場の流れの脈《みゃく》を軽々と袈裟《けさ》に切って、女々《めめ》さんは追撃《ついげき》を加《くわ》えてくる。

「何かご不満？」

「いやそれはまあ、何で見ないふりしてるんですか、とか……取り敢《あ》えず、お前はしつこい！」

猫除《ねこよ》けのペットボトルより頼《たよ》りない自家製防衛《じかせいぼうえい》システムを未《いま》だアンダーザテーボーで作動中の布団《ふとん》と足を纏《まと》めて手の平で押すと、見事に後ろへ転がった。ていうかパンツ見えた。

しかし色めき立たない。下着衣類販売店《はんばいてん》のマネキンが穿《は》いてる薄《うす》ピンクの下着を見るだけでいたたまれない気分になる高校生の俺でも、布団のパンツなんぞ見たって布《ぬの》の延長《えんちょう》じゃねえかと冷《さ》めた気分で受け止めることしか出来《でき》ない。色はサンライトイエローだった。

だが俺の目の前はコバルトターコイズグリーンだ（技名《わざめい》っぽいから何となく覚えた）。

転がった布団こと藤和《とうわ》エリオは「もふほふほふ！」とか何やら叫《さけ》んでいるが、さっぱり要領《ようりょう》を得《え》ない。玩具《おもちゃ》を買って貰《もら》えなかった子供が支離滅裂《しりめつれつ》に泣き叫んでいるのと大差《たいさ》なかった。

「くそう……違《ちが》う、何かが違うんだぁ」夢《ゆめ》は遠くで見てるから綺麗《きれい》なんだ、と何かが耳元《みみもと》でほざき、絶望《ぜつぼう》の息吹《いぶき》を鼓膜《こまく》に吹き込む。青春ポイント、マイナス2。

今にも上半身《じょうはんしん》が机上《きじょう》に滑《すべ》り込みかけそうになっている。俺の独《ひと》り暮《ぐ》らしはこんなに騒々《そうぞう》しくない。ていうか独りじゃない。思わずそんな歌詞《かし》あったなぁと歌い出しそうになったが、続きが思い出せなくなってハミング状態《じょうたい》に移行《いこう》しそうだから止めた。

「ねー真《まこと》っち」「っちって……」諦《あきら》めろよ、ギャップ萌《も》え。無理して肉離《にくばな》れ起こしそうだから。

「話を続けていいかしら？」「何ですか話って」

俺は昔《むかし》のお札《さつ》の偉《えら》い人じゃないんだから、これだけぶつ切りになった話を全部覚えちゃいない。というかどれもこれも、話というよりネタ振りみたいなもんだ。

「いなくなった夫《おっと》の名はジョージ、妻《つま》の名はマリア」「何事もなかったようにヤオイさん話を続けないように」

「あれ、真くん世代《せだい》だとこれ知らないのかな？」

『干支《えと》が一回り以上してる人間に同じ話題が通用すると思うなよ！』↑本音《ほんね》。

「ええまぁ」↑建前《たてまえ》。

仕方《しかた》ないのだ、ここは日本《にほん》だから。

俺のやさぐれっぷりに女々《めめ》さんの笑顔《えがお》が光度《こうど》を増す。歯《は》の白さが三割《わ》り増しになる。

歯茎《はぐき》の美《うつく》しさは二十代だと素直《すなお》に思った。どうでもいいけど。

「あは、真くんと初日からすっかりうち解《と》けてしまった」

「本当にね」既《すで》に丁寧語《ていねいご》を使う意思《いし》が削《けず》り取られて骨格《こっかく》を残すのみとなっていた。

「もがもがもぎ」足をまだばたつかせて背泳《はいえい》世界一でも勝手に目指していて欲《ほ》しい奴《やつ》（ていうか叔母《おば》さんの娘《むすめ》だから、俺のイトコか）は新たなる同居人《どうきょにん》にパンチラサービスしすぎだ。

でも布団なのでときめかない。発言も不穏当《ふおんとう》だったし。今も辛《かろ》うじて聞き取れる単語はアトムだかピーコだか、正直《しょうじき》単語だけだと何のこっちゃな内容ばかりだ。

「これからは家族二人で仲良《なかよ》く暮《く》らしましょうね」女々さんの脳味噌《のうみそ》が何か言い出してる。

「その数字のカウント方を説明してください」

際限《さいげん》なく膨《ふく》れていく疑問《ぎもん》と突《つ》っ込みポイントに対処《たいしょ》しきれず、目の前を通り過ぎる最新の不明点にだけ反応《はんのう》するようになってしまっている。虫が眼前《がんぜん》を通りがかるのを待《ま》つカエルみたいだ。不思議《ふしぎ》と頭痛《ずつう》は和《やわ》らいだけど、叫《さけ》びすぎて喉《のど》が熱砂《ねっさ》を押しつけられたように熱い。

「大体《だいたい》あのコロネみてーなのは？　……娘《むすめ》、なんでしょ？」

「ん、ああ、あれ？　ノーカウントで」爽《さわ》やか笑顔でバッサリ切り捨てた。

どんな親子《おやこ》だよ、と尋《たず》ねたところで「気にしない気にしない」と流されそうだから触《ふ》れようとはしない。というか踏《ふ》み込みたくない。親戚《しんせき》の知らない娘がいたとか、何だか凄《すご》く厄介《やっかい》な事《じ》情《じょう》がありそうじゃないか。何で俺の親とかにも隠《かく》してるんだ、っていう疑問は膨《ふく》れてるけどさ。

「あ、じゃあ旦那《だんな》さんとかも、」首を振って周囲《しゅうい》を探《さぐ》る。

「いやだから夫の名はジョージであってですね」いつあんたの名前はマリアになったんだ。

「自我《じが》とひょく望をかふ大したひゅうせいひのわいとくひゃにひゅうせいプフォグラムをひゅう入！」

　繊毛《せんもう》でもぞもぞ地を這《は》う虫みたいに全身をくねらせて近寄ってきていた簀《す》巻《ま》き女が、足をダバダバさせた。空気のペダルをこいで実利が絶無《ぜつむ》な攻撃《こうげき》を俺と叔母《おば》さんが憐《あわ》れんだ瞳《ひとみ》で晒《さら》し者に仕立て上げる。竹槍《たけやり》で爆撃機《ばくげきき》を打ち落とそうとする人たちを遥《はる》か上空《じょうくう》から見下ろすパイロットの気持ちが身《み》に染《し》みた。

　だが簀巻き女の足指の付け根がテーブルの端《はし》を捉《とら》え、「ひょっせーい！」とダイナミックに釣り上げたことで状況《じょうきょう》は一変した。

その一本釣りぶりに、飛沫《しぶき》の幻影《げんえい》を見そうになる。

まぁ、それどころではないから割愛《かつあい》したけど。

生物の進化は重力を克服《こくふく》する為《ため》に芽生《めば》えた。

叔母さんの作った料理《りょうり》も、どいつもこいつも出来損《できそこ》ないの羽根《はね》が生《は》えて、飛び立つ。

そして、待《ま》ち受ける墮落《ついらく》。

がっしゃんがっしゃん割《わ》れた。夏場の料理屋の入り口にかけてある風鈴《ふうりん》を無意味に鳴らしまくるより騒々《そうぞう》しく、耳に傷《きず》を作る雑音《ざつおん》。

「きょえええええええええええ！」謎《なぞ》の奇声《きせい》でその現実の落下を見届《みとど》けるぼくの叔母さん。

何を蹴《け》ったかさっぱり理解していなさそうな防衛機能《ぼうえいきのう》の要《かなめ》は、激突《げきとつ》の痛《いた》みに足を丸《まる》めて悶《もだ》え転がっていた。「のぉおおお」とか演技《えんぎ》っぽい台詞《せりふ》を捨《す》てて苦しがっている。

誰《だれ》かが幕《まく》を下ろして、世界《せかい》を暗転《あんてん》させることを切《せつ》に願った。

その日、その後の記憶《きおく》はない。

優秀《ゆうしゅう》な科学者が機械《きかい》で脳細胞《のうさいぼう》を消去《しょうきょ》してくれたんだろう、と無理のあるフィクションに現実の辻褄《つじつま》合わせを頼《たよ》った。不思議《ふしぎ》とポイントが3ぐらい減点《げんてん》されてるのが、何故《なぜ》か切なかった。

若干《じゃっかん》すぎる問題を残しながらも、翌日《よくじつ》の朝から学校は始まり、俺は転校生となる。

炎《ほのお》はいらない。謎《なぞ》も伴《ともな》わない。爽《さわ》やかに良い奴《やっ》であろう。

疑似独《ぎじひと》り暮《ぐ》らしを諦《あきら》めた俺に残っているのは、健全《けんぜん》で円満《えんまん》な高校生活ぐらいだった。

少なくともこの家よりは、点数を稼《かせ》ぐ機会《きかい》が学校で待《ま》ち受けているだろう。

中にシャツを着込んでから、女々《めめ》さんに用意して貰《もら》っていた新しい制服《せいふく》に袖《そで》を通す。少し丈《たけ》が長い。成長期だから、という要素《ようそ》と期待《きたい》が含《ふく》まれているのだろうか。

服装《ふくそう》を軽く正してから、真《ま》新しい学生鞄《かばん》を引っ摑《つか》む。光沢《こうたく》はあるが、始業式だから薄《うす》っぺらい。教科書の確認《かくにん》は、担任《たんにん》に必《かなら》ず聞いておかなければいけない。

鞄を脇《わき》に抱《かか》えながら、部屋《へや》を見渡《みわた》す。昨日《きのう》の夜から始めようと計画していた荷物の整理は何一つ準備《じゅんび》期間を終えていなくて、休日に着る私服《しふく》もない有様《ありさま》だった。

「……昨日のことは忘れよう」そして独り暮らしへの憧《あこが》れも、再度封印《さいどふういん》。

洗面所で髪型《かみがた》でもいっちょ整《ととの》えてみっか、と新たなる出会いに期待して部屋を出る。杉板《すぎいた》の通路に出て、階段へ向かう前にふと、左に並んだ部屋を覗《のぞ》いてみた。襖《ふすま》は開けっ放しだ。

「……はー」

机《つくえ》には手作りっぽいプラネタリウムがあり、高額《こうがく》そうな望遠鏡《ぼうえんきょう》が部屋の隅《すみ》にあって、宇宙《うちゅう》大好きっ子の少年みたいな部屋が広がっていた。あ、すげぇ。ボールチェアがある。実物を見るのは初めてだけど、これって何十万とかするんじゃなかったっけ。

それにしても、女の子の甘《あま》い香《かお》りじゃなくてお香《こう》の匂《にお》いがするぜ！　とかそんな紫《むらさき》立《た》ちこめる部屋を想像《そうぞう》していたので、少し拍子抜《ひょうしぬ》けだ。

ただし本棚《ほんだな》に並《なら》んでいるのが『波動《はどう》の法則《ほうそく》』とか『顕在意識《けんざいいしき》とエクサピーコ』と日常《にちじょう》から剝《はく》離《り》した内容なのは不安を煽《あお》るが。後は壁《かべ》に、何処《どこ》かの町の地図みたいなものがかけてあるぐらいで、新興宗教《しんこうしゅうきょう》への呼び水となりそうなアイテムは、少なくとも表立《おもてだ》ってはいない。

そしてその布団《ふとん》を巻《ま》いた奴は当然のように床《ゆか》に寝転《ねころ》がっていた。

死骸《しがい》の中に潜《もぐ》り込んで生活する、深海《しんかい》のウナギみたいに布団へ上半身《じょうはんしん》を突《つ》っ込んだ生物は、小さな足の裏《うら》をおおっぴらに見せながら一切《いっさい》の身動きを失《うしな》っている。

ただいつの間にか服装は一身《いっしん》され、紫まだらのパジャマであんよを防護《ぼうご》していた。個人的にはその僅《わず》かに覗く足首に縄《なわ》を巻《ま》きつけ「うふわはは」と市中《しちゅう》引き回しの刑《けい》に処《しょ》したいが、フェミニスト団体がうるさそうだから中止せざるを得《え》ない。もっともこいつをこの状態《じょうたい》で遠巻《とおま》きから見て、性別《せいべつ》を当てるのは困難《こんなん》だろうが。

地味《じみ》に布団の柄《がら》も、菖蒲《しょうぶ》から梅《うめ》の花とウグイスへ更新《こうしん》されている。

年齢《ねんれい》は幾《いく》つなんだろう。学校は行かなくていいのだろうか。壁《かべ》にアイロンの効《き》いた制服がかかってるし。ま、どうでもいいけど。

「うーむ……」冷静《れいせい》に事態《じたい》を捉《とら》えれば、女の子と一つ屋根《やね》の下で生活するってことなのかなぁ。

ある意味、思春期《ししゅんき》男子の妄想《もうそう》の終着駅《しゅうちゃくえき》ではある。空から女の子が降ってきたりとか、そういうのより微妙《びみょう》に生々《なまなま》しいからタチが悪い。完全に諦めきれず、脳味噌《のうみそ》への癒着《ゆちゃく》が酷《ひど》いのだ。

もあるまい。

「でもなぁ……」これじゃあなぁ。ポイント加算《かさん》は厳《きび》しい。ちくわに雌雄《めすおす》はねーべ。元《もと》の材料《ざいりょう》にはあったかも知れないけどさ、わはは……もう行こう。無理《むり》にちょっかいかけて起こすこともあるまい。

昨日《きのう》は猛《たけ》り狂《くる》った母親にジャイアントスイングされて襖《ふすま》に人工ロケット誤射《ごしゃ》されてぶちかましの稽古《けいこ》を強制的につけさせられてお疲《つか》れだろうし。……いかん、記憶《きおく》が蘇《よみがえ》りかけた。早めにフィクション処理《しょり》かけとこう。あれは俺と次元《じげん》の違《ちが》う出来事《できごと》だったのだ。

フィクションとノンフィクションって、つまるところ三次元と二次元の違いみたいなもんだろ。昨日のドガグシャ騒《さわ》ぎ（狂騒《きょうそう》の中、最《もっと》も多く耳にした効果音《こうかおん》二つをくっつけた）は三流ギャグ小説の三ページぐらいを目にしたのだと、空想力《くうそうりょく》豊かな俺はそれを頭の中で勝手《かって》にフルカラー妄想《もうそう》し、その五分アニメは絶好調《ぜっこうちょう》放送して見事に打ち切られたのだ。

早足《はやあし》で布団《ふとん》と部屋《へや》から逃げ出し、階段《かいだん》を下りる。最後の二段は飛び降りて、少し派手《はで》な音を立てて着地する。静寂《せいじゃく》に包《つつ》まれた屋内は新鮮《しんせん》な振動《しんどう》を咀嚼《そしゃく》し、ガラス戸が微《かす》かに喘《あえ》ぐ。

洗面所の前に女々《めめ》さんがいれば挨拶《あいさつ》しようと家の中を巡《めぐ》る。まずは台所だ。本音《ほんね》を言えば朝ご飯《はん》なるものを所望《しょもう》していたから、淡《あわ》い希望に縋《すが》ってみた。

だが台所は赤きサイクロンが通過《つうか》したままだった。荒《あ》れ放題で、足を踏《ふ》み入れる為《ため》にはそこに根付《ねづ》いた無法者《ほうもの》に入国許可証的《きょかしょうてき》なものを要求《ようきゅう》されかねない。お片付《かたづ》けの時間はどうした。

机《つくえ》の真《ま》ん中に、料理《りょうり》と皿《さら》の残骸《ざんがい》を無理《むり》に押し退《の》けて作った空《あ》き地っぽいスペースが出来ていた。そこにメモ用紙二枚が文鎮《ぶんちん》プレイに勤《いそ》しんでいる。お楽しみのところ悪いが、メモ用紙を文鎮から奪《うば》って身体《からだ》をなめ回すように凝視《ぎょうし》した。

一枚は、この家から学校へ向かう為《ため》の地図だ。簡易《かんい》な絵を用《もち》いず、全《すべ》て文字で表現しているのは少々新鮮《しんせん》だった。家の森があり、『どうーーーーーーーーーろ』と長い一本道を視覚的《しかくてき》に頑張《がんば》って表現している。不親切なRPGのヒントよりはマシな程度《ていど》のナビ能力《のうりょく》だ。

後、もう一枚は死ぬほど角張《かくば》った字で（止め、ハネが直線の部分にも最低二回はある）恐《おそ》らく俺当てへのメッセージが記《しる》されていた。

『ご飯と片付けはユアセルフ。今日も世界《せかい》平和の礎《いしずえ》としてがんばっろーっ★』

こっちは綺麗《きれい》に握《にぎ》り潰《つぶ》して握力測定《あくりょくそくてい》に利用した。流石叔母《さすがおば》さん、合理的だぜ。

「伊達《だて》に歳食《としく》ってねーな」

あの人と恋愛《れんあい》フラグ立てる気はサラッサラないので、そろそろ出番《でばん》は減少《げんしょう》するだろう。

さあ、同級生その他への第一印象《いんしょう》の為に、鏡《かがみ》の前で悪足掻《わるあが》きしようか。

「うーん……」中の……上の、更《さら》に中。鏡の前で、容姿《ようし》を自己《じこ》評価《ひょうか》。

客観的《きゃっかんてき》に判断出来ていれば大したものだけど、恐《おそ》らく多分《たぶん》に主観《しゅかん》混《ま》じりだろう。

前髪《まえがみ》を弄《いじ》り続けて、ちょっと赤が目立つニキビを化粧水《けしょうすい》でごまかそうと必死《ひっし》になった七分三十秒は、俺に高校一年生の時の冷静《れいせい》さを取り戻させてくれた。

女々《めめ》さんのメモにあった追記《ついき》指示《しじ》に従い、外の納屋《なや》に放り込まれていた鍵《かぎ》つけっぱなしの自転車を引っ張り出して埃《ほこり》を払《はら》う。各パーツは入水事故《じこ》でも起こしたように錆《さび》だらけで、鈴《すず》を鳴らしたら小さい虫が、海の岩場《いわば》のフナムシみたいに隙間《すきま》から一斉《いっせい》に飛び出せ青春してうぇーって目を背《そむ》けた。

もしかしたら、こいつは件《くだん》の簀巻《すま》き女が使用していた代物《しろもの》かも知れない。

「……んー？」でもこの自転車、どっかで見た記憶《きおく》が……錆の奥《おく》に控《ひか》える、赤色と白色のカラーリングとか。んー……まぁいいや。大《たい》したことでもないだろ。

試乗《しじょう》して、二つの車輪はどうにか回るのを確認《かくにん》してから、もう何事にも期待《きたい》しすぎないようにと、奥歯《おくば》を噛《か》みしめながらチャリンコをこぎ始める。大体《たいてい》、昔《むかし》から期待のレベルが高まるほど、直面した現実が薄汚《うすよご》れていることを目聡《めざと》く発見してしまうのだ。がっつくの良くない。近眼《きんがん》になろう。霧《きり》のかかった生活でジメジメしてキノコ大好《だいす》き、これに尽《つ》きる。

荷台《にだい》に貼《は》りつけたオバT（地図。ん？　Cか？）を時折《ときおり》確《たし》かめながら、『どおーーーーーーーーーろ』をジャカジャカうるさい稼《か》働音《どうおん》と一緒《いっしょ》に駆《か》ける。よくよく見ると『バグ技使用による強制ルート』と『ワールド4―1へのワープゾーン』のあるこの地図を何処《どこ》まで信用すればいいのか、という感じだが期待しないと決めたのだから、つけばいいやとお気楽《きらく》に構《かま》えることにした。

家の森を、自転車の脇《わき》を削《けず》るぐらいの細道《ほそみち》利用で抜《ぬ》けて、大通りの方へ出る。自動車と人間の数が爆発的《ばくはつてき》に増加《ぞうか》した。思わず細菌爆弾《さいきんばくだん》がぶちまけられたのを幻視《げんし》するほどだ。

三階以上の建物《たてもの》が当たり前のようにそびえて、道はめっちゃくちゃ太くて広いのに、それでも窮屈《きゅうくつ》そうに人の流れが進んでいる。俺と同じ制服《せいふく》を着ている高校生もいたし、違《ちが》うのを着用している女子高生もいた（当たり前だ）。

途中《とちゅう》に通りがかる自家製《じかせい》おにぎり屋とかミスドで簡単《かんたん》なものを摘《つま》みながら友達とだべってる高校生の姿《すがた》も散見《さんけん》される。必《かなら》ず自宅《じたく》でカーチャンの朝ご飯《はん》を食べてくる田舎《いなか》の学校とはえらい違いだ。都会《とかい》だなぁと、正しくカントリーな感慨《かんがい》に耽《ふけ》ってみる。

しかもギアの可変《かへん》とか小賢《こざか》しく素敵《すてき》な機能《きのう》のない赤粉ママチャリはあっさりと他生徒の自転車に追い抜かれて、一瞬《いっしゅん》、怪訝《けげん》な表情で振り向かれる。俺からは逆光《ぎゃっこう》でその表情が覗《のぞ》けない。

何だかさらし者みたいで、首を引っ込めて出来《でき》るだけ早くペダルをこいだ。

その途中、あの簀巻き女が部屋《へや》に飾《かざ》っていた制服を着ている女子高生集団がいて、それがどうやら俺の通う学校の代物であることを理解した。

累計《るいけい》で十五分ぐらいかかったが、特に迷《まよ》った印象なく目的地の第二ナントカ高校に到着した。

ほらな、期待しなきゃこんなもんだ。

当たり前のことを、それなりに楽しめるんだよ。

小さい校門が開いて、そこから続く道には桜《さくら》が半分散《ち》って、地面に贅沢《ぜいたく》な絨毯《じゅうたん》を形作っている。五月とかだと葉桜《はざくら》で、毛虫《けむし》ロードになるんだろうなあとその美《うつく》しさに水を差す。少し左を見るとかなり広々としたグラウンドがあって、トラックに沿《そ》って陸上部っぽいノースリーブの服を着た連中が競《きそ》い合って走り回っている。朝練《あされん》か。見てる分には爽《さわ》やかで、風景《ふうけい》の青春度の上昇《じょうしょう》に貢献《こうけん》している。

フェンスの脇《わき》で少しの間、運動部のじゃれ合うような全力疾走《しっそう》を羨《うらや》み、目を細めた。ポイント1獲得《かくとく》。初日だし、かなり採点《さいてん》基準《きじゅん》を甘《あま》くしてみた。

それから眠気《ねむけ》を覚ますように首を軽く左右に振って、身近《みぢか》で突《つ》っ立っている警備員みたいな人に声をかけた。

「すいません、自転車置き場って何処《どこ》ですか？」

「新入生か？」ちょっと怪訝《けげん》そうな態度《たいど》を取られる。多分《たぶん》、自転車の所為《せい》だと思う。明日からは徒歩《とほ》で来ようか、と検討余地《けんとうよち》のある議題を脳味噌《のうみそ》に提出《ていしゅつ》しておいた。

「いえ、転校生」

「お、そうか。ほんじゃ一回外出てな、学校に沿《そ》って回り込め。そうすりゃもう一個の校門につくから、そこの左にお仲間《なかま》たくさんだ」

「ども、あざーっす」都会《とかい》の警備員はなかなか親切だ。今日から内心《ないしん》でも警備員さんと呼ぼう。

「ピー、ピー、バックします」とか独りほざきながら自転車を後退《こうたい》させ、校門前の道に戻る。前方を気怠《けだる》そうに走る同業者の自転車の尻《しり》を追いかけ、俺はまた重苦しいペダルを踏みしめた。

クラス替えのプリントを教師《きょうし》が号外《ごうがい》チラシのように配《くば》り、鳩《はと》の如《ごと》くそれに吸《す》い寄せられる学生群《ぐん》の合間を縫《ぬ》って、下駄箱《げたばこ》の通過《つうか》を果《は》たした。俺は取り敢《あ》えず職員室《しょくいんしつ》に向かえばいいだろう。

「……………………………」で、職員室は何処だ？　思わず駅《えき》みたいに天井《てんじょう》に案内とかぶら下がってないかと見上げたけど、電灯《でんとう》が疲《つか》れ目に染《し》みるだけだ。

プリント配りの挙動《きょどう》が一々職人技《いちいちしょくにんわざ》みたいに精度《せいど》高い教師共《ども》に声をかけるのは躊躇《ためら》われ、仕方《しかた》なく適当《てきとう》に散策《さんさく》して発見することにした。別に方向音痴《おんち》ってこともないし、いずれ見つかるだろう。真《ま》新しい上履《うわば》きを床《ゆか》でキュッキュ鳴らしながら、喧噪《けんそう》から離《はな》れるように廊下《ろうか》を歩く。

校舎《こうしゃ》は暫《しばら》く人の息吹《いぶき》を換気《かんき》していた所為か、噛《か》み始める前のミントガムみたいに整《ととの》った清涼《せいりょう》さを廊下の隅《すみ》に散《ち》りばめていた。ほんのりと窓《まど》を透過《とうか》する朝の日差しも添《そ》えられ、気分が良い。散歩《さんぽ》気分で歩いていたら、職員室はあっさりと見つかった。渡《わた》り廊下を通って別の校舎に入ると、それを歓迎《かんげい》するように表札《ひょうさつ》がかかっていて、俺は迷《まよ》うことなくそこへお邪魔《じゃま》した。

初めて入った小学生みたいに入り口で挙動不審《きょどうふしん》になってると、救《すく》いの声は比較的《ひかくてき》あっさり俺に飛んできた。

「あー、転校生、かな」

短いながらも反重力している髪型《かみがた》を持つ三十代の男性教師《きょうし》が、俺を発見してすり寄ってきた。近くで観察するとその髪はワックスで硬化《こうか》して、触《ふ》れるものを皆傷《みなきず》つけそうだった。女性に膝《ひざ》枕《まくら》を頼《たの》んだら惨劇《さんげき》を引き起こしそうだ。ご愁傷様《しゅうしょうさま》と好《す》き勝手《かって》に憂《うれ》う。

「えーと」写真と俺の尊顔《そんがん》を見比《みくら》べる。違《ちが》うな、と断定されたら怖《こわ》い。「丹羽《にわ》、真《まこと》。読み方合ってるよな？」「はい。よろしくお願いします」「ふんふん……あー、この地名《ちめい》ちょっと分からんなぁ」「はは、田舎《いなか》ッスから」我《われ》ながら今の受け答えは爽《さわ》やか偏差値《へんさち》五十二ぐらいはあったと自負《じふ》。教師もバツが悪そうながら、軽く笑っている。

「あ、俺が君《きみ》のクラスである二組の担任《たんにん》だからな。顔覚えてくれよ。……よし、教室行くからついてきてくれ。新学期に転校だから、まぁクラス替えの延長《えんちょう》みたいなものだよな」

俺の緊張《きんちょう》を解《ほぐ》すように、気楽さの側面《そくめん》を見せつつ先導《せんどう》する。その微妙《びみょう》にスポーツ選手系《せんしゅけい》なルックスは、中堅勢《ちゅうけんぜい》の女子生徒の人気を上手《うま》く獲得出来《かくとくでき》そうな気取りに満ちていた。

職員室《しょくいんしつ》を出てからの廊下《ろうか》の移動中《いどうちゅう》は、教師は話しかけてこない。手元《てもと》にあるプリントの束《たば》へと目を落とし、無言《むごん》の間《ま》を持たせようとしていた。俺は俺で、通り抜《ぬ》ける生徒のスカートとか目で追ったりして、健全《けんぜん》な高校生の行動に大人《おとな》しく努《つと》めていた。

下駄箱《げたばこ》のあった校舎《こうしゃ》の方へ戻り、階段を上がる。見えてきた表札《ひょうさつ》から察《さっ》するに、二年生の教室は二階に用意されているようだ。恐《おそ》らく三年生は三階で、留年組《りゅうねんぐみ》は屋上……だったら都《と》会《かい》の教育にその手の委員会が殺到《さっとう》しそうだが、そんなことはあり得《え》ないのだった。

　そもそも、青春イベントの発生確率《はっせいかくりつ》が高い屋上は現実の学校では大抵《たいてい》、出入り禁止なのだ。漫画《まんが》みたいに学食《がくしょく》や購買《こうばい》の品を昼休みに争《あらそ》い合うこともないし、保健室《ほけんしつ》の養護《ようご》教諭《きょうゆ》は白衣《はくい》のおねーさんではない。現実に可能《かのう》な限り抗《あらが》っても、クラスメイト達とちょっと特別な活動をするのが関《せき》の山《やま》だ。それはそれで大変素晴《すば》らしく手の届《とど》き辛《づら》い代物《しろもの》なのだが。

「もうちょっと時間経《た》ったらホームルームするから、その時前出てきて挨拶頼《あいさつたの》むよ」担任教師がハキハキとした口調《くちょう》で指示を出す。この町に来て、初めて大人と巡《めぐ》り会った気がしないでもない。昨日《きのう》出会った三十九歳は続けて児とかくっつきそうな人だったし。

　教師が「はいおはよう！」とブレスケア全開って感じの涼風《りょうふう》を吹かせた朝の挨拶混《こ》みで教室に入る。無言でその背中に続くと、教室にいた十五人前後の同級生たちが一斉《いっせい》に視線《しせん》を俺に這《は》わせた。まだ自分の席が正式に決まってない所為《せい》か、みんな中途半端《ちゅうとはんぱ》に机《つくえ》の間とかに立って話していたらしい。座《すわ》っているのは極《ごく》少数だ。

　視線《しせん》はある程度《ていど》無視《むし》して、黒板《こくばん》に書かれた、あいうえお順の席分《せきわ》けから自分の名前を探《さが》して、着席位置を見定める。丁度《ちょうど》、教室の真《ま》ん中ぐらいの席が割《わ》り振られている。

　自然と同級生が道を空《あ》けてくれるので、さっさと自分の席に座る。都会でも、机の材質《ざいしつ》は田舎と同じく木材だ。鉄とかで作ってあったら情動《じょうどう》に突《つ》き動かされて蹴《け》りを入れたとき、小指《こゆび》あたりが大惨事《だいさんじ》を招《まね》きそうだからだろうか。

　俺の隣席《りんせき》に座っている女子は、俯《うつむ》きがちに文庫本《ぶんこぼん》のページを捲《めく》る、一見《いちげん》さんお断りって雰囲《ふんい》気《き》の目つきの悪い子。髪《かみ》はボブで（どうでもいいが、ボブって単語《たんご》から未《いま》だに外人しか連想できない）凄《すご》くサラサラしているのが傍目《はため》からでも窺《うかが》える。男だったら禿疑惑《はげぎわく》の浮かぶ細い髪の毛だ。化粧《けしょう》も程良《ほどよ》い感じで、睫毛《まつげ》なげーなとその横顔を盗《ぬす》み見て時間を潰《つぶ》した。

……ていうかこの人タッパあるよな。いやでかすぎだろ、百八十ぐらいあるんじゃないか？

その割《わり》に、全体の印象《いんしょう》を細々で統一出来《とういつでき》てるのは凄《すご》いけど。

チャイムが鳴った頃《ころ》に頬杖《ほおづえ》を突《つ》いて、目を閉じた。

新しく埃《ほこり》っぽい俺の部屋《へや》の、空っぽな本棚《ほんだな》を思い出す。

帰ったら荷解《にほど》き作業に没頭《ぼっとう》だな、と少し憂鬱《ゆううつ》になった。

自己紹介《じこしょうかい》は、平凡《へいぼん》にさくっと終わらせた。

転校生とはいえ、進級したての四月、新学期。クラスの中はそれぞれ、初顔の人は少なくないのだ。大《たい》して俺が注目《ちゅうもく》されることもない。

無難《ぶなん》に名前と、一応出身地《いちおうしゅっしんち》ぐらいは話してその程度《ていど》の紹介に留《とど》めた。テンション高めなキャラが受け入れられる土壌《どじょう》か確かめもせずに演じたら、クラスで孤立《こりつ》してもう一度転校したいですとか、涙《なみだ》ながらに訴《うった》える未来が待《ま》ち構えていそうだから。

と言うわけで、その後のホームルームでは素直《すなお》に席《せき》に着いて、可愛《かわい》い子の率《りつ》を探《さぐ》るべく教室

内を吟味《ぎんみ》していたのであった。その成果はさておき、気づいた点として化粧《けしょう》が違《ちが》うなぁと、田舎《いなか》と都会《とかい》を比較《ひかく》して思う。田舎の同級生は化粧が薄《うす》いか濃《こ》すぎるかに偏《かたよ》っていたけど、都会の人は丁度《ちょうど》良いか少し濃いのどちらかが大半《たいはん》を占《し》めている。

それから、特筆《とくひつ》することもない全校集会等を経《へ》て午前中で日程《にってい》は終わり、放課後を迎《むか》える。颯爽《さっそう》と去《さ》りゆこうとする担任《たんにん》に教科書問題（言い方がアレだが）を告《つ》げ、買い直さなければいけない、一式注文したから数日待《ま》ての指示を受けて、席《せき》に戻って。他の同級生は交友《こうゆう》のある友達、或《ある》いは余所《よそ》のクラスにいる奴《やつ》らと連れ合って教室を後にする。寄り道でもしてクラス替えへの不満でも話し合ったりするのだろうか。

まぁ、俺は今のところ、道草《みちくさ》するような場所も知らないわけで。

毎日を充実させる土壌《どじょう》はまだ出来《でき》上がっていない。

……なのにこう、都会の学校、しかも初日だから何かないかなーと教室に残って頬杖《ほおづえ》突いて憂《うれ》いな様子《ようす》醸《かも》して、客観的《きゃっかんてき》にはとても分析《ぶんせき》できない期待《きたい》を抱《かか》えて粘《ねば》ってみたり。

……誰《だれ》もいないし、忘れ物を取りに来る人もいないねー。

虚《むな》しい以前に、やるせない。絶対に他人には知られたくない振《ふ》る舞《ま》いだ。

帰って自室《じしつ》の再現でも行《おこな》おうと腰を上げて、教室を去る。廊下《ろうか》からも人気《ひとけ》が大分《だいぶ》失われていた。日差し独《ひと》り占《じ》め、とか廊下に寝転がってやろうかと思ったけど、初日から色々終わらせたくないので大人しく猫背《ねこぜ》で歩いた。ラブレターと決闘状《けっとうじょう》の不足した下駄箱《げたばこ》から靴《くつ》を出して、プレハブ小屋の寄せ集めみたいな自転車置き場に向かった。

日差しが生温《なまぬる》いとか、それぐらいしか考えない気怠《けだる》い移動《いどう》。

良いことってのは、人の期待する気配《けはい》を感じると野生《やせい》動物みたいに逃げ出す。

だから俺はその時、全《まった》くと言っていいほど期待を持ち運んでなかったから、上手《うま》く尻尾《しっぽ》を掴《つか》めたのかも。

自転車置き場で、俺の隣《となり》の自転車に跨《また》ろうとしてる女の子と目が合った。ビリヤードのボールみたいに正面衝突《しょうとつ》。お互《たが》いに挙動《きょどう》が固まり、相手《あいて》が目線を外《はず》すのを待っている感じだ。空気が歪《ゆが》む。

更《さら》に言えば、火花の代わりに散《ち》っているのは、風に吹かれたマイバイシクルの錆粉《さびこな》だった。

「へいっ、テンコーセー」

ギャルパーマ（オバチャンパーマより曲がりが柔《やわ》らかく、何より可愛《かわい》らしいのを勝手《かって》に総称《そうしょう》してる。呼び方が多すぎて覚えきらん）で、カーディガンの袖《そで》が手を半分ぐらい覆《おお》ってる女の子が俺に話しかけてくるフラグを本日果《は》たしていつ立てたんだろうと、一瞬肺《はい》が呼吸《こきゅう》を止めた。

都会の女の子に声をかけられた田舎男子どぎまぎ……してる場合じゃないか。

俺を転校生と断定する以上、どうも同クラスの子みたいだな。

「なんかその発音だとさ、『転校せい！』って方言混《ほうげんま》じりに強要《きょうよう》されてるみたいだ」

取り敢《あ》えず、相手が引かない程度《ていど》に変わった発言で応対《おうたい》してみる。

そうしたら、失笑《しっしょう》か何か定《さだ》かじゃないけど女の子が「ぷっ」と含《ふく》み笑いで間《ま》を取って、そこら付近でようやく、身体《からだ》の強《こわ》ばりがお互《たが》いに取れた。目線《めせん》も固定が外《はず》れ、表情も自在《じざい》になる。顔のパーツが各自伸《の》び伸びしてるぜ！　といった様子《ようす》の緩《ゆる》めな雰囲気《ふんいき》を持つ子だ。どうも俺は昔《むかし》から黒髪《くろかみ》より茶髪《ちゃぱつ》や金髪《きんぱつ》の女の子に好感《こうかん》を抱《いだ》くらしくて、目の前の子も例外ではない。

頭の中の電卓《でんたく》が人差し指で叩《たた》かれ、ポイントの加算《かさん》を幻聴《げんちょう》混じりに知らせる。

「いきなり謎《なぞ》キャラですな、あなた。名前、にわ君だよね？」

「そう。そっちは……キャサ」「あたし？　リュウ……コ。御船《みふね》リュウコ」

僅《わず》かに言葉《ことば》に詰《つ》まって訳《わけ》あり風味《ふうみ》を醸《かも》しながらも、レデーの名乗りを受け取る。

リュウコ。竜虎《りゅうこ》。なるほど、りゅうタイ！　とかどうだ。幽体離脱《ゆうたいりだつ》の略称《りゃくしょう》みたいだけど。

「ちゅーか、今何か言おうとしなかった？」「いんや、何も」「あたしゃキャサリンでもジャクソンでもねーよー」けらけら、と御船さんは快活《かいかつ》に、俺は乾《かわ》いた笑い声をあげる。

自転車の鍵《かぎ》を外しながら、御船さんが会話を続けようとする。

「にわ君はどっちの方に引っ越《こ》してきたの？」

「んー、説明難《むずか》しいかも。まだ町内探検《たんけん》ごっこの回数が不足してるからさ」

「あ、そかそか。方角だけでいーよ」

方位磁石《ほういじしゃく》の真似《まね》事《ごと》を求められた。にこやかなそのリュウコスマイルに応《こた》えたいのは山々なのだが、俺は未《いま》だに東西の区別がしっかりつけられていない文系《ぶんけい》少年なのだ。

太陽が昇《のぼ》る方角とかもあやふやだったりする俺は、毎日が樹海《じゅかい》なのだろう。

「あ、」これがあった。ワープとか書いてあるけど、そこには目を瞑《つむ》ってくれることを期待《きたい》しよう。「この地図のでっかい☆マークついてるとこが俺の住んでる家」

くっつけっぱなしだったオバTを自転車の籠《かご》から引っ剝《ぱ》がし、御船さんに渡《わた》す。自転車をプレハブ小屋から引っ張り出そうとしてハンドルを握《にぎ》っていた御船さんは「あー、両手がー」と行動の優先順位《ゆうせんじゅんい》におろおろし出して、こちらにちょっぴり罪悪感《ざいあくかん》が芽生《めば》える。

混乱《こんらん》が極《きわ》まったのか、御船さんは「はぐっ」紙の端《はし》を唇《くちびる》でくわえ、「う、ううー」と窮屈《きゅうくつ》そうに両目で紙を見下ろそうと躍起《やっき》になり出す。美人がひょっとこみたいな顔したというより、ひょっとこみたいな顔した美人と客観的《きゃっかんてき》に表現されるところが凄《すご》い。都会《とかい》だなぁ。

そしてそんな子と和《なご》やかに会話する機会《きかい》に恵《めぐ》まれている俺は、三週間分の幸運《こううん》を前借《まえが》りしていたりしないか多少心配になるほどだ。昨日《きのう》は不運だったからその反動かな。……だといいが。

まぁ、とにかく都会の女の子と話す機会が巡《めぐ》ってきたわけで、すこぶる機嫌《きげん》良し。

「ひゃひゅふぉふぉ。ふぉふぉー、ひょーひょー」

理解度が独自《どくじ》に進行中らしく、入れ歯をなくした人みたいな言語の合間にも何度かうなずきが入る。ひょっとこ状態《じょうたい》を解除《かいじょ》したので見終えたのだろうと判断し、紙を御船さんの唇から抜き取った。「ぺはっ」その息《いき》と舌《した》の吹《ふ》き出し方に健全《けんぜん》なエロス（矛盾《むじゅん》だよねこれ）を感じた。

まあ当たり前だが唇のリップクリームか何かで紙切れの端はほんのり湿《しめ》っている。或《あ》いは唾《だ》液《えき》かも知れない。だからどうした。ほんとどうした。保存した。

まだ地理に疎《うと》いから、叔母《おば》さんの書いてくれた大事な地図を失《うしな》うわけにはいかないですよ。

「ふーん、でってすな」

「はいはい」いい加減《かげん》な返事。だから俺は人の話を聞かない奴《やつ》だと以下略《いかりゃく》。

「駅《えき》に行く為《ため》の交差点まではあたしと一緒《いっしょ》の道だね」

「ほほぉ」理解度さっぱりなのにしたり顔で顎《あご》を引く。だから俺は成績が以下略。

「つまるところ、どーし！」

「おーし！」何だこのノリ。そして御船《みふね》さんの単語《たんご》が同志《どうし》であると気づくのに多少の時間を要《よう》した。

「うんとさ、じゃあ途中《とちゅう》まで一緒に帰らない？　親睦会《しんぼくかい》ってやつさー」

「うーし！」

歯車《はぐるま》が全部俺の為《ため》に回っているとしか思えない展開だ。

「でも何で俺？　いや俺はいいよ、全然良いけどさ」多少我《たしょうわれ》に返る。俺に初対面からそこまで魅力的《みりょくてき》な何かを発散《はっさん》する資質《ししつ》はない。自覚ある。

みふねん（今適当《てきとう》に考案した脳内《のうない》あだ名。恐《おそ》らく誰《だれ》も使用していない）は唇《くちびる》に人差し指の爪《つめ》を当て（ブラウンなネイルアートっちゅうのがしてある）、「うーん」と唸《うな》り、

「にわ君が独《ひと》りで帰って、友達いないんだってご近所に噂《うわさ》されると恥《は》ずかしいかなーって」

「ありがとよー」泣かせるねぃ。相手《あいて》が男子だったら、赤錆攻撃《あかさびこうげき》とか節分《せつぶん》の代わりとして顔面《がんめん》にぶちまけているところだが。

御船さんが自転車を外に出してから、俺も錆《さ》びついた愛馬《あいば》を引っ張り出す。本当は不法投棄《ふほうとうき》して、視界《しかい》に映っている優等生《ゆうとうせい》なチャリンコたちのどれかを盗《ぬす》んで走り出したい。

前を見やると、高校では見慣《みな》れない準備《じゅんび》に御船さんが取りかかろうとしていた。

「なにそれ」思わず無遠慮《ぶえんりょ》に口に出して突《つ》っ込む。

彼女のスクールライフを送迎《そうげい》するのはどっからどう見ても原チャリではない。敢《あ》えて強引《ごういん》に言えば人力源《じんりきげん》チャリ。大抵《たいてい》の高校生は、いや今時の小学生でもまともに着用している優等生《ゆうとうせい》は少ないであろう、頭部保護用《とうぶほごよう》のそいつを御船さんはさも当然そうに籠《かご》から取り出したのだ。

「ふぇ？」超可愛《ちょうかわい》らしい反応《はんのう》と一緒に振《ふ》り返る。「ヘルメット。転んだら痛《いた》い痛いですよ」

カポッと、工事現場のヘルメットみたいなものを被《かぶ》って、顎紐《あごひも》を調節《ちょうせつ》する。前の学校にあった競輪部《けいりんぶ》もヘルメットに膝《ひざ》パッドを常用《じょうよう》していたけど、御船さんのは何かが決定的に違《ちが》った。何だろう、ふつふつと現れだす可愛さ成分か。髪型《かみがた》とかセットしてある風なんだけど、乱《みだ》れを気に留めないんだろうか。

「頭皮《とうひ》と髪《かみ》の毛《け》べりべりーっ……という事態《じたい》を未然《みぜん》に防ぐ夢《ゆめ》アイテム装備完了《かんりょう》」

御船さんがヘルメットの側面を小柄《こがら》な手で振《く》って、緩《ゆる》くないか確認《かくにん》する。それから、若干《じゃっかん》照《て》れ気味《ぎみ》に笑顔を崩《くず》して、俺を伺《うかが》う。

「にわ君も、やっぱ頭はマッパ？」

「普通《ふつう》、頭部《とうぶ》限定《げんてい》に裸《はだか》の単語《たんご》を駆使《くし》した表現は用いないのですが」

そしてちょっと韻踏《いんふ》んでる感じを狙《ねら》ってるのが透《す》けて見えた。敢《あ》えて言及《げんきゅう》しないけど。

「友達とかもみーんな着用しないけどね。でも怖《こわ》いじゃん、自動車ちょー速いしさぁ……ちゅーか友達の自転車もはえーっちゅーかさー……」

ぶつぶつと愚痴《ぐち》りだした。そういう一個一個の挙動《きょどう》が一々完成度《かんせいど》高い。やっぱ素材《そざい》が良いと、理想と現実の差を頑張《がんば》って埋《う》めなくてもいいから役得《やくとく》だ。

「ま、俺はゆっくり運転するからさ」そして御船《みふね》さんの臀部《でんぶ》を追いかける。

ここで格好《かっこう》良くベルを一チリンさせてみようかと指を伸《の》ばしかけたが、第二、第三の虫グループが内部に控《ひか》えていないとも限らない。出過ぎた真似《まね》は止めて、前髪《まえがみ》を弄《いじ》くるに留《とど》めた。

御船さんはそこまで背《せ》の低い方ではないけど俺を見上げる程度《ていど》の身長差《しんちょうさ》はあるから、髪の生《は》え際《ぎわ》に一つ目立つニキビを見上げられていないか気になったのだ。思春期《ししゅんき》してるなぁ、俺。

思わずポイント増加《ぞうか》の採点《さいてん》が更《さら》に緩《ゆる》くなるところだったよ。

「ほんと？　いやあたしめっちゃ速いからにわ君置いてっちゃうなー参《まい》ったなー」

にまにま、相手《あいて》を逆撫《さかな》でしない程度に挑発的《ちょうはってき》に笑い返してくる。

「それでも俺は速度を上げないけどね」

「いや頑張れよー、っしゃばっちこーい！」

カラカラと車輪が潤沢《じゅんたく》に回り出し、御船さんが自身の隣《となり》を人差し指で指し示した。

「横、かもーん。色々、話聞かせてよ」

普通にしていても笑い顔っぽい顔立ちの子が屈託《くったく》なく微笑《ほほえ》むと、ジャブ三発の後の右ストレート効果《こうか》を体現しているみたいだと思う。

このまま硬派《こうは》と男気《おとこぎ》の金剛石《こんごうせき》を砕《くだ》け散《ち》らせて奥歯《おくば》の苦み走りを高めきり、御船さんを振り切って一匹狼《いっぴきおおかみ》に帰宅《きたく》したところで、待《ま》っているのは未来の荒廃世界《こうはいせかい》（俺とは関係ないが、どうして作家という人種は未来を想像すると、どいつもこいつも取り敢《あ》えず滅《ほろ》ぼしたがるのか。世界を統括《とうかつ》するコンピュータの暴走とか隕石《いんせき》落下の寒冷化とか人間同士《どうし》のものっそい戦争《せんそう》とか。もっとハッピーに行こうぜ）のミニチュアみたいな台所と、巻かれた布団《ふとん》の上部から出涸《でが》らしのお茶でも垂《た》らして注《そそ》ぎ込んでやりたい布団イトコだけ。

不肖丹羽真《ふしょうにわまこと》、逆《ぎゃく》ナン経験零《けいけんゼロ》。耐性《たいせい》なし。抗《あらが》う術《すべ》なし。ほいほい付いていくことにした。


「あっはっは、にわ君さいこー、もうすってきー」

「あはは、待てよぉ、こいつぅ、ちくしょう」宣言《せんげん》通り、追いつけない。

御船さんの生っちょろい太股《ふともも》が突如《とつじょ》二倍に膨《ふく》れあがってペダルを蹴《け》り潰《つぶ》す勢《いきお》いで車輪を回していいるわけじゃない。むしろ遅《おそ》い。よくあれで横転しないなと感心することしきりだ。

そんなヘルメットみふねんの運転に、全力で両足を稼働《かどう》させて追い縋《すが》ろうとする馬鹿《ばか》一名。

しかし、自転車はある意味二人三脚《ににんさんきゃく》。相方《あいかた》に全《まった》くやる気がないようで、空転を味わい続けている。ペダルはバターの撹拌機《かくはんき》みたいに景気《けいき》よく回ってるのに、肝心《かんじん》の車輪が死んだ子牛の脳味《のうみ》噌《そ》より回ろうとしない。鉄くず寸前《すんぜん》だがお前はまだ老体《ろうたい》じゃないはずだ、立ち上がれ。

自分が何馬《なんば》身《しん》も引き離《はな》す側《がわ》なのは初めてらしく、御船《みふね》さんは相当《そうとう》、世間《せけん》の目を気にせずはしゃいで俺を揶揄《やゆ》することにご執心《しゅうしん》だ。それが見たいが為《ため》に汗《あせ》だくになって婦女子《ふじょし》を追いかけ回す高二男子がここにいる気もするが、深い追求《ついきゅう》は打ち切ろう。別世界を開きかねん。

同学校の生徒も何事かと俺たち（比率的《ひりつてき》には御船さんが八割だが）を傍観《ぼうかん》し、明日教室で何かしらの反応《はんのう》が待《ま》ち受けていそうな雰囲気《ふんいき》があった。いつから俺は学園青春ストーリーの主役《しゅやく》っぽい振る舞《ま》いを演じられる地位にまで上り詰《つ》めたのだろうか。

現在、青春ポイントに関しては負債《ふさい》を抱《かか》えている立場なのに。

紛《まぎ》れなく楽しいのに、その影響《えいきょう》として不安も募《つの》る。苛《いじ》められませんように。

それにしても何だろう、この自転車。朝の速度と比較《ひかく》すると、頑張《がんば》っても怠《なま》けても速さに差がない。バイトの時給《じきゅう》みたいだ。一時間目《め》一杯《いっぱい》頑張ろうと、適度《てきど》に息抜《いきぬ》きして働《はたら》こうと賃金《ちんぎん》は一緒《いっしょ》だよ、と言わんばかりのふてぶてしさがこの自転車には漲《みなぎ》っていた。

小さな橋を一つ越《こ》えた先に控《ひか》える、三つ目の信号待ちで、ようやく御船さんのお隣《となり》に並《なら》ぶことが出来た。今までの信号は空気がある意味読める連中で、御船さんの進行を妨《さまた》げようとしない美少女至上主義《しじょうしゅぎ》な機械どもだったのだ。

「お疲《つか》れー。なんちゅーか、無駄《むだ》に頑張っちゃったね」

「……ま、ね」微笑《ほほえ》みの横顔バージョンを観賞出来《かんしょうでき》るから、そんなに無駄でもないけど。

「でもそーいうの青春っぽくて、いいなっと思うよ」親指立ててねーで、じゃあこげや。

「いつかきっと素敵《すてき》な思い出になるさー」あけっぴろげに両手を開き、上体を反《そ》らした。

……成長期だ、とその身体《からだ》を横目で眺《なが》めて感じた。意味は想像《そうぞう》に任《まか》せる。

先程《さきほど》から、御船さんは少し大きめの声で話してるのが分かる。道路を横切る自動車の音に遮《さえぎ》られないよう。

「……………………」

本当、田舎《いなか》とは大違《おおちが》いだ。車種は大《たい》して違わないだろうけど、人海戦術《じんかいせんじゅつ》の前には屈《くっ》するしかない。人がそれだけ多いのは、俺にとって異国《いこく》を眺《なが》めているのと同様《どうよう》の感覚を味合わせる。

「しっかしすごい自転車乗ってますな。オーダーメードってやつ？」

指で俺の自転車の籠《かご》を突《つ》きながら、盗品《とうひん》のような佇《たたず》まいを持つ自転車の出所《でどころ》を尋《たず》ねてくる。

「そういう職人技《しょくにんわざ》は需要《じゅよう》ないだろ……」

ある意味素人《しろうと》でも自作可能だが。少し深い川に飛び込めばいい。進学祝《いわ》いにパパに買って貰《もら》った素敵《すてき》自転車だとしても、容赦《ようしゃ》ない劣化《れっか》に見舞《みま》われることだろう。

更《さら》に海だったら、致命傷《ちめいしょう》となるはず。自然保護《ほご》に命を懸《か》ける人たちに大変な説教《せっきょう》を頂《いただ》くことになるだろう。

「あー、あのねのね」御船《みふね》さんが若干《じゃっかん》、言い辛《づら》そうに別の話を切り出す。

「ん？　はい」

御船さんの背筋《せすじ》がピッと伸《の》びて、両手を太股《ふともも》の上に突《つ》く。

「実はあたくし、この交差点を待《ま》つ必要《ひつよう》はないのでありますまで一緒《いっしょ》だったな。

「あ？　……ああ、そっか」覚えはないが、何処《どこ》かの交差点まで一緒《いっしょ》だったな。

御船さんは「あたしん家はあっち」と左手の方を紹介《しょうかい》する。車が見惚《みと》れるほど通ってビルがあって白色が全体に目立つ風景が広がっている。反対側の右手を確《たし》かめても、似《に》たような景《け》色《しき》が続いていた。シンメトリーや、と意味も分からず使ってみたくなるお年頃《としごろ》。

「ここでお別れですな」

「そうですな」

「しかし話をする暇《ひま》もなかったですな」むふ、とか今にも笑い出しそうな口ぶり。

「……ぜは」ハンドルを握《にぎ》ったまま前傾姿勢《ぜんけいしせい》で、荒《あら》い息《いき》を投げ出す。

「体力もご不足のようですな」

「……すーはー」決して御船さんの香《かお》りを嗅《か》ごうとチャレンジ二年生してるわけではない。

「まー話など明日から教室で聞けばいいのですが」

「……ごふ」別の要因《よういん》によって噎《む》せた。これが都会《とかい》なのか。

チリンチリン、と御船さんがベルを二回鳴らす。それに釣《つ》られて、俯《うつむ》きがちだった顔を上げて御船さんを見つめる。が、当《とう》の本人は「んー、んー、おっ」と何かを探《さが》して首を巡《めぐ》らせていた。目当てのものを発見したらしく、「ちょっと待《ま》ってて」と自転車のハンドルを俺に預《あず》けて小走りで離《はな》れていった。

彼女の青春作りに貢献《こうけん》すべく、自転車を交換《こうかん》してさっさと帰ってやろうかと身を乗り出したが、自転車より女の子との一時の方がいずれ貴重《きちょう》になるだろう、と価値《かち》計算をやり直した。

待ち惚《ほう》ける俺を嘲《あざ》笑うように、信号が青に染《そ》まる。そしてそれを見計《みはか》らったように、その横顔を見知る程度《ていど》に観察した、教室での隣席《りんせき》の女子が軽やかに自転車で通り抜けていった。当然だがこちらに対して一瞥《いちべつ》もくれない。恐《おそ》らくまだ顔も覚えられていないだろう。

青信号にもう一度黄色が陰《かげ》りだした頃《ころ》、御船さんがジュースの缶《かん》を二本持って戻ってきた。さっきは自販機《じはんき》を探していたらしい。何て良い子なんだろう。

「はいどーぞ」手渡《てわた》してくる。

「どもっす」手受け取る。

「にわ君はキャラ的にウーロン茶だと思ったけど、どーですかそこらへん」

「いやー、まぁコカコーラほど弾《はじ》けてはいないけどね」そして御船さんは蜜柑《みかん》ジュース系《けい》なのだろうか。確かに甘酸《あまず》っぱそうだけど。

ちなみに銭《つり》はきっちり回収《かいしゅう》された。しっかり者で頼《たよ》れるなぁ（↑既《すで》に少し盲目気味《もうもくぎみ》）。

「今時珍《めずら》しい自販《じはん》機《き》だよね、ジュース一本百十円だったよ」

大丈夫《だいじょうぶ》かその自販機。過去《かこ》からタイムスリップでもしてきてない限り、腹《はら》を下《くだ》しそうだ。

二人で同時に缶《かん》を傾《かたむ》ける。毒味《どくみ》役《やく》はいない。ほんのりと苦い、ウーロン茶の標準な味が喉《のど》を通り、快感《かいかん》を生む。ついでに某《ぼう》ラノベを初見《しょけん》、ウーロン荘《そう》と読んでしまった時の記憶《きおく》が蘇《よみがえ》った。

「ぺはーっ」喉を鳴らしてジュースを飲み込んでいた御船《みふね》さんが、大きく一息《ひといき》吐く。それから、ヘルメットより零《こぼ》れる髪《かみ》に手櫛《てぐし》を通しつつ、俺を真《ま》っ直ぐ見つめてきた。心臓《しんぞう》が少し高鳴る。

「そういえばにわ君って、何でこっちの方に転校してきたの？」

「想像《そうぞう》にお任《まか》せする。どんなドラマティックな動機だと思う？」

質問《しつもん》に質問で返した。寛容《かんよう》な精神をお持ちの御船さんはお怒《いか》りにならず、「うー」と素直に唸《うな》る。ピン、と閃《ひらめ》き豆電球《まめでんきゅう》を頭部で点灯《てんとう》させたかのように顔を上げ、力強く回答。

「前の学校ですっごい極悪《ごくあく》な問題を起こした、札《ふだ》付きのワルでした！」

「なんてことがあったら今真っ先に御船さんに悪いことしてますが」

「だよねー」へにゃ、と相好《そうごう》を崩《くず》す。ついでにお互《たが》い、ジュースを飲み干《ほ》した。

「単《たん》なる両親の転勤《てんきん》の都合《つごう》。叔母《おば》さんの家に世話になってるんだ」

「おー、なんかかっけーよね、それ」思春期《ししゅんき》憧《あこが》れ設定《せってい》に、御船さんが目を輝《かがや》かせる。

「だろー？　俺もそう思う。いや思ってた、うん」

一方、実体験した俺は遠い目になる。過《す》ぎ去《さ》る車を追いかけるように、視線《しせん》を水平に流した。

昨日《きのう》の余波《よは》によるポイント減退《げんたい》を受け流すことに成功。

「あ、青信号になったよ」

御船さんが道の変化をお知らせしてくれる。さっきのノッポな女子が先程《さきほど》通り過ぎてから何度目の青信号だろう、把握《はあく》出来《でき》ていない。もっとも、これこそ正《まさ》に量より質《しつ》なのだが。

「んじゃー、そろそろ帰りますか」本音《ほんね》を言うなら後小一《あとこ》時間は喋《しゃべ》りたい。

「うん。……ん、と」「?・」御船さん、ちょっと足の先がもじもじ。「にわ君さー」

「うん?」

「友達いっぱい出来るといいねー」

「はははは」貴女《あなた》は俺のお姉ちゃんですか。

「みんな仲良《なかよ》くいこー、おー」ぴょん、と軽く爪先《つまさき》立ちになってえいえいおーな御船さん。

「おー……うーん、ま、いいや。おー」

右腕《うで》を振り上げあって、今ひとつ同意しかねる宣言《せんげん》を行《おこな》ってから別れた。

その場で背中を見送っていると御船さんが振り向いて、ぶんぶんと今度は左手を振った。

左右にふらついて、少し危うかった。

走行が安定した後は、片手《かたて》でヘルメットの位置を調整《ちょうせい》していた。髪型《かみがた》が気になるようだ。

見送り終える。久方《ひさかた》ぶりの充足感《じゅうそくかん》にむず痒《がゆ》くなり、肩《かた》を派手《はで》に回す。

「……ま、とにかく。議題は一個解決、と」

自転車置き場でやぁ偶然《ぐうぜん》だね教室まで一緒《いっしょ》に行こうかあはは、の為《ため》に。

明日からも自転車通学しようと思いましたとさ、まる。


別に寄り道どうこうしてきたわけじゃないから、叔母《おば》さんの家に帰ってもまだ昼は続いていた。十二時も半分ぐらいしか終わってない。明日までの時間は十分《じゅうぶん》だった。

自転車を納屋《なや》に格納《かくのう》し、元《もと》からない鍵《かぎ》はかけずに放置。手を擦《こす》り合わせ、付着した赤茶色の粉《こな》を家の中に持ち込まないように払《はら》い落とす。住む人間は放送禁止用語《ほうそうきんしようご》の壁《かべ》に阻《はば》まれるアレの一言《ひとこと》に尽《つ》きても、家に罪《つみ》はない。世話になるのだから、極力《きょくりょく》汚さないようにはしよう。

「時々思うけど、俺って物にも心があるとか考えてるのかね」

小学一年生の頃《ころ》、俺はちょっと変わったものを飼《か》ってたしなぁ。いや、あれは微妙《びみょう》に黒歴史《くろれきし》だ。語り方次第《しだい》ではいい話に持って行けそうだけど、途中《とちゅう》で俺が羞恥心《しゅうちしん》に押し潰《つぶ》されかねない。

この件《けん》は内密《ないみつ》に、と。ガラガラーっと、玄関《げんかん》の扉《とびら》を開いた。

「……ただいまー」小声《こごえ》で挨拶《あいさつ》ぐらいはしてみた。俺のか細い声はたちまち、音に飢《う》えた室内に呑み込まれる。水滴《すいてき》をガーゼに垂《た》らしたように染《し》み渡《わた》り、痕跡《こんせき》さえ残らない。

女々《めめ》さんが職場《しょくば》にいる（はず。何の仕事《しごと》してるか知らないが）のは当然としても、その娘《むすめ》である……確《たし》かエリオも何処《どこ》かへ出かけているのだろうか。布団《ふとん》を巻いたまま。

「…………………………」ほのぼのアニメのワンシーンに採用出来《さいようでき》そうな絵図《えず》だ。まだこの家のご近所とは知り合っていないけど、噂《うわさ》の的《まと》（ただし声を潜《ひそ》める系《けい》の）だったらどうしよう。その家に住みだした俺まで同一項《どういっこう》で括《くく》られかねない。

俺は方程式《ほうていしき》に使われる社会の歯車的《はぐるまてき》な駒《こま》として、運命《うんめい》の作業に付き合う気はない！　などと戯言《たわごと》で頭に蛆湧《うじわ》かす土壌《どじょう》を耕《たがや》している場合ではない。靴《くつ》を脱《ぬ》ぎ、上がってから揃《そろ》え直した。

玄関には木のサンダルと、俺と同年代の女子が履《は》きそうな小洒落《こじゃれ》た靴が揃《そろ》えてあった。

通路を進んで、階段を目指す。昼飯《ひるめし》はどうしよう、とウーロン茶が胃《い》の底《そこ》で波打《なみう》つのを感じながら考える。まだコンビニの場所も分からない身《み》の上だ。さりとて料理《りょうり》が特別出来るわけでもない、凡百《ぼんぴゃく》の男子高校生であり……朝に見たおにぎり屋にでも足を運んでみるか。

財布《さいふ》の中身を確《たし》かめつつ、階段前へ到着する。そこで、昨日《きのう》はほとんど利用しなかった居間《いま》の方から、紛《まぎ》れない雑音《ざつおん》が飛び交《か》っているのに気づいた。階段にかけた足を引っ込め、そちらへ移動《いどう》方向を修正《しゅうせい》。まさか泥棒《どろぼう》ではあるまい。もしそうなら見かねて台所の片付《かたづ》けとかしていってくれないものだろうか、とつい前向きに願《ねが》ってしまう。

そして居間を、何となく物陰《ものかげ》に隠《かく》れながら覗《のぞ》き込む。すると目に入るのは（しっし、あっち行け）お茶の間に座《すわ》る一つの布団。何処ぞの科学捜査官《そうさかん》の真似《まね》でもしているのか、ノイズ吹き荒《あ》れるテレビ画面を凝視《ぎょうし》して、座布団《ざぶとん》の上に正座《せいざ》している。シュールだ。

「宇《う》ひゅうがベクヒョルを見誤《みあやま》っひぇいひゅ……」ぶつぶつと、独《ひと》り言《ごと》にしては随分《ずいぶん》と大声でテレビとお話し出す。宇宙《うちゅう》がどうこう呟《つぶや》いているみたいだ。

無視《むし》するのは容易《たやす》いけど、ここには二泊《はく》三日のつもりで来たわけじゃない。一応《いちおう》、こいつと共存《きょうぞん》の道を探《さぐ》ってはみよう。

「おーい」遠慮《えんりょ》がちに声をかけてみる。まだお互《たが》い、真《ま》っ当《とう》に自己紹介《じこしょうかい》も交《か》わしていない間柄《あいだがら》だ。それに一応、性別《せいべつ》は俺と正反対みたいだから、いきなり男が同じ家に住みだしたら、不快《ふかい》であるとか負《ふ》の方面への反応《はんのう》も懸念《けねん》すべきだろう。

簀巻《すま》き女が、身体《からだ》と布団《ふとん》を捻《ひね》って俺の方を向く。ただ布団に阻《はば》まれているからお互い、向き合ったところでまるで意味を成《な》していない気がした。

「ただいま、帰ってきました」「……………………」無言《むごん》。ただ布団の最上部が微《かす》かに揺れ、中身の蠢《うごめ》きを伝《つた》える。

鞄《かばん》を机《つくえ》に置いて、畳《たたみ》敷きの床《ゆか》にあぐらを掻《か》く。簀巻き女の丁度《ちょうど》正面に座《すわ》りこみ、不躾《ぶしつけ》にジロジロ見据《みす》える。といっても観察する箇所《かしょ》は少ないが。

服はパジャマから変更《へんこう》され、長袖《ながそで》のワイシャツとチェックのスカート。他の学校の女子制服を着崩《きくず》して着こなしているような格好《かっこう》だ。

……しかし、声をかけてはみたものの、何を話したらいいのやら。話の場を生み出す第一声《だいいっせい》が何か欲《ほ》しい。……よし、学校で学んだことを早速活《さっそくい》かそう。

「あ、俺はね、丹羽真《にわまこと》。イトコになるのかな、よろしく」

二度目の邂逅《かいこう》にて、自己紹介。まずは教室みたいに、ここから始めよう。

「地ひゅうは狙《ねら》われている」

「は？」明らかによろしくお願いしますの類《たぐい》ではない返事だった。

もう一度、簀巻き女がもふもふと布団を噛《か》むように喋《しゃべ》る。今度は、その内容を翻訳《ほんやく》できた。

「えーとだ、地球《ちきゅう》は狙われている？……あっそう」

住んでるだけで環境破壊《かんきょうはかい》しまくってる地球人だって、十分《じゅうぶん》地球を狙ってるのでは。

俺の味気《あじけ》ない態度《たいど》が気にくわないのか、簀巻き女が布団の下から、自由の利いてない右腕《うで》を動かす。テーブルに置いてあったリモコンを摑《つか》んでテレビの音量を上げ出した。ノイズの波《なみ》が激《はげ》しくなり、しかめ面《つら》で補《おぎな》いきれない不快感がせり上がってくる。

「分かった分かった。何を理解すればいいかさえさっぱりだが、納得《なっとく》してみた。さぁ宇宙の話は棚《たな》に投げ飛ばして、リモコンを置け」

リモコンを奪《うば》おうと手を伸《の》ばすが、布団の身体を上手《うま》く利用してスクリーンアウトしてきた。ただ音量は下げたので、俺の口先の効果《こうか》があったようだ。

重心の如何《いか》にも悪い簀巻き女が座布団《ざぶとん》上に落ち着くのを見計《みはか》らって、俺はこいつに聞かなければいけないことを尋《たず》ねてみた。女々《めめ》さんに面《めん》と向かっては聞きづらい事柄《ことがら》。

「で、一個質問《しつもん》なんだけどお前さ、本当に俺の従妹《いとこ》？　つうか女々さんの娘《むすめ》？　本当に？」

一個とかいいつつ質問攻《ぜ》めしてみる。ただでさえ息《いき》苦しそうな格好のそいつを更《さら》に締《し》め上げる気分で。

「……イホコ……」

簀《す》巻《ま》き女が正座《せいざ》を崩《くず》しながら、もごもごと呟《つぶや》く。イトコが別人の名前みたいになっているぞ。

「両ひんのひょう妹の子。おい、姪《めい》同ひ。とぅえんぢて、けふ縁《えん》ではなふ、それにひかひいものを比《ひ》喩《ゆ》表現すふはいひももひいられる。例文、へほ前のこひつはクマムシのイホコのような顔をひたおとほだ」

「辞《じ》典《てん》丸《まる》暗《あん》記《き》のフリをして人を貶《おとし》めるな」少し慣《な》れてきたのか、もごもご文章を理解できた。

しかもお前、俺の顔見たことないだろ。

そして俺も、こいつのお顔を覗《のぞ》いたことはない。興《きょう》味《み》は、ないこともない。漫《まん》画《が》では、顔を隠《かく》す登場人物は大抵、美形でしたというお約《やく》束《そく》があることだし。

もっとも現実では大抵《たいてい》、後ろ暗いところのある人が隠蔽《いんぺい》を試《こころ》みるのだが。

「で？　質《しつ》問《もん》に答える気はなさそうだな」

では力ずくで聞くとしよう！　という実力行《こう》使《し》の悪役《あくやく》になるほど知りたい情《じょう》報《ほう》でもないしな。大事なのは、こいつがこの家に住んでいる、という事実なのだ。

簀巻き女は既《すで》にこの件《けん》に関し、口を閉ざしたのか何も語ろうとしない。まあ、いいさ。

「とにかく、暫《しばら》くこの家の世話になることになってさ。一緒《いっしょ》に生活、するわけだな」

反《はん》応《のう》を様《よう》子《す》見《み》すべく、一歩引いた態度《たいど》で口にする。

「……っ…………っ…………………っ……」

簀巻き女も何かぼそぼそと口にしているようなのだが、ノイズと布団《ふとん》の二重苦《にじゅうく》で、ヒヤリングが非常に困難《こんなん》となる。テレビの電源《でんげん》を切ろうと思い立ち、テーブル上のリモコンに手を伸《の》ばそうとする。

それを察《さっ》したのか、簀巻き女が意外と俊敏《しゅんびん》に手を伸ばしてリモコンを布団の中に隠した。まさぐって取り出してみようかと五指《ごし》をワキワキさせたけど、容姿《ようし》も存じ上げない相手《あいて》にセクハラするのもいかがな物かと自重《じちょう》した。

ま、顔見知りだからって身体《からだ》をべたべた触《さわ》ったら大差《たいさ》ない軽蔑《けいべつ》と罪《つみ》が待《ま》ち受けているけど。

「で、ここで何してんの」敢《あ》えてテレビを視界《しかい》に入れないまま尋《たず》ねてみる。

「宇《う》ひゅうからの物ひつ転ほうをまってるの」

「……頭大丈夫《だいじょうぶ》ですか？」つい親身《しんみ》になって歯《は》に衣着《きぬき》せない心配が出ちゃったぜ。

「転ほう完了《かんりょう》じ時刻《こく》まで、ひふんははほー」

「はぁ」ひふんははほー……二分七秒？　絶対、適当《てきとう》に指定したな。

案《あん》の定《じょう》、それから三十秒を待たずして、転ほう、すなわち『転送』っていうやつの兆《きざ》しが表れた。宇宙《うちゅう》の人は律儀《りちぎ》に表《おもて》のチャイムを鳴らすようだ。簀巻き女が立ち上がるところを見ると、待ち人はやはりそのチャイムと関連しているらしい。

「一分もかからなかったみたいだが」

「予ほうをうはまられたの。暫《ざん》へいなはら、査へいをひゅう正しておふ」

「返事を律儀《りちぎ》にしてくれるのはおにいさん嬉《うれ》しいんだけどね、会話が成立してないんだよね」

言い分を無視《むし》して歩き出す簀巻《すま》き女。耳も布団《ふとん》で塞《ふさ》がってるから、と言いたげな一切《いっさい》の非《ひ》を感じさせない足取り。

「……取り敢《あ》えず、俺も玄関《げんかん》行くか」

こんなのを単体《たんたい》で接客《せっきゃく》させたらマズイだろう、と常識に裁量《さいりょう》させて俺も追随《ついずい》する。同行者に対する簀巻き女のコメントはなく、拒絶《きょぜつ》も勧誘《かんゆう》も伴《ともな》わない。

ついさっき通った玄関に舞《ま》い戻る。

物質転送は人力《じんりき》なのか、戸のガラス部分には明らかな人影《ひとかげ》が映《うつ》っている。

ただのお届《とど》け物臭《くさ》い。

「あ、ちょっとこら」簀巻き女が素足《すあし》で玄関へ下りようとするのを、布団を摘《つま》んで制《せい》する。

「…………………」布団越《ご》しだけど、凄《すご》く不満げなのが伝《つた》わってくる。

「お前は猫《ねこ》か、フリーダムに土足《どそく》の場所へ行くな」通路側へ押し戻す。

代わりにサンダルを履《は》いて、戸の鍵《かぎ》を外《はず》した。ついでに開くところまでこなす。

居候《いそうろう》だから、家人には気を遣《つか》う癖《くせ》を養《やしな》わねばという思いからだった。

外に立ちつくす宇宙人《うちゅうじん》は、緑と白の縞模様《しまもよう》の制服《せいふく》を着て、食欲《しょくよく》をそそる匂《にお》いを携《たずさ》えていた。

「毎度、○○ピザです！」愛想《あいそ》料金とか取られそうなぐらいにこやかなお兄さん出現《しゅつげん》。

「はい？　何ピザ？」

「〇〇〇ピザですけど」滑舌《かつぜつ》が素晴《すば》らしいはずのお兄さんの言葉《ことば》は何故《なぜ》か読解出来《どっかいでき》ない。

もしや本当に宇宙語を……なわけがないか。

まあ、ドミノでもハットでもマッハでも一向《いっこう》に構わない。

何故か俺がマネージャー代わりに代金を支《し》払《はら》った。「ありゃーっした！　ども！」

宅配《たくはい》のお兄さんは、簀巻き女については一切《いっさい》触《ふ》れず、表《おもて》に止めていたスクーターに跨《また》がって颯《さっ》爽《そう》と去《さ》っていく。いいなぁ原《げん》チャリ。俺の乗ってるやつは元気が減チャリなのだ。

戸を閉める。施錠《せじょう》する。サンダルを揃《そろ》えて置いて、財布《さいふ》をポケットに仕舞《しま》う。

手元にはポテト&ベーコンピザ、所謂《いわゆる》ジャーマン。スモールサイズ、千四百円なり。

簀巻き女に横から箱《はこ》をむしり取られ、「イトコの査へいをえっくふ線上2へ変ほうしたわ」

「んー……」略《りゃく》すのは難《むずか》しいが、つまるところ『ありがとう』と礼を言っているのかな。

ていうか、昼食のピザのデリバリーを待《ま》っていただけかよ。

「にしても、随分《ずいぶん》と身近な宇宙だな。あれなら俺の田舎《いなか》にもいたぞ」

「宇ひゅうとは人ふいにもっほもひかい希ぼふである」

「あー？　宇宙とは人類に最《もっと》も近い希望である？　良いこと言った風味《ふうみ》に仕上げるなよ、全然返しになってないし」

俺を無視《むし》して、ピザの箱を握《にぎ》り締《し》めた簀巻き女は奥《おく》へと戻っていく。何となく、それに続いた。家の中を知り尽《つ》くしているらしく、簀巻《すま》き女は通路にひっそり置いてある棚《たな》と花瓶《かびん》を数歩手前で避《よ》け、転倒《てんとう》や物質破損《はそん》を回避《かいひ》して居間《いま》へ帰還《きかん》していく。

二人で居間に入り、何故《なぜ》か並《なら》んで座《すわ》る。普段《ふだん》、学校等で女子のお隣《となり》に座るなどという破廉恥《はれんち》行為《こうい》に及《およ》んだら心臓《しんぞう》と耳の裏《うら》が高鳴ってポイント増加の予兆《よちょう》だが、布団《ふとん》の横にいたところで眠《ねむ》気《け》を覚えるだけだ。抱《だ》き枕《まくら》とかに丁度《ちょうど》いいのかも。ま、立派《りっぱ》なセクハラだけどな。布団だと思ってたんです！という涙《なみだ》ながらの言い訳《わけ》も通用しまい。間違《まちが》ってないはずなのに。

簀巻き女が布団をもぞもぞとまさぐり、百円硬貨《こうか》四枚と、しなびた千円札《さつ》一枚を取り出す。二の腕《うで》より下からしか稼働《かどう》しない窮屈《きゅうくつ》そうな右腕が俺とは正反対の方向へ、金を握《にぎ》り締《し》めながら差し出される。この電波娘《でんぱむすめ》、料金の概念《がいねん》は損《そこ》なわれていないようだ。

そもそもピザを注文出来《ちゅうもんでき》る時点で、最低限の社会適応《てきおう》は可能《かのう》なのだろう。「はいどーも」立て替えた代金を受け取り、財布《さいふ》に入居《にゅうきょ》させる。さて、俺の役目と出番は終了《しゅうりょう》した。鞄《かばん》を持って二階へ退散《たいさん》するべきか。第一、空腹《くうふく》のまま人が食事している様子《ようす》を眺《なが》めていたらカルシウム不足な現代っ子の側面が表れかねない。だが、どうやって食べるかを見届《みとど》けたくもある。布団で顔を巻かれたままピザを食《しょく》するというのは、こいつが言動の節々《ふしぶし》とで宇宙的を志《こころざ》そうと中身が重力大好き地球人なので不可能なはず。つまり、布団を外《はず》すわけで。

素顔《すがお》を覗《のぞ》ける良い機会《きかい》だろうと、好奇心《こうきしん》が足を痺《しび》れさせるのだ。

そもそも何で布団巻いてるんだ、と突《つ》っ込む気力は空腹の所為《せい》か湧《わ》いてこない。

簀巻き女が正座《せいざ》しながら、ピザの箱《はこ》を開く。匂《にお》いが増加し、口数少なくなっていた腹《はら》の虫を沸《わ》き立たせる。俺も頼《たの》もうか、と一瞬《いっしゅん》食欲が提案するも、値段《ねだん》を思い返して却下《きゃっか》の風潮《ふうちょう》が高まる。無駄遣《むだづか》い出来るほどの財政的余裕《ざいせいてきよゆう》は、働《はたら》かざる者にあるわけがなかった。

簀巻き女がピザの端《はし》っこを両手で摑《つか》む。布団はそのまま。チャンネルぐらいそのまま。

「は？」素手《すで》で半分に千切ったピザを布団上部へ投げ込み、隙間《すきま》へホールインワンさせた。

「…………………………」声と目を悪い意味で奪《うば》われたのは、それが初めてだ。

唖然《あぜん》と絶句《ぜっく》、刮目《かつもく》に狼狽《ろうばい》。他人事《ひとごと》と割《わ》り切るのは不可能《ふかのう》な、曲芸《きょくげい》じみた振る舞《ま》い。

運動会の玉入れのように投げ込まれたピザは布団をトッピングでべったべたに汚《よご》しながらずり落ち、やがて内部のエリオの口へと自動で運び込まれることだろう。具がなくなって味が薄《うす》くならない？　とかそんなとち狂《くる》った心配をしてしまうぐらい、人類の礼儀作法《れいぎさほう》からかけ離《はな》れた栄養摂取《えいようせっしゅ》を見せつけられた。

布団の中の様子を想像《そうぞう》するのが恐《おそ》ろしかった。一種、グロ画像《がぞう》が生まれていそう。裂《さ》いて残ったもう半分は、そのまま箱の上へ戻される。手をつける様子もない。

「残りはどうするんだ？」他に尋《たず》ねたいことは山の如《ごと》しだが、食欲《しょくよく》だって負けちゃいない。

「イホコの現在査《さ》でいはら、ゆふってもいいへど」

譲《ゆず》ってくれる、と言ったらしい。なかなか良い展開になった。奴《やつ》の布団の裏側《うらがわ》事情はもはや見なかったこととして。

「じゃ、割《わ》り勘《かん》で」七百円返した。垂《た》れ下がっていた右手に硬貨《こうか》を握《にぎ》らせる。

「……」うあ。何気《なにげ》なく握ってしまったその手で、女の子を一気《いっき》に意識《いしき》してしまう。白魚《しらうお》が五匹《ひき》生えているような、繊細《せんさい》で青白い指。

体温の薄《うす》れた指先と、骨《ほね》を感じさせない柔《やわ》らかさ。上質《じょうしつ》のケーキ生地《きじ》に肌《はだ》がくるまれているみたいだ。俺の手が触《ふ》れ続けていると、その手は煮込《にこ》まれたミズウオみたいに少しずつ溶《と》けてしまいそうな気がした。


誰《だれ》もやらないことを理解したので台所を掃除《そうじ》し、その後に自室《じしつ》で段ボールの中身《なかみ》を二つ片付《かたづ》け終えた頃《ころ》、時計は午後七時を過《す》ぎて電話が鳴った。

隣《となり》の部屋《へや》にいる簀巻《すま》き女はボールチェアに腰《こし》かけて一向《いっこう》に動く気配《けはい》がないから、階段《かいだん》をかけ下りて俺が出る羽目《はめ》となる。代金払《ばら》いに加《くわ》えて、電話番まで代行することになるとは。

「はい、もしもし。丹羽《にわ》ですけど」

『あらあなた、もう帰ってたの？　今日は水晶婚式《すいしょうこんしき》だからデナーの予約が入ってるのに』

「一人金婚式《きんこんしき》でも目指していてください」

『だって丹羽さん家なんでしょ？　私が結婚して名字《みょうじ》変わった以外にその可能性《かのうせい》はないわ』

「ああ……そっか」ここは藤和家《とうわけ》だった。「すいません、間違《まちが》えました」ガチャリ。

悪《あく》は断《た》たれた。しかし何度でも復活《ふっかつ》する。人類の歴史のように反復する電話の繫《つな》がり。

『シンちゃんひどーい』ぶりっ子口調《くちょう》で糾弾《きゅうだん》してるのは、言うまでもないが女々《めめ》さんである。

「誰がシンちゃんだ。某野原《ぼうのはら》さん家の子《ち》みたいだから止めてください」

『昔《むかし》はあなたもあんな感じの子だったのよ』

「嘘《うそ》つけ！　あんたと過去《かこ》に接触《せっしょく》した記憶《きおく》はない」

『真《まこと》くんが生まれた頃には一回、病院に見学に行ったはずだけど』

「あっそ。それで、なんですか？」

『ご飯《はん》はもう食べた？』

「いえ、まだ」

『叔母《おば》さんはまだ帰れないから、ご飯は好《す》きに食べて頂戴《ちょうだい》』

「分かりました。娘《むすめ》さんはどうするんですか？」

『さあ？　知らないわ。真くんも気づかなかったことにしておくのが賢明《けんめい》かも』

「そういうわけにもいかないでしょ」足の爪先《つまさき》を床《ゆか》にトントン。

目を逸《そ》らした先にある窓《まど》の外は夜の帳《とばり》が厳重《げんじゅう》に下りて、対照的《たいしょうてき》である民家《みんか》の光に目を惹《ひ》きつけられる。空は角度《かくど》の所為か、浮かび上がっているはずの月も見当たらない。

『それなら任《まか》せちゃおーっと。私しーらない』

無責任極《むせきにんきわ》まりない、ヘリウムガスな電話の切り方だった。

「……あんた、本当にあいつの実《じつ》の母親ですか？」

切れた電話越《ご》しに問《と》いかける。何だか色々疑わしい。そもそも親戚《しんせき》が誰《だれ》一人認知《にんち》してない娘《むすめ》って、どういう経緯《けいい》で生まれたんだろう。俺を引き取った時点で、隠《かく》し通そう、という気も特にないみたいだし。

脳《のう》の思考を司《つかさど》る部分にしこりを生みながら、受話器を置く。就寝《しゅうしん》する直前に、さして興味《きょうみ》もない事柄《ことがら》の分際《ぶんざい》で悶々《もんもん》と頭部を席巻《せっけん》し、安眠《あんみん》を妨《さまた》げる要素《ようそ》となりかねないな、と肩を落とす。

階段《かいだん》を上がって、財布《さいふ》を取ってくるついでに従妹《いとこ》の部屋《へや》に顔を出す。

「なぁ、えーと……」何て呼ぼう。俺はどうも相手《あいて》からイトコと名づけられたっぽいが、こっちはどうしたものか。従妹を名字《みょうじ》で呼ぶのも何処《どこ》か違和感《いわかん》があるし。かといって、『下の名前も馴《な》れ馴れしいのではないでしょうか』と架空《かくう》の上司《じょうし》にお伺《うかが》いを立てる。ちゃん付けとか、或《ある》いはさん付けと譲歩案《じょうほあん》は出るのだが、相手《あいて》の年齢《ねんれい》がまだはっきりとしないので態度《たいど》の高低差が付け辛《づら》いのである。

「夕飯《ゆうはん》どうする？　あ、普段はどうしてる？」

相手の指定を省《はぶ》き、用件《ようけん》だけを口にする。この件に関してはまた後で審議《しんぎ》することにした。ボールチエアに半《なか》ば埋《う》まっていた布団《ふとん》と従妹がのそりと立ち上がる。機会《きかい》が巡《めぐ》ってくれれば、俺も一度は座《すわ》り心地《ごこち》を体験《たいけん》してみたいものだ。

「じょうひならうひゅうひょりひらいひたひょくもつでやかんかふどうふんもぜっひゅするへ

ど」

清書《せいしょ》すると、『常時《じょうじ》なら宇宙《うちゅう》より飛来した食物で夜間活動分も摂取《せっしゅ》するけど』

「あくまで宇宙産と言い張るのか」分かったよ、スペースピッツアってことにしとこう。

ていうかこいつからほんのりと、ピザの残り香《が》が漂《ただよ》っている。洗うなり布団替えるなりすればいいのに。

「きよふはイホコにえひ養源《ようげん》をゆふったから、かふとう時間を短縮《たんしゅく》ひゅう」

「……あー、ピザを俺に譲《ゆず》ったから、夕飯がないと。はいはい」通訳係《つうやくがかり》まで始めかけているぞ。

どうも、一枚のピザを昼に半分、夜に半分と分割《ぶんかつ》して食べるのが簀巻《すま》き女の普段の食生活らしい。けれど今日は俺が半分貰ったから、食べるものがないと。

何て栄養《えいよう》バランスの偏《かたよ》った食生活なんだろう。しかし俺も両親と暮《く》らしていたから多数の食物を摂取《せっしゅ》する暮らしを送っていたわけで、簀巻き女と同様《どうよう》の境遇《きょうぐう》（敢《あ》えて口にしないがカタカナ三文字）になったらジャンクフードが胃《い》の中を埋《う》め尽《つ》くしそうだ。

「じゃあ自炊《じすい》とか……」愚問《ぐもん》を途中《とちゅう》で呑み込む。エリオ嬢《じょう》は『寝《ね》ることしか出来《でき》ません』と全《ぜん》身《しん》で表現しているではないか。ファッションとはかくあるべきである。表現者としての自分を確立するという点で、こいつに勝《まさ》ることは不可能《ふかのう》だ。

人間の尊厳的《そんげんてき》には、退路《たいろ》の塞《ふさ》がった位置《いち》にいらっしゃる感も否《いな》めませんがね。

「何か買ってきましょうか、姐《ねえ》さん」

手遅《ておく》れにならない内に、下手《したで》に出る。

この流れに乗り続けると、これとお外を出歩くという精神に不健康《ふけんこう》を強《し》いる展開《てんかい》が待《ま》ち受けていそうだと俺の何かが告《つ》げたのだ。第六感、虫の知らせ、あの母にしてこの娘《むすめ》あり。

「沓《さ》へい能《のう》ひょくをやひなわれていないとみふけるイホコが、わたしを満ほくさせふ物ひひょう達を遂《つい》ほうするほとはふは能と判《わか》らんされたわ」

ほーら、やっぱりこうなった。

訳《やく》すると多分《たぶん》、『わたしも一緒《いっしょ》に行く』と言ってるんだよ、きっと。


夜風を肩で切るのが気持ちいい。

楕円形《だえんけい》になっている月を見上げるのが最高に思春期《ししゅんき》的に格好《かっこう》良い。

しかし夜の道なのに、障害物《しょうがいぶつ》（通行人含《ふく》む）がやたら多いな。流石《さすが》都会《とかい》だ。

うわー見てる見てる、黒歴史絶賛更新中《くろれきしぜっさんこうしんちゅう》の俺をみんながガン見してる。死体遺棄《いき》と間違《まちが》われたりしないだろうな。

夜の外出の雰囲気《ふんいき》に酔《よ》いしれようと美点を色々探《さが》すが、前を向いて自転車を運転しようとするとあっという間に、現実を引き戻すものが視界《しかい》を覆《おお》い尽《つ》くす。

自転車籠《かご》に尻《しり》から突《つ》っ込んで、両足をぶらぶらしている簀《す》巻《ま》き女が目に優《やさ》しくない。

何故《なぜ》荷台《にだい》に座《すわ》らないのかと問《と》いつめたいぐらいだ。いや、ないんだけどねこの自転車。日夜《にちや》ご町内の平和を質実剛健《しつじつごうけん》に守ってくださるポリスマンと鉢合《はちあ》わせたら、間違いなく補導《ほどう》される乗り方だ。昨今《さっこん》の風潮《ふうちょう》として二ケツは疎《うと》まれるが、こいつは疎外《そがい》の領域《りょういき》だろう。

スーパーのカートに乗り込んで大騒《さわ》ぎしてる幼稚園児《ようちえんじ》と大差ないもんな。

羽毛布団《うもうぶとん》の宅配員《たくはいいん》と間違われることを祈《いの》るばかりだが、咄嗟《とっさ》に足まで引っ込める技術《ぎじゅつ》と余裕《よゆう》はこの簀巻き女になさそうだった。ていうか、非常に運転しにくい。特に布団が俺の視界正面を覆うから、わざわざ首を傾《かたむ》けて運転しないといけなくなる。結果、チャリンコの重心が傾き、車輪の正常なる回転に危《あや》うさが生《しょう》じる。こうして、悪いリズムが生まれていく。

まず何とかするべきは布団なのだが、頑《がん》として外《はず》そうとしない。出かける前、無理矢理《むりやり》外そうとして紐《ひも》に手をかけたらダバダバ走りで逃げ出して、通路で転倒《てんとう》して藻掻《もが》いていたのを見下ろした時は何故《なぜ》か罪悪感《ざいあくかん》が芽生《めば》えた。起こすのを手伝《てつだ》ったが、宇宙査定《うちゅうさてい》はマイナスされた。

俺の青春ポイントもマイナス2されたからお相子《あいこ》、ということにしてしまおう。

しかしこいつが同行しないと、コンビニの場所も分からない俺であった。仕方なく妥協《だきょう》。

それから外へ出ると、簀巻き女の転倒率《りつ》が桁違《けたちが》いにまで跳《は》ね上がった。こいつの回避能力《かいひのうりょく》は自宅限定《じたくげんてい》という分かりやすい制約つきだったらしく、平坦《へいたん》な地面を相手《あいて》にしても足がもつれ気味となる。徒歩《とほ》で食料調達《ちょうたつ》に向かうという線はそこで掻《か》き消え、納屋《なや》に至《いた》る。

本日二度目の、痛車《いたしゃ》（精神的ではなく切実《せつじつ》に痛《いた》んでる）でのお出かけとなった。

アバウトな状況《じょうきょう》説明に対してアバンギャルドな指示が返ってきながらも、何とか警察《けいさつ》の人に遭遇《そうぐう》しないまま最寄《もよ》りのコンビニに到着《とうちゃく》する。もっとも、こいつは確《たし》かに不審者《ふしんしゃ》だが無害《むがい》なことは誰《だれ》の目にも明らかなはず。例えば逃げる誰かを追いかけたとしても方角《ほうがく》を見定められず、それに勝手《かって》に転倒《てんとう》するだろう。ＲＰＧに出演《しゅつえん》したら間違《まちが》いなく経験値《けいけんち》１のモンスターだ。

「着いた着いた。何買おうかなーっと」

都会《とかい》のコンビニだということで、田舎者《いなかもの》らしくガラスに張りついてうっとりと店内を眺《なが》め回してみようかと思ったが、倫理《りんり》と羞恥《しゅうち》に苛《さいな》まれて中止することにした。始めから嘘《うそ》ですが。

後方からガシャガシャと踵《かかと》で籠《かご》を揺《ゆ》らし、放置するなと抗議《こうぎ》の意を示《しめ》す音が演奏《えんそう》された。精神的な空気は読めないが、物理《ぶつり》方面にはなかなか聡《さと》いようだ。

「一緒《いっしょ》に店内に入るなら布団《ふとん》を外《はず》せ。その格好《かっこう》はルール違反《いはん》だ」

バイクヘルメットを被《かぶ》って入店するよりは危機感《ききかん》を抱《いだ》かれないだろうが……ある種、人の恐怖の感情を呼び覚ますのは確かだ。遠目《とおめ》から見たら一反木綿《いったんもめん》の集合体と思われるかも知れない。

「第二ひゅひょう査《さ》員《いん》のわたしのすはたを公《おおやけ》にさらふのは、査へいに対ふるひょう等性《とうせい》をうひなわへるおほれがあるの」

「そうか。その仕事意識《しごといしき》には頭が下がるからそこで大人《おとな》しく白い花を咲《さ》かせていてくれ」

「でも臨《りん》ひ応変《おうへん》に対ほうするこほが、一流ひょう査員のあかひではあるので」

「ほー、つまり？」振り返り、多少意地悪く相手《あいて》の要求《ようきゅう》に耳を傾《かたむ》ける。

「籠からひりをひっほぬかれざるほへない」童話《どうわ》の巨大《きょだい》なカブか、お前は。

足を摑《つか》んで一人綱引《つなひ》きとかしてみたかったが、一応《いちおう》相手の性別《せいべつ》を考慮《こうりょ》して、半《なか》ばお姫様抱《ひめさまだ》っこの形で籠から持ち上げる。駐車場《ちゅうしゃじょう》のアスファルトに両足を下ろして、重心が安定するまで待《ま》ってから手を離《はな》した。簀《す》巻《ま》き女は指先だけでなく、膝裏《ひざうら》もしっかり女の子していることを実感。

それから簀巻き女は人生の縮図《しゅくず》に自《みずか》らなろうとしているのか、死ぬほど窮屈《きゅうくつ》そうに腕《うで》を動かして布団の洗濯紐《せんたくひも》の結《むす》び目を外《はず》そうと試《こころ》み出す。無理《むり》な角度《かくど》に腕を曲げ、その影響《えいきょう》で後方へ転倒しそうにもなっている。

「手伝《てつだ》ってくださいとか言えばいいのに」

見かねて外してやった。毎日、縛《しば》る時もこんな苦労をしているのかこいつは。

かなりきつめに縛られていた紐を外す。布団は抑圧《よくあつ》から解放され、空気の膨《ふく》らみを取り戻そうと蠢《うごめ》き出す。簀巻き女はその異名《いみょう》の看板《かんばん》を取り外そうと、中身の右腕が布団を鷲摑《わしづか》みにする。格好《かっこう》つけて腕を伸《の》ばしきって布団を取り払《はら》い、遂《つい》に簀巻き女こと藤和《とうわ》エリオの素顔《すがお》が夜空の月とコンビニの高ルクスの光に晒《さら》され、明かされていく。

興味零《きょうみゼロ》ってわけにもいかず、その顔立ちを注視《ちゅうし》すると、

「…………………」

一口《ひとくち》感想を先行させると、

なんか地球外生命体《ちきゅうがいせいめいたい》みたいなのがいた。

「お前はなんだ？　宇宙人《うちゅうじん》か？　竹やぶに突《つ》き刺《さ》さってるお姫様《ひめさま》か？」

動揺《どうよう》が焦燥《しょうそう》を伴《ともな》い、俺を駆《か》け巡《めぐ》る。自分で発言した内容が本当に舌《した》を噛《か》んだりせず成立しているか、確証《かくしょう》が持てない。手首の真下《ました》で脈《みゃく》打つ血管《けっかん》が呼吸《こきゅう》を乱《みだ》して目の焦点《しょうてん》を鈍《にぶ》らせる。

布団《ふとん》を外《はず》した藤和《とうわ》エリオは、宇宙人だった。……いや俺レベルのフェイスからすれば、ね。

俺の地球にとっては外の生命体だった。

ドリアンからかぐや姫が生まれたレベルで、藤和エリオの株《かぶ》が俺の中で高騰《こうとう》する。

あの叔母《おば》さんが世《よ》に生み出したとは信じがたい、美少女が眼前《がんぜん》に光臨中《こうりんちゅう》。

スーパー凄《すご》い。髪《かみ》から粒子《りゅうし》出てる。ていうか髪の色が地球人じゃない。

この子の髪が出所《でどころ》ならそれがフケだって吸《す》い込める！　とまではおおっぴらに言えないが。

ピザのトッピングが髪と額《ひたい》にくっついて乾《かわ》いていることさえ、完全に無効化《むこうか》している。

「宇宙人……？」

「ん？」

俺の脊髄《せきずい》に頼《たよ》った評価《ひょうか》に、エリオが目を剝《む》く。何だ？

他意《たい》なく、別種の生き物であることを表現してみただけなんだが。エリオの琴線《きんせん》に触《ふ》れるものがあったのだろうか。宇宙好《す》きっぽいし。

エリオの足が前へ出ようとして、もつれる。自分の右足に左足を引っかけたのだ。

「わたしが？　……わたしが！　宇宙人《うちゅうじん》！」

体勢《たいせい》を立て直さないまま、詰《つ》め寄られた。よろめくような足取りで俺との距離《きょり》を飛んで埋《う》め、二《に》の腕《うで》を服の上から握《にぎ》り潰《つぶ》してくる。爪《つめ》が食いこみ、流しきれない痛《いた》みが生まれる。

「なんだよ、おい！」

引きはがす。一歩《いっぽ》距離《きょり》を取って、その動作《どうさ》にエリオまで付属《ふぞく》してきた。

原因《げんいん》は、お互《たが》いの手。

気づいてから、握った従妹《いとこ》の手をすぐに離《はな》して顔を逸《そ》らした。横目で、回りくどくエリオを見る。

エリオは肩で息《いき》をしながらも、その握り拳《こぶし》を開いた。

自分を落ち着かせるように、瞼《まぶた》を指の腹《はら》で撫《な》でてから、呟《つぶや》く。

「これは世《よ》をしのぶ仮《かり》の姿《すがた》だから」澄《す》まし顔で自己評価《じこひょうか》を下し、目を逸らした。

トライアングルが伴奏《ばんそう》しているような氷柱《ひょうちゅう》の声調《せいちょう》は、中身《なかみ》が女の子であることを完全に立証《りっしょう》していた。驚愕《きょうがく》の跳《は》ね具合《ぐあい》が収《おさ》まり出すと、相手《あいて》を直視《ちょくし》なんて出来《でき》るはずもない。

相手を見ないまま、「しのべるか」同性《どうせい》に本気印《じるし》で殴《なぐ》られるぞお前。

俺の反論《はんろん》を無視《むし》して、息苦《いきぐる》しさの解放からか必要《ひつよう》以上に深呼吸《しんこきゅう》を繰《く》り返すエリオ。中学の体育の授業で、内容がマット運動の時に苛《いじ》められっ子がマットの下に詰め込まれ、上に大勢《おおぜい》の苛めっ子がのしかかっていたのを何となく思い返す。俺はどちらにも属《ぞく》していなかったけど。

粒子混《りゅうしま》じりの美貌《びぼう》を持つエリオなのに、その仕草《しぐさ》は苛められっ子のそれと似通《にかよ》っていたから。何だか、放っておくと罪悪感《ざいあくかん》の類でも芽生《めば》えそうな……いや正直に言えば、事を荒立《あらだ》てずに、触《さわ》れられるのではと多少の下心《したごころ》含《ふく》んでも、いるのを否定《ひてい》しないけど。

「……………………」

せめて髪《かみ》に張りついてるのは、と指で梳《す》いてピザの残滓《ざんし》を取り除《のぞ》く。既《すで》に乾《かわ》いたピザの欠片《かけら》がぽろぽろと砂のように零《こぼ》れ落ち、接着されていた髪の毛がばらける。

指先がくすぐったい。そして指の腹は微《かす》かに震《ふる》えている。うっわ、緊張《きんちょう》してると斜《しゃ》に構えた判断をすることで落ち着かせようと試《こころ》みる。無理臭《むりくさ》いけど。

女の子に触《ふ》れたことがないわけじゃないけど、美少女に指先を当てるのは初。

故《ゆえ》に、肩こりになりそうなほど、上体が引きつっております。

エリオはされるがままで、俺の眼球《がんきゅう》を絶《た》えず覗《のぞ》き込み続けている。ちょっと不気味《ぶきみ》。

そのお陰《かげ》で、緊張も若干《じゃっかん》引っ込む。肩を落とすことが出来て、息苦しさから逃れる。

離《はな》れた俺の指に粒子がくっついていないかと見やったけど、ハムの細切れが載《の》りかかっているだけだった。払《はら》い落とし、エリオの反応《はんのう》を待つ。

「……………………」

無言《むごん》のエリオ。なんか、服の上から自分のアバラ骨《ぼね》付近を指で突《つ》いている。何か言い淀《よど》んでいるのか、言葉《ことば》を先送りにしている印象《いんしょう》を窺《うかが》わせる、そんな仕草だ。だけど、こっちから話しかけるのも躊躇《ためら》われる。

かける必要《ひつよう》であるはずの言葉《ことば》さえ失わせる、それだけの存在感《そんざいかん》が備わっていた。

こちらも騒《さわ》がず、ただ空気に呑《の》まれながら観賞《かんしょう》していたい。

気に入った日常雑貨《ざっか》ではなく、手の届《とど》かない美術品《びじゅつひん》に属《ぞく》している、非《ひ》日常の逸材《いつざい》。

辛《かろ》うじて俺の視界《しかい》に留《と》められているのは、右手が握《にぎ》る布団《ふとん》のお陰《かげ》だろうか。

「イトコにわたしの秘密《ひみつ》を明かしておこうと思うの。あなたには素養《そよう》がありそうだから」

ようやく開いた口は、抑揚《よくよう》もあって眼球《がんきゅう》の落ち着かなさもあって、人間らしさが滲《にじ》む。望遠《ぼうえん》鏡《きょう》で覗《のぞ》いていた人間像《ぞう》が、双眼鏡《そうがんきょう》のレベルまで歩《あゆ》み寄ってきた。

「うん、ああ……なに？」

顔も見せたし、多少は評価《ひょうか》されているんだろうか。でもぼかぁきみを理解したくない。

だって別世界《べっせかい》に招《まね》かれそうなんだもの。

エリオが油とチーズでべたつく髪《かみ》を掻《か》き上げ、無表情ながらも厳《おごそ》かに口を開く。

「地球《ちきゅう》は狙《ねら》われている」

「どっかで聞いたことあるぞそのフレーズ」俺らお互《たが》い若いのにねぇ、何で知ってるんだろ。

そして、またそれかよ。それはお前の秘密だろうか。国家レベル超《こ》えてるだろ……本当なら。

勿論《もちろん》、純度《じゅんど》の高い本気として受け止めるわけもなく。宇宙人《うちゅうじん》は、人間の日々進化する科学に追いやられて居場所《いばしょ》をどんどん失《うしな》っているのだ。

偶《たま》にいるんだよ。高度な文明を持つ彼らは既《すで》に地球の人間社会に紛《まぎ》れて生活してますよってやつ。はーなるほど。

お前ら現代っ子は、今更室町時代《いまさらむろまちじだい》の環境下で適応《てきおう》しながら生活することを望みますか？

いや、そりゃねーわ。

神秘《しんぴ》を身近に置きすぎていて、そういう主張《しゅちょう》はどうも好《す》きになれないのだ。

宇宙人はいるかも知れない。じゃあ、何処《どこ》にいる？

……とまぁ、夢《ゆめ》にきらめけない中途半端《ちゅうとはんぱ》に賢人装《けんじんよそお》っちゃったりする俺は思うわけですが。

あくまで本気印《じるし》（本が省《はぶ》かれたらえらいこっちゃ）な従妹《いとこ》のお嬢《じょう》さんは、表情も声色《こわいろ》も豊かになって、饒舌《じょうぜつ》に語り出す。

「わたしは宇宙人の血を引く調停監査官《ちょうていかんさかん》なの。わたしに与えられた使命《しめい》はこの町の人間を地球人類の総括《そうかつ》として査定《さてい》すること、そして宇宙側の人間が地球に接触《せっしょく》した痕跡《こんせき》を隠滅《いんめつ》するという、この二つの役回り。町は宇宙人のテストの場としてしか機能《きのう》していない、地球の引力《いんりょく》からの解放区でもあるわ」

興奮《こうふん》とどよめきが夜風に呑《の》まれる。もう髪からの粒子《りゅうし》も出《で》尽くして、俺の目に映《うつ》らない。

神が与えたペナルティだな、これは。

表身で贔屓《ひいき》が過《す》ぎたから、言動挙動《げんどうきょどう》にてマイナス修正《しゅうせい》を加《くわ》えられてる。

だから、期待《きたい》しすぎるとこんなもんだって。

こいつの与太話《よたばなし》に対する総括《そうかつ》は、俺の中で一言《ひとこと》にあっさり纏《まと》められた。

では、言ってみましょう。腹《はら》の底《そこ》いらずの、淡泊《たんぱく》な台詞《せりふ》で、さんはい、

「あっそ」

というわけで、俺は藤和《とうわ》エリオと知り合ったのであった。

三章『自問・ババ抜きでジョーカーが三枚手札にあったらどうしよう編』

●	独り暮らしの夢、簀巻き女によって潰える。	−2
●	引っ越し初日の夜、眠らないのに悪夢を見せつけられる。	−3
●	晴れた日に、朝練を学校の外から眺める。	+1
●	自転車置き場で御船さんと会話、そして一緒に下校。 追いかけっこしたり、ジュース飲んだり、 転校初日という条件含む合わせ技。	+2
●	簀巻き女の手に触れて、ボーイミーツガール的なアレ。	+1
●	簀巻き女を自転車の籠に入れて、夜の町を行く。	−2
●	藤和エリオの素顔を知る。	+3
●	藤和エリオの言動を知る。	−4

現在の青春ポイント合計	−9

新しい朝と新しい高等学校への登校、二日目。少し早く到着《とうちゃく》してしまった。

自転車置き場はまだ単《たん》なるプレハブ小屋で、朝練《あされん》に来た生徒が自転車をぽつぽつと不法投棄《ふほうとうき》もしくは無断駐車《ちゅうしゃ》している風情《ふぜい》だった。停車位置がよりどりみどりなので、他の自転車で混《こん》雑《ざつ》しても取り出しやすい、小屋の端《はし》を選択《せんたく》する。当然ながら、鍵《かぎ》などという小賢《こざか》しい細工《さいく》は施《ほどこ》さない。泥棒《どろぼう》の目《め》が節穴《ふしあな》じゃないなら、もっと素敵《すてき》な自転車と巡《めぐ》り会おうとするだろう。

そういえば俺は、女々《めめ》さん宅《たく》の合い鍵さえ未《いま》だ携帯《けいたい》していない。エリオは日中、何処《どこ》かへ出かけることも多いと昨日《きのう》聞いたので好《この》ましい状況《じょうきょう》ではないだろう。帰ったら申請《しんせい》しておくか。

一応、多少は使えるかなと前の学校の教科書を詰《つ》め込んで、重くなった鞄《かばん》を抱《かか》えて校舎《こうしゃ》→下《げ》駄箱《たばこ》→階段→教室の道筋《みちすじ》をサボらず通る。サボれる過程《かてい》があるなら是非《ぜひ》ご教授願《きょうじゅねが》いたいが。

教室の後ろ戸を横へスライドさせ、その音が廊下《ろうか》にいやに響《ひび》いたので首を竦《すく》める。体内に水分を詰め込んだ人間が天然加湿《かしつ》器《き》としてまだ機能《きのう》していない所為《せい》か、教室内は独特《どくとく》に乾《かわ》いた空気が、のっぺり佇《たたず》んでいた。旅行に行って、数日間放置した自分の部屋《へや》の匂《にお》いだ。

教室に入ると、席《せき》は既《すで》に二つ埋《う》まっていた。一人は机《つくえ》に突《つ》っ伏《ぷ》して、きっと昼休みとかもそうやって時間潰《つぶ》してるんだろうなぁと想像させる男子生徒。窓側《まどがわ》の席に座《すわ》っているから、名字《みょうじ》は俺より後半のはず。

そしてもう一人は俺の隣の席にいる、確《たし》か名字は前川《まえかわ》さんだ。猫背《ねこぜ》で頬杖《ほおづえ》を突き、時折髪《ときおりかみ》の毛が左右に揺《ゆ》れている。頼《たよ》りがいのなさそうな背中をしているなぁと評《ひょう》しつつ、俺も席に着く。椅子《いす》を引くと、前川さんの顔が横から正面に、俺の視界《しかい》の中で変化した。こっちを凝視《ぎょうし》している。今日は特に目線《めせん》が険《けわ》しくない。近眼《きんがん》で、昨日はコンタクトを忘れたりしていたのかも。

俺より座高《ざこう》のある女子と見つめ合う。全体像を見渡《みわた》してのイメージは、リュウグウノツカイといったところか。海中では美《うつく》しいのに、陸地へ持ってきて間近《まぢか》で眺《なが》めようとすると、本性《ほんしょう》的《てき》なものに落胆《らくたん》しそうな……美術品系《けい》の女子だ。

前川さんも、目と目だけで通じ合えるはずないと悟《さと》ったか、或《ある》いは今頃《いまごろ》、次の行動に移りだしたのか、その薄《うす》っぺらい唇《くちびる》を開いて本邦初《ほんぽうはつ》の声を俺に披露《ひろう》した。

「転校生」少し掠《かす》れた声が、形容詞《けいようし》とか動詞を取り除《のぞ》いて名詞《めいし》だけで発言を終える。

「そんな貴女《あなた》は在校生《ざいこうせい》」

「うん。二年目なんだ」わざわざ学生証《しょう》まで鞄から出して、二年生の証明を掲示《けいじ》してくる。

「いや同学年の同クラスにいるんだけど俺」

「知ってる」何を当たり前のことを、といった様子《ようす》で眉根《まゆね》を寄せる。

それは俺の使うべき表情だろう、と使用権利《けんり》を奪《うば》い合う姿勢《しせい》を整《ととの》えかけた。

「……………………」

「……………………………………」

会話終了《しゅうりょう》。打ち切りじゃなくて、自然消滅《しょうめつ》の部類《ぶるい》だ。

二階全体が静《しず》まりかえってると、こんな感情の希薄《きはく》なやり取りでも鮮明《せんめい》に耳に届《とど》き、居心地《いごこち》を乱暴《らんぼう》に揺《ゆ》すってくる。開ける必要《ひつよう》のない鞄《かばん》を開き、中を覗《のぞ》き込んで退屈《たいくつ》を牽制《けんせい》する。

「……あ」教科書がまだないということは、授業中は前川《まえかわ》さんに頼《たよ》るのか。敢《あ》えて左隣《どなり》の男子である谷沢《やざわ》という男に頼ってもいいが、俺にとて下心《したごころ》ぐらい備わってる。

結局、鞄の中身《なかみ》には変更《へんこう》を加《くわ》えないで机《つくえ》の横に引っかけた。

「……………………」

黒板上の時計を見上げると、ホームルームまで長針《ちょうしん》のノルマが半周分残っていた。

何故《なぜ》こんな、早くに家を出てきてしまったんだろう。

出題者、自分。

回答者、遠慮《えんりょ》なく自分。

エリオが家にいるからに決まってるだろ。

昨日《きのう》の夜、エリオの抱《かか》える『使命《しめい》』っていうのを一蹴《いっしゅう》してからのことを思い出す。

以下、まだ過去《かこ》にするには身近すぎる回想。

「世界《せかい》は立方体の箱《はこ》の中にあり、それを観察《かんさつ》している上位存在《じょういそんざい》の人間がいるという真実《しんじつ》を断片《だんぺん》的に、一般人《いっぱんじん》の頭脳《ずのう》へ断片的なサンプル導入《どうにゅう》を行《おこな》ったことがあるの。彼らは人間を玩具《おもちゃ》にしている部分があるのね。結果としてその人間は精神崩壊《ほうかい》に似《に》た工作を施《ほどこ》され、周囲《しゅうい》への真実の伝聞《でんぶん》が行われないように処理《しょり》されてから、行方《ゆくえ》知れずになったわ。文字通りこの世界から消えたのよ。一体地球側の人間が何の技術を用いて平行世界へ跨《また》いだのか、彼らさえ掌握《しょうあく》出来《でき》ていないらしいわ」

「なんだってー（語尾《ごび》↑）」

「他にも試《ため》されている事象《じしょう》は幾《いく》らでもあるの。人間の魂《たましい》の波動《はどう》の行き先を観測《かんそく》し、彷徨《さまよ》っていたそれの行き場として死後の世界を仮《かり》作成。そして人間が来世《らいせ》という物を与えられた際《さい》にどんな反応《はんのう》を見せるか、そして地球に繁殖《はんしょく》する他生物との、生命に関する思慮《しりょ》の違《ちが》いを測《はか》ったりもしたと話に聞いた」

「なんだってー（語尾↓）」

「それに都市《とし》を丸ごと一つ利用した実験も行われている。人間心理の起伏《きふく》の許容量《きょようりょう》を把握《はあく》すること、そして優秀《ゆうしゅう》な精神を持つ者の選定《せんてい》の為《ため》に。お互《たが》いに懸《か》けた懸賞金《けんしょうきん》を巡《めぐ》って殺し合いが行われそして、死んでいった者から屍人《しびと》となって町を徘徊《はいかい》し、殲滅《せんめつ》し合っていくことになって、今は酷《ひど》い有様《ありさま》よ」

「なんだって……いてっ」背中に平手《ひらて》打ちを喰《く》らった。食べかけの白米《はくまい》が喉《のど》に詰《つ》まりかける。

脇《わき》に置いてあるウーロン茶のペットボトルを取り、咀嚼《そしゃく》と嚥下《えんげ》を一助《いちじょ》すべくがぶ飲みした。三分の一ほど胃《い》に冷涼《れいりょう》な液体を流し込んでから、横に座《すわ》るエリオに「何するんだよ」とジト目を向けても我《われ》関せぬとばかりに素知《そし》らぬ顔で、購入《こうにゅう》したパックのお好み焼きを囓《かじ》っていた。

こいつは昼にピザを食べて夜にお好み焼きを頬張《ほおば》る食生活がお好みのようだ。微妙《びみょう》に被《かぶ》ってないかそれ、とコンビニで忠告《ちゅうこく》はしてみたけど軽く無視《むし》された。

家に直接帰らず、エリオの指示で住宅街《じゅうたくがい》の脇へ寄り道。神社の裏手《うらて》にある、日照権《にっしょうけん》で雑草《ざっそう》が訴《うった》えてきそうなほど木々に囲われた公園を訪《おとず》れた。

「せっかく夜間外出したのだから、与えられている責務《せきむ》を云々《うんぬん》」と道草《みちくさ》の動機《どうき》を語っていた。後半はエリオじゃなくて大宇宙《だいうちゅう》の意思が大《おお》いに絡《から》んでいたので馬耳東風《ばじとうふう》に徹《てっ》した。

下が半分地面に埋《う》まってるタイヤの遊具を椅子代《いすが》わりにして、俺とエリオは並んで食事を取る。俺が黄色のタイヤで、エリオが白。隣《となり》には薄紅色《うすべにいろ》もあるが、ハブられている。

都会《とかい》の公園や神社にはホームレスが入り浸《びた》ってる……という穿《うが》った田舎視点《いなかしせん》を持っていたけど、実際《じっさい》、何人か見かけた。こっちに布団《ふとん》を持ち歩く謎《なぞ》の女がいた所為《せい》か、家出少年ズ（死ぬほど不本意だが駆《か》け落ちコンビと誤解《ごかい》する人もいた）と勘違《かんちが》いして親しげに話しかけてくるオジサンもいたりした。何処《どこ》か河川敷《かせんじき》からでも拾《ひろ》ってきたような機能《きのう》朽ちかけの自転車を同伴《どうはん》させていたことも、心証《しんしょう》の傾《かたむ》きに一役買《ひとやくか》ったのかも知れない。

しかしながらオジサンがエリオの素性《すじょう》など不用意に尋《たず》ねてしまい、

「箱庭的要素《はこにわてきようそ》を掻《か》い摘《つま》んで語彙《ごい》の質《しつ》を低下させれば、わたしはエスパーと表現されるの」

か。

「へーそりゃ凄《すご》い」Ｓパー、すなわちスペシャルパーの略称《りゃくしょう》。なかなか分かってるじゃないか。

などというやり取りがあって、皆さん神社側へ退避《たいひ》して、この場を譲《ゆず》って頂《いただ》けた。どうもエリオさん、酷《ひど》く表現の難《むずか》しい人間性を伴《ともな》うおにゃのこと認識《にんしき》されたみたい。いや間違っちゃいないんだけど、スッキリしない。放送禁止用語超叫《ちょうさけ》びたい。

空を見上げる。薄雲《うすぐも》が月にかかり、闇夜《やみよ》の濃度《のうど》が一時的に高まろうとしている。今なら、言えるかも知れない。頼《たよ》りない星明《ほしあ》かりを目で追いながら、田舎の空が回顧《かいろ》の中で息《いき》づく。

「あー、こほん。　続いて、こほん。　更《さら》にもう一言《ひとこと》、こほん……やっぱり駄目《だめ》か」

上手《うま》く虫食いにして、ただの喉《のど》の調子《ちょうし》が悪い人扱《あつか》いに修正《しゅうせい》されている。ちっ。

舌打《したう》ちしながら、飯《めし》を食う。

俺は白身魚《しろみざかな》フライ弁当《べんとう》に箸《はし》を突《つ》き刺《さ》し、エリオは焼きそば入りお好み焼きにかぶりつく。

そして食事の時間を共有《きょうゆう》することで親密《しんみつ》な空気……なのはいいが会話のチョイスに難《なん》ありすぎ。布団を取り払《はら》って饒舌《じょうぜつ》になったと思ったら、中学生の考えた小説みたいな妄想《もうそう》話を語り出した。どれこれもファンタジー要素を現実と混在《こんざい》しすぎていて、宇宙要素を排除《はいじょ》しても信憑性《しんぴょうせい》に乏《とぼ》しい。

「わたしからもたらされる有益《ゆうえき》な情報《じょうほう》を聞き流そうとするイトコの態度《たいど》が理解不能だわ」

アメリカ人女性的な肩の竦《そば》め方で俺を原始《げんし》人扱《じんあつか》いしてくる。ちなみに尻《しり》には巻《ま》いていた布団《ふとん》を敷《し》いてたりする。本人曰《いわ》く、尻の肉が薄《うす》くて骨が出ているから普通に座《すわ》ると痛《いた》い……という内容に何故《なぜ》か火星《かせい》と月が例え話に用いられていたが、今冷静《れいせい》に振り返ると何でだ？

「お前の電波《でんぱ》は受信しづらいんだよ、テレビを見習え……いやでもすげーな、何でどのチャンネルもちゃんと番組やってんだ。さっきさ、荷物《にもつ》出してるときにテレビ点《つ》けっぱなしにしてたんだけど、8チャンネルが番組放映《ほうえい》されてるだけでおにーさんは都会《とかい》に跪《ひざまず》きそうだよ」

ぼくん家では5チャンネルがバラエティ番組やってる傾向《けいこう》があったのに、いやー一本取られた。8なんか画面が常時墨《じょうじすみ》で塗《ぬ》りたくられて、それを透視《とうし》するイメトレ専門《せんもん》番組だったからね。

「イトコはこの町に何の指令を受け取って訪《おとず》れたの？」

「親の転勤《てんきん》という極《きわ》めて地球規模《ちきゅうきぼ》の動機《どうき》だ」

「以前の町にはどんな宇宙側《うちゅうがわ》との接触《せっしょく》が？」

「如何《いか》なる介入《かいにゅう》もない。地球は広いんだぞ、日本《にほん》にばっかり宇宙人が訪《たず》ねてくるかよ」

どうもそこら辺、大和魂《やまとだましい》が大好きな一部の外人さんと混同《こんどう》してないか、こいつ。それに宇宙人もどうせ日本に来るならあんな片田舎《かたいなか》じゃなくて、京都《きょうと》観光とかしたいだろう。

「一理《いちり》ある」エリオがふむふむと頷《うなず》く。素直《すなお》な面《めん》も多少はあるんだな。

油断《ゆだん》してると、また髪《かみ》から放たれる粒子《りゅうし》が見えそうになる。

「エリ……あー、エリオ」しかしなんつー名前だ。日本人向きじゃないだろ。名づけた親の顔を特にこれ以上出演させたくないぜ。

「……？」

中途半端《ちゅうとはんぱ》なところで言葉《ことば》を区切ったから、エリオが首を傾《かし》げる。別に名前で呼んでも拒否感《きょひかん》はないみたいだな。内心《ないしん》で『何故キモい人って基本、馴《な》れ馴れしいんだろう』とか生理的嫌悪《せいりてきけんお》を募《つの》らせていそうもない。だから無遠慮《ぶえんりょ》に疑問を投げかけてみた。

「お前、何で宇宙人設定押し通して演技《えんぎ》してるんだ？」

「宇宙人だから」簡潔明瞭《かんけつめいりょう》に言い切ってきた。

「そりゃ凄《すご》い。俺は今地球外生命体とディナーしてるわけか」全《まった》く信じない俺。

「イトコも先程《さきほど》、わたしを宇宙人と見抜いたはず」

「あい？」あー、コンビニの前でね、言ったね。でもあれは表現の一種なんだけどね。

本気に取られると、ある意味痛み分け。

「何故そんな間抜け面《づら》に銀河《ぎんが》規模の慧眼《けいがん》をぶら下げているかを聞いてみたい」

「中途半端に褒《ほ》められてるところ悪いけど、そりゃただの誤解《ごかい》だ」

「……謙遜《けんそん》。日本人の美徳《びとく》に縋《すが》って個人価値《かち》を高めようとする若人《わこうど》？」

「ちーがーうー、そしてお前は誇大妄想《こだいもうそう》すぎる」

真贋《しんがん》を見分けようとしているのか、俺を見つめ続けるエリオに照《て》れを覚えつつ、ぶっきらぼうに答える。何だか、迂闊《うかつ》な発言でエリオの信用を勝ち取りかけている気がする。

むしろ信用とかそういう概念《がいねん》でエリオを裁量《さいりょう》していいものか。何せSパーだし。

B級の俺が太刀《たち》打ち出来《でき》る相手《あいて》ではないだろ。

それ以上の発言を噤《つぐ》むように、エリオなりの大口《おおぐち》を開けてお好《この》み焼きを口に目《め》一杯《いっぱい》詰め込む。

それでも俺の口内の半分ぐらいしか埋《う》まらないんだろうなぁと、何となく見届《みとど》ける。

「何でもいいけどさ、別に。あ、そうだ。ほいこれ」

袋の底で弁当《べんとう》の尻《しり》に敷《し》かれていた所為《せい》か、少し温《あたた》まっているけどまぁ使用に支障《ししょう》はないだろ。

ついでに購入《こうにゅう》しておいたウェットティッシュをエリオに渡《わた》そうと差し出す。両手の塞《ふさ》がってるエリオはフリーな眼球《がんきゅう》だけで何かしらを俺に訴《うった》え、受け取るという行為《こうい》に及《およ》ばない。

「まだ顔とかに昼のピザの通過跡《つうかあと》があるからな。それ、痒《かゆ》いだろ。これで拭《ふ》き取ったら？」

「…………………………何故《なぜ》？」

エリオはおっかなびっくりと言った様子《ようす》で、少し腰《こし》が引けている。予想外の反応《はんのう》だ。

「何を疑問系《けい》にしてるかが分からん」そして早く受け取ってくれ。弁当に羽虫《はむし》が集るのだ。

「……☆☆☆☆☆☆」もぞもぞ、とエリオの唇《くちびる》が高速《こうそく》でわななく。

「はぁ？　もうちょっと大声出してこーっ」

少し昼間の御船《みふね》さんを意識《いしき》してみる。男がやると神経逆撫《しんけいさかな》でするだけだな、癒《いや》し成分が戦時《せんじ》中《ちゅう》の糖分《とうぶん》より不足している。頑張《がんば》って裏声《うらごえ》出したけど、素直《すなお》に気味《きみ》悪い。

「……ん、何で？」語尾《ごび》は柔《やわ》らかくなったが、何かしらの行動に踏《ふ》み切らず、歯切《はぎ》れは悪い。

あー、何かこう、じれったい。苛々《いらいら》する。ただでさえ意思の疎通《そつう》がさっぱりでぶつ切りな交流だけでしかもその内容は胃《い》を痛《いた》ませるものなのに、この行動の鈍足《どんそく》ぶり。

物事がトントン拍子《びょうし》どころか匍匐前進《ほふくぜんしん》以下の速度なのが、俺には許《ゆる》せない。

埒《らち》があかないので仕方《しかた》なく、ティッシュを取り出して拭いてやる。ついでに口の周《まわ》りも拭き取ることにした。おたふくソースが少し付着《ふちゃく》しているのだ。

ぐしぐしと瞼《まぶた》の上や鼻の横を拭く。エリオはされるがままで、顔を引いたりもしない。

幼児《ようじ》の世話を焼いてるみたいだ、と中学校の体験学習で幼稚園を訪《たず》ねた時を思い出す。その所為《せい》か、今度はエリオに触《ふ》れても緊張《きんちょう》が追随《ついずい》せず、むしろ

「袖《そで》の下的行為《こうい》に対しても、わたしは査定《さてい》の安易《ようい》な変更《へんこう》をする気はないわ」

「そりゃご立派《りっぱ》。そんな簡単《かんたん》に人を信用したり見直したりする奴《やつ》は、逆に胡散臭《うさんくさ》いもんな」

オセロの駒《こま》みたいなものだ。白にひっくり返すのが容易《たやす》いなら、逆も然《しか》り。

拭き終えたティッシュを丸めてから、コンビニの袋に放り込む。公園のゴミ箱《ばこ》に目星《めぼし》はつけてあるから、食べ終えて帰るときに捨《す》てればいいだろ。

俺もエリオも、口と手をまたお喋《しゃべ》り以外に使い出す。エリオは普通に食物摂取《せっしゅ》することも勿論《もちろん》可能《かのう》みたいだが、それでもあんなエンターテイメント溢《あふ》れる食事方法を採用《さいよう》してるぐらいなのだから、布団《ふとん》を外《はず》すっていうのはそれこそ風呂《ふろ》に入る時ぐらいなんだろうな。

風呂《ふろ》に入って、すぐ布団《ふとん》を巻《ま》きつけて世界《せかい》を遮断《しゃだん》。さぞかし蒸《む》れるだろう。思春期《ししゅんき》少年が行ったら、間違《まちが》いなくニキビの温床《おんしょう》となって肌《はだ》の凹凸《おうとつ》を増やすことになる。

「…………………………」

汚《よご》れのないエリオの横顔を、思う存分眺《ぞんぶんなが》め回す。

大人《おとな》しく物を食べてるときは、容姿《ようし》を最大限に活《い》かせているんだなぁ。口にいつもガムテープ貼《は》りつけてれば人生の格《かく》が三段階は跳《は》ね上がるだろうね。

好《す》きで堕落《だらく》してるんだろうから、俺にゃー関係なかですが。

一番重大な疑問から、三歩ぐらい距離《きょり》を置いた質問《しつもん》をエリオに尋《たず》ねてみた。

「お前さ、日中って何やってんの？」

「宇宙人接触《うちゅうじんせっしょく》の痕跡《こんせき》を抹消《まっしょう》する作業に没頭《ぼっとう》しているけど、何か？」

「いや別に」の後、やっぱり「あっそ」で締《し》めくくった。

などというやり取りが昨夜《ゆうべ》あったのですよ。空転する思い出フィルムを巻き直して、と。

青春ポイント的には2点ぐらいの交流をこなしたわけだ。ただ、会話の節々《ふしぶし》から点数の欠片《かけら》が漏《も》れていって、最終的には1点に落ち着いてしまったけど。

負債《ふさい》の返済《へんさい》に、あの家に住んでいて辿《たど》り着けるか怪《あや》しい。

窓側《まどがわ》男子を見やると、突《つ》っ伏《ぷ》す首の角度《かくど》を反転させて腕《うで》の位置《いち》も変更《へんこう》していた。彼も真剣《しんけん》に眠気《ねむけ》があるわけではなく、いっそ眠れたら楽《らく》だろうに、といったところか。

ああいうの、身《み》に覚えがないわけじゃない。中学二年生の時のクラスは、時間がひたすら長く感じられたものだ。それも、目の前に喜楽《きらく》の餌《えさ》が釣《つ》り下がっているから一時間が、一分が一秒が待《ま》ち遠しい、というわけじゃなくて、その逆《ぎゃく》。あまりに退屈《たいくつ》で、早く放課後が来て帰宅《きたく》して、自室《じしつ》で一人眠っていたいと一秒が一分が一時間が煩《わずら》わしいという状況《じょうきょう》。

変化がなさすぎて、重力に抗《あらが》う気力もない状態。ずぶずぶと沈《しず》んでいく。

そして日の当たらない深海《しんかい》で生きる術《すべ》を身につけてしまうと、浮上出来なくなる。

生物の進化は器用《きよう》だが、万能《ばんのう》じゃないところが玉《たま》に瑕《きず》だ。

もっとも別に無理《むり》して、日の下で生存《せいぞん》する必要《ひつよう》はないんだけどね。

深海魚《しんかいぎょ》には、深海魚の生き様《ざま》があるのだ。ああ、キモ可愛《かわい》いよなぁあいつら。

ちょっと深海生物マニアな傾向《けいこう》がある俺としては、奴《やつ》らに夢《ゆめ》を感じざるを得《え》ない。

少なくとも、ウッチユージンに希望を託《たく》すよりかは地続きで、神秘性《しんぴせい》も手頃《てごろ》だ。

などと一人笑いを浮かべかけていると、前川《まえかわ》さんとの会話が再生《さいせい》を始めた。

「あのさなのさ」頬杖《ほおづえ》を突《つ》いたまま、俺を横目《よこめ》で見据《みす》える。

「なにさなのさ」

真似《まね》してみた。憤《いきどお》るかなと後悔《こうかい》したけど、前川さんはさして気に留《と》めず、平坦《へいたん》に話し出す。

「さっきのは留年《りゅうねん》とかしてないよ、と言いたかっただけ」

もう一度、学生証《しょう》をひらひらと見せる仕草《しぐさ》。そこで気づいたのは、その学生証の写真《しゃしん》では金《きん》髪《ぱつ》だった前川《まえかわ》さんの髪《かみ》の毛《け》が、今は根本《ねもと》まで墨黒色《すみぐろいろ》に染《そ》まりきっている。農地改革《のうちかいかく》か品種改良《ひんしゅかいりょう》、どちらかが前川ヘッドに施《ほどこ》されたのだろう。

「私、背《せ》が高いから。年上に見られがちだったりするんだよ」

「なーる」納得《なっとく》した素振《そぶ》りを分かりやすく表現。いや年齢《ねんれい》の問題ではないと思うけどな。

「あれ、受けなかった？　良い冗談《じょうだん》だと思うのに」

おかしいな、と前川さんが唇《くちびる》に指先を当て、教室上部の時計を睨《にら》みながら純粋《じゅんすい》に不思議《ふしぎ》がる。小学校の理科の授業で教師《きょうし》が生徒にルーペを配り、返却《へんきゃく》してもらったら何故《なぜ》か生徒数より数が多くなって戻ってきたときと同じ表情だった。疑問のコントラストは明るめで、理解が及《およ》ばなくても不安には陥《おちい》らない類《たぐい》だ。

よほど今の冗談に自信があったのは十二分《じゅうにぶん》に理解できるんだけど……はて、何処《どこ》にエスプリやジョークの要素《ようそ》があったか、皆目見当《かいもくけんとう》が付かぬ。

「うんうん」唸《うな》ったり「ふむふむ」俺を観察《かんさつ》してきたりと、情報収集《じょうほうしゅうしゅう》と整理に明け暮れる前川さんを逆《ぎゃく》に観測《かんそく》し返して時間を潰《つぶ》す。

今なら正面からジッと見つめていても『この人何してるんだろう』という態度を保《たも》つことでこっちの行動を不審《ふしん》がられない、という計算が働《はたら》いたからだ。

しかし縦《たて》に長いな、この人。骨組《ほねぐ》みだけしっかりしてる凧《たこ》みたいに線が細いから、大きいとは感じない。戦国の武将《ぶしょう》さんとかに合戦場で持たせたら槍代《やりが》わりに使われてしまいそうだ。

モデル体型と評《ひょう》してしまっていいのか、少し真剣《しんけん》に悩《なや》んだ四月の朝が過《す》ぎていく。

名前順で気づくべきだったけど、御船《みふね》さんは前川さんの後ろの席《せき》だった。

つまり、俺の右斜《なな》め後ろの席にちょこんと座《すわ》る物体Mなのである。

「にわ君はパン派《は》なんだー。へーほへー」

昼休みになってから、「一緒《いっしょ》に弁当《べんとう》ぱくぱくしようぜー」と誘《さそ》われたので、朝の内に買ってきたパンを御船さんの机《つくえ》に置いてみたり、食べてみたりすることになった。

隣席《りんせき》の前川さんはふらりと教室を出て行った。食堂に行ったのかもな。

大きなお世話かも知れないけど、御船さんは前川さんの背後《はいご》にいて黒板の字が見えるのだろうか。ま、見えなかったら前川さんの背中に板書《ばんしょ》すればいいか！（前触《まえぶ》れなく狂《くる》ってます）

「叔母《おば》さんは働いてるからね。御船さんは弁当？」

「うん、お母さん作です。ちゅーかリュウコさんでいーよ。むしろ呼べ」

にこやか和《なご》やか緩《ゆる》やかに命令形を用いられた。けど下の名前を呼ぶのはまだちょっと抵抗《ていこう》がある、シャイな男子学生にそんな強制をされてもなぁ。

暫定御船《ざんていみふね》さんは、学生鞄《かばん》とは別の小さいバッグから一段の弁当箱《べんとうばこ》を取り出し、包《つつ》みを開く。
何だかその箱ごと丸呑《まるの》み出来《でき》そうなぐらい、小さなお弁当だ。
エリオもSサイズのピザを半分食べて満腹《まんぷく》だったみたいだし、オヂサンは女の子の内臓器系《ないぞうきけい》統《とう》にビックリするばかりです。ダイエットなる概念《がいねん》が横行《おうこう》している所為《せい》もあるかもだが。
「でもクラス変わってすぐに、お弁当食べる人が出来て良かったよー」
物体を柔和《にゅうわ》にするオーラをそのウェーブかかった髪《かみ》や魅惑《みわく》の頬肉《ほおにく》から放出して、世界《せかい》平和と
かに貢献《こうけん》できていそうな御船さん。この子が一家に一人いれば空気清浄機《せいじょうき》いらずだな。
彼女の肺《はい》を通ってきた二酸化炭素《にさんかたんそ》なら、吸《す》い込んで酸素の代わりにしてもいい！　と俺の各
器官が入れ込んでるかは定《さだ》かじゃない。ていうか俺は消火器《しょうかき》じゃないんだぞ、自殺《じさつ》する気か。
「俺もすっごい助かるよ。何せ知り合いはリアルに零《ゼロ》だし。友達とかはいいんですかい？」
「友達がごっそり他のクラスに固まってですね、なんか空気的に入り辛《づら》いのですよ。例えると豪《ごう》
ねー、うむー、あたしが無人島《むじんとう》の端《はし》っこにいて木の実ガジガジしてると、遠くの海に見える豪
華客船《きゃくせん》で友達が回ってないお寿司《すし》とか食べてるの。トロのタイムサービスに飛びつかないセ
レブさんになってるのに、あたしはドングリ大好き森の妖怪《ようかい》になって、うう……みたいな」
「入り辛いとか言ってる場合じゃないだろそれ」死ぬって。SOSしろって。
「え、そうかなー。無人島暮《ぐ》らしもけっこー楽しそうだけど。イカダ作る為《ため》に森林伐採《しんりんばっさい》バッサ
バサでも怒《おこ》られないし、木の上に秘密基地《ひみつきち》作っても大人が壊《こわ》しに来ないしー」

「浜辺で叫《さけ》び続けても誰《だれ》もうるさいって文句《もんく》言わないしー」

流れに逆《さか》らうのを止めて、便乗《びんじょう》してみた。むぅーじんとっていーいーなー。

……などと穏《おだ》やかにお友達キャッチボールしている裏《うら》では、蟻《あり》に噛《か》まれるような細々とした信号を背中に感じ続けていた。

周囲《しゅうい》からの視《し》線《せん》、取り分け男子からの、下世《げ》話《ぜわ》な好奇《こうき》心《しん》に突《つ》き動かされた眼球《がんきゅう》の挙動《きょどう》が多少気に障《さわ》る。そりゃ気になるよなと、普段《ふだん》ならそちら側にいる俺だから納得《なっとく》もするし、障りってほどでもない。むしろ今が俺の人生の絶頂《ぜっちょう》期《き》かも、なんて予感と危惧《きぐ》が同時に背筋《せすじ》を伝《つた》えば、もっと俺を見てくれ、何なら記録《きろく》してくれ、むしろ全国に広めてくれろ。と、オープンな気風《きふう》になるのもやぶさかではなかった。嘘《うそ》ばっかで塗《ぬ》り固めているけど。

御船さんが弁当箱を開く。中身《なかみ》は、飢饉《ききん》でも起きたように少ない白米《はくまい》とプチトマト。林檎《りんご》にいよかん、キュウリの漬《つ》け物に青バナナの天ぷら。血《ち》の通っていないメニューだ。

「ベジタリアン？」思わず尋《たず》ねる。

御船さんは弁当の内容のことを指されたと早期《そうき》に察《さっ》し、「うーん」と思案。

「どっちかっちゅーとフルーツストってやつ？」

そんな奴はこの世のどっちへ行こうと、今のところ見当たらない。言語《げんご》の新規《しんき》開拓《かいたく》という意気は真《まこと》に良しだが、独自《どくじ》の道を突き進みすぎないよう、偶《たま》には振り返ろう。

「お肉とか食べられないわけじゃぁないけどー、あんまり？　って立ち位置かな」

「へぇ、珍《めずら》しい。ファーストフード店とかは、大概嗜好《たいがいしこう》に合わないわけだ」

「んで果物《くだもの》大好《す》き。血液《けつえき》の代《か》わりに果汁《かじゅう》が身体《からだ》を巡《めぐ》るぐらいのトロピカル娘《むすめ》目指してます」

そうなった暁《あかつき》にはご近所中から虫が寄ってきて、一家に一人御船《みふね》さん量産計画は頓挫《とんざ》することになるだろう。あーでも、御船さんはいいな、今のところピカイチだ。まぁ知り合った人数の問題もあるだろうけど、少なくともエリオには総合力で勝ってる。

「リュウシ、もう転校生くんに唾《つば》べったり？」

通行人Aが台詞《せりふ》を発してイベントフラグを立てた……とかゲーム脳《のう》な表現はさておき、名前も顔も不透明《ふとうめい》な女生徒が御船さんをリュウシと呼び、ついでにからかう。まさかこの子の名前は御船・リュウシ・リュウコ。ハーフにしちゃあどれもこれも日本語《にほんご》だな、無理《むり》か。

「違《ちが》うちがーう、別の町からやって来たにわ君は樹液《じゅえき》とか出ないかなーって調査中《ちょうさちゅう》なのサ」

「どんな期待《きたい》の持たれ方だよ」名も知らない女子生徒と顔を見合わせて曖昧《あいまい》に笑う。

「後ね、リュウシじゃねーっちゅうの。言い直しと書き取りを命じます」

全体的に研《と》ぎの甘《あま》い尖《とが》り方で女子生徒に反論し、こちらには訂正《ていせい》を求める。女子生徒は方向性を固定せずに全方位《ぜんほうい》へ笑い飛ばし、歩き去《さ》っていく。

恐《おそ》らく、以降の話に彼女が絡《から》むことはないだろうから紹介《しょうかい》は割愛《かつあい》。それより、単語《たんご》の解明《かいめい》だ。

「リュウシさん」「リュウコです！」ぷんぷんしている。愛《め》でたくなる類《たぐい》の怒《いか》り方だ。

「リュウシなんてワードじゃん。リュウコはお名前じゃん！」変わった着眼点《ちゃくがんてん》の憤慨《ふんがい》をなさる。

口に放り込んだプチトマト型に頬《ほお》が膨《ふく》らみ、漫画《まんが》で描《えが》かれる虫歯《むしば》状態《じょうたい》みたいになっている。

「でも何でリュウシ呼ばわり？」

「んあー、あたしの名前を漢字《かんじ》で書くとね、こう不本意なんですけどね、」

シャープペンで、机上《きじょう》に丸文字《まるもじ》を書き込む。「流子《りゅうこ》」「あ、だからリュウシか」

そうとも読めるな。「どっちが正しい呼び方？」「リュウコに決まってーらー！」

シャリシャリと林檎《りんご》を小刻《こきざ》みに噛《か》みしめながら、御船さんが呼び方の由来《ゆらい》を語る。

「一年生のときに、あたしの名前をそう呼んだ子がいたの。リュウコだよって訂正しても、リュウシの方が宇宙《うちゅう》っぽくて素敵《すてき》だと思うって人の話聞かなくて、いつの間にかクラス中に定着するという大惨事《だいさんじ》に発展しちゃったのですよ。ネームハザードですな」

「ふうん、感染《かんせん》しちゃいましたか」返事をしつつ、宇宙だぁ？　と訝《いぶか》しむ。

俺の隣《となり》の部屋《へや》に飾《かざ》ってある制服《せいふく》が、銀河《ぎんが》の海を泳《およ》ぎ回る。うざっ。

「あ、一個おつまみにいかが？」と御船さんがバナナの天ぷらを勧《すす》めてきたので、「わーい、憧《あこが》れのお弁当略奪《べんとうりゃくだつ》やー」と頂《いただ》いてみた。熟成《じゅくせい》前のバナナは甘みが薄《うす》くて身《み》も固く、野菜《やさい》を食べているみたいだ。正直、美味《おい》しいかと尋《たず》ねられたら愛想《あいそ》笑いのレベルだった。

俺が飲み込んだのを、喉元《のどもと》を見つめて確《たし》かめてから御船さんが話の続きを紡《つむ》ぐ。

「その子、もう学校辞《や》めちゃったんだけどね。退学《たいがく》になっちゃった」

「退学？」制服《せいふく》が地球《ちきゅう》を覆《おお》う。止めろ自重《じちょう》しろ世界《せかい》制服。

「自主《じしゅ》退学ってことになってるけど、色々問題起こしたから。理由、きっといっぱいあるの」

寂寥《せきりょう》含《ふく》みの笑顔《えがお》で、細部はぼやかした発言。ついでに林檎《りんご》をもう一個口に入れる。

「偶《たま》に町を歩いてるのを見るんだけど、すんごく変わったファッションしてるんだよねー。なんちゅーか、『個人！』っていう主張《しゅちょう》があんなに伝《つた》わってくるのはある意味脱帽《だつぼう》ものだよー」

「へー凄《すご》いね。どんな格好《かっこう》なんだろう」

サワヤカと額《ひたい》に文字が浮き上がりそうなぐらい、白々《しらじら》しい受け答え。風通りの良い穴《あな》だらけの言葉《ことば》だから、スッキリしてるなぁと勘違《かんちが》いしてるに過《す》ぎないのだ。

「ふふふ、ネタバレしませんよー。見てからのお楽しみっ」

悪戯《いたずら》っぽさと子供っぽさの入り交《ま》じった笑い方で、俺の期待感《きたいかん》を煽《あお》ろうと試《こころ》みる御船《みふね》さん。

じゃ、こっちもネタバレしないでおこう。多分《たぶん》、きみの友達と同じお家に住んでますよって。

退学になる問題を起こした人間であることを考慮《こうりょ》すれば、転校二日目で公表するのは孤立《こりつ》への道を辿《たど》ることになるのは明白《めいはく》だ。

それにしても年齢《ねんれい》、エリオと同じなんだな。そんなことも今まで知らなかった。

御船さんのあだ名は、あいつの学校生活の置き土産《みやげ》みたいなものか。

「にわ君もその内見られるよ。あの子はもうこの町名物だねぇ、うんうん」

「ヘーハヤクソノキカイガアルトイイナ」今朝も多分見てきた、というか絡《から》まれたぜ。

今日は何処《どこ》か出かけるからわたしを自転車に乗せてこげ！　君は助手《じょしゅ》だ、ワトソソ君！　強引《ごういん》に専門《せんもん》用語を省《はぶ》いて訳《やく》すなら、そういった主旨《しゅし》を玄関《げんかん》で強要《きょうよう》された。だから朝早くから学校へ逃げて振り切ってきたのだ。初日《しょにち》から学校サボるとか、優等生《ゆうとうせい》と不良の板挟《いたばさ》み的な位置にある中途半端《ちゅうとはんぱ》な俺がそんなに悪ぶれるわけない。精々《せいぜい》、遅刻《ちこく》が限界《げんかい》だ。

御船さんの方が先に弁当《べんとう》を食べ終え、「ご馳走様《ちそうさま》でした」と手を合わせる。都会人《とかいじん》の方が、喋《しゃべ》りながら食べる技術が発達しているみたいだ。俺のパンはまだ半分は残ってる。

「にわ君のご趣味《しゅみ》は？」弁当箱《ばこ》を片付《かたづ》けながら、お見合い時のお約束質問《やくそくしつもん》を聞いてくる。

このながら作業っていうのが、御船さんは結構上手《けっこうじょうず》なのかも。

「趣味っていうか深海《しんかい》の生き物に結構興味あって、ネットで写真《しゃしん》見たりしてるかな」

「深海魚？　海老《えび》とか蟹《かに》とか？」

「そうそう」魚と自分で言ってるのに。

「貝《かい》とかクラゲとか？」

「いるねぇ」わざとかな？　それとも天然《てんねん》？

「可愛《かわい》い奴《やつ》いる？　ついこう、一目見ただけで釣《つ》り上げたくなるぜーって感じのとか」

何かを釣り上げたときのような仕草《しぐさ》として、両腕《りょううで》をぶんすか上下させる。

深海魚を熱帯魚《ねったいぎょ》と勘違いしてないか、このお嬢《じょう》ちゃん。まぁ可愛いから良し。

「キモ可愛《かわい》いのならごろごろ転がってるよ」

「うーん、キモかぁ」そこで何故《なぜ》、俺へちらりと目配《めくば》せする。せめて可愛いにしとけよ。どっちにしても不気味《ぶきみ》なことは確《たし》かなんだなぁ、ベクトル違《ちが》うだけで。

「図鑑《ずかん》とか持ってたら今度見せて」

「いいよ。機会《きかい》あったら持ってくる」

快諾《かいだく》する。どうでもいいけどこの子の口から図鑑って言葉《ことば》が出ると何となく、小学生とかの『よい子の図鑑』を連想《れんそう》してしまうな、同い年なのに。学校の七不思議《ななふしぎ》に採用《さいよう》されないかな。

御船《みふね》さんが手の平をパチンと合わせて、破顔一笑《はがんいっしょう》する。

「ということで、今日からきみのニックネームはしんかい君で決定!」

「いやそれはマズイっしょ」下の名前との合わせ技的《わざてき》に。

「んじゃ、ふかざかなくん」

「何で既存《きぞん》の人に被《かぶ》るネーミングばっかりですか」

しかも全《まった》く捻《ひね》ろうとしない。日本料理《にほんりょうり》ばりに生《き》の味を大切にしすぎだ。

この調子《ちょうし》だとほうれん草が大好《だいす》きな人間はポパイ君で、犯人《はんにん》だったらヤス君となる。

「およ?」と自身《じしん》の発言を振り返っても問題点の見つけられない御船さんは小首傾《こくびかたむ》き。

こういう許容範囲内《きょようはんいない》での奇抜《きばつ》さは歓迎出来《かんげいでき》る。変化にある程度富《ていどと》むと、付き合いが面白《おもしろ》い。

外見《がいけん》と中身《なかみ》の微妙《びみょう》なアンバランス差がそれを生《しょう》じさせているんだろうか。

パッと見は近代的だけど、内部の作りは若干旧式《じゃっかんきゅうしき》。

見た目は平成《へいせい》、中身は昭和《しょうわ》生まれみたいな。そんな印象《いんしょう》の女の子だ。

取《と》り敢《あ》えず、今日から俺もリュウシさんと内心《ないしん》の呼称《こしょう》を登録《とうろく》しておいた。

その呼び方が、気に入ったのだ。誰《だれ》だか知らないってことにしておくが、悪くないセンスだ。


新学校での授業、初日終了《しゅうりょう》。

まだ全《すべ》て初回の授業なので本腰《ほんごし》ではなく、よって隣《となり》に教科書を見せて貰《もら》う必要《ひつよう》もなかった。

よって感想としては、退屈《たいくつ》でしたっと。

結局《けっきょく》、無用《むよう》に重いだけだった鞄《かばん》を持って、教室を出る。今日の帰りは一人ですよっと。

リュウシさんは「今日部活《ぶかつ》なの。また明日ねー」と教室をてこてこ後にした。何部に属《ぞく》しているかまでは把握《はあく》してないので、想像もとい予想し甲斐《がい》がある。

「んー……」キャラ的に……演劇部《えんげきぶ》。もしくは、バスケ部。どっちかと見た。

不毛《ふもう》な想像に頭を働《はたら》かせながら、階段《かいだん》を下りて下駄箱《げたばこ》へ。靴《くつ》を履《は》き替《か》えて外に出ると、前川《まえかわ》さんが、下駄箱から出てすぐの柱《はしら》近くで伸《の》びをしていた。

巨大《きょだい》カジキがクレーンで吊《つ》り下げられてる構図《こうず》みたいに、その伸びきった全身は威圧感《いあっかん》を発《はっ》揮《き》する。夏場には道路の真ん中で日《ひ》陰《かげ》を作って重宝《ちょうほう》されそうな逸材《いつざい》だ。

伸《の》びた上半身《じょうはんしん》を柔《やわ》らかく反《そ》らして、背後《はいご》を向く。そこで、まじまじと同級生を視察《しさつ》している俺に気づいた。二回の生理《せいり》現象《げんしょう》外《がい》の瞬《まばた》きを行《おこな》ってから、口を開く。

「転校生じゃないか。何してんの？」

「前川《まえかわ》さんを見てました」何故《なぜ》か丁寧語《ていねいご》な俺。

「あ、そうな、おっとっと」と身体《からだ》を反らした状態《じょうたい》のまま、つんのめって後ろへ歩いてきた。怖《こわ》い。エクソシストの立ってる版《ばん》だ。思わず飛び退《の》いてしまいそうになる。

俺が本格的に逃げる前に前川さんは身体を起こして立ち直り、「あー、ふらふらするー」と頭部を押さえて呻《うめ》いた。立ち眩《くら》みかな？

「じんわーってくる……血《ち》が巡《めぐ》るー」途中《とちゅう》から妙《みょう》に口端《こうたん》が釣《つ》り上がっていて、隣《となり》で眺《なが》めていると若干薄気味《じゃっかんうすきみ》悪い。

「転校生は自転車？」まだ前屈《まえかが》みのまま、会話を再開する。

「乗る方ね。乗られる方違《ちが》うよ」

大《たい》して面白《おもしろ》い返しじゃないなぁと思いつつ言ってみたが、前川さんは軽く噴《ふ》き出してご好評《こうひょう》のようだった。今朝のやり取りを含めて、笑いの沸点《ふってん》が低い人なのかも知れない。

前川さんが背筋《せすじ》を復活《ふっかつ》させて、前髪《まえがみ》を弄《いじ》り直してから、何となく流れで一緒《いっしょ》に自転車置き場へ向かう。こうして並んで歩くと、「先輩《せんぱい》！」とか「お姉様！」と呼びたくなる気持ちも、分からんでもない。

「転校生は部活《ぶかつ》とか参加する予定は？」

学校の外周を走りにグラウンドから集団出張《しゅっちょう》してきたサッカー部員に道を譲《ゆず》りながら、前《まえ》川《かわ》さんが世間話《せけんばなし》を振ってきた。

「特になし。中学の時はペーパークラフト部の幽霊《ゆうれい》部員だったから、その延長《えんちょう》で高校は放送部の幽霊部員」「何処《どこ》を延長して繋《つな》げたんだいそれ」「前川さんは？」

尋《たず》ね返すと、前川さんは遠い目になり、散《ち》って空を舞《ま》う桜《さくら》の花びらを目で追う。

「一年前、色《いろ》んな部活に引っ張りだこの勧誘《かんゆう》を受けたよ。しかし一週間後、全《すべ》ての部活からいらない子扱《あつか》いされた。だから今は美術部の幽霊部員」

怪我《けが》か、家庭の事情か。そういったある種《しゅ》の重さを感じさせる口ぶり。

「何でと聞いていい話題だったり？」

「うん、別に大《たい》したことじゃないはず。多《た》分《ぶん》、これかな」前川さんが突如《とつじょ》立ち止まり、両手を上へ挙《あ》げた。所謂《いわゆる》、万歳《ばんざい》のポーズだ。

「……？」真似《まね》しろって言われたらどうするかな、と一瞬《いっしゅん》迷《まよ》う。

「暫《しば》し待《ま》たれよ」と俺に待てを指示して、元気玉の姿勢《しせい》を維持《いじ》し続ける。ついその腕《うで》の先を見上げてしまうが、球体は太陽ぐらいしか昇《のぼ》っていない。なんだなんだと視線《しせん》を前川さんへ戻すと、「あー」世《よ》にも情《なさ》けない失墜《しっつい》の声が鳴りだした。しかめ面《つら》の前川さんがふらふらと、細長い足で身体《からだ》を維持できなくなって俺の方へ倒《たお》れ込んでくる。

逃げたら身体の側面《そくめん》を地面に全力投球な感じだったので、隕石《いんせき》を素手《すで》で止める気分で立ち向かった。が、思いの外《ほか》、楽《らく》に肩を支えることが出来《でき》た。前川さんは翼竜《よくりゆう》みたいに骨が空洞《くうどう》になっているんだろうか。身長《しんちよう》に似合《にあ》わず、体格相応《たいかくそうおう》に軽い。

「ありがとう」と礼《れい》を言いながらも、また額《ひたい》を押さえて頭を垂《た》れ下げる姿勢で唸《うな》る。

「あー耳鳴りがする、脈拍《みやくはく》に合わせて頭に血《ち》が巡《めぐ》るー」恍惚《こうこつ》に蕩《とろ》けた声だ。何だこの人。

「十秒ぐらい、こうやって腕を頭より上に挙げてると立ち眩《くら》みのような症状《しようじよう》になるんだ。これでバスケット部もバレー部も演劇《えんげき》部も私の背丈《せたけ》を諦《あきら》めたんだけど、こういうのを何て言えばいいんだろうね」

「モヤシ」

「やっぱりそれかな。本屋のバイトもこれでクビになった。使えねーって」

「……………………」

凛々《りり》しいのに虚弱《きよじやく》なお姉様《ねえさま》、素敵《すてき》！

いや虚弱なのに凛々しいお姉様、素敵！　の方がまだマシか。

どっちにしても惰弱極《だじやくきわ》まりないけど。

そこで俺から身体を離《はな》し、また崩《くず》れた前髪《まえがみ》を直す。まだ「うぐぐ」と呻《うめ》いたりしているけど、二《に》足歩行《そくほこう》は可能《かのう》なぐらいに回復《かいふく》したみたいだ。

「去年《きよねん》の文化祭の時に献血《けんけつ》カーが来ていてね、私も献血してみたんだ。身体が大きいから四百抜きますねとこっちの言い分を無視《むし》してにこやかに吸血《きゆうけつ》されたんだけど、そこで変なことがあった。隣《となり》で先に血を抜いていた巨体《きよたい》の教師《きようし》の二倍近い早さで私の献血《けんけつ》が終了《しゆうりよう》してしまった。どうも血の流れが普通の人より相当《そうとう》速いらしい。その所為《せい》かな、と思ってもいるんだけど」

「へぇ。ま、血が綺麗《きれい》ってことだからいいんでない？　動脈硬化《どうみやくこうか》の心配はなしだ」

「その代わり、事故《じこ》で出血《しゆっけつ》なんかをしたらまず助からないらしいと説明されたよ」

「なるほど」最大の武器に弱点が潜《ひそ》んでいる！　みたいなアレか。うんうん、分かり辛《づら》い。

プレハブ小屋まで行ってから、一旦《いったん》別れる。俺は出しやすい位置に朝止めていたから、すぐに自転車を屋根の外へ出すことが出来《でき》た。俺より早く登校《とうこう》していた前川《まえかわ》さんも同様《どうよう》に、すぐに自転車を牽引《けんいん》してくる。

昨日僅《わず》かに見た通りの、普通の銀色《ぎんいろ》シティーサイクル。豆知識《まめちしき》として田舎《いなか》だとカントリーサイクルと呼ぶ。まぁ嘘《うそ》である。ほぼ全員チャリンコ、もしくはケッタと方言《ほうげん》で呼んでいました。

お互《たが》いの自転車を引っ張り出してきて、感想を一言。

「随分《ずいぶん》レトロな自転車ですね」どちらが言った台詞《せりふ》かは、ご想像にお任《まか》せします。

俺を先頭《せんとう》にして、自転車をこぎ出す。昨日《きのう》に続いて二日連続、しかも違《ちが》う相手《あいて》と下校する。青春ポイントを着実《ちやくじつ》に稼《かせ》いでいるなぁ。転校したことで風水的《ふうすいてき》に運《うん》とか向いてきたんだろうか。

だが運の寿命《じゆみよう》は、校門を出たあたりまでだった。

「あれ？」と言いながらあっさりと横を追い抜く前川さん。ぐんぐんと差を広げる。軽快に回る車輪を羨望《せんぼう》と絶望《ぜつぼう》の入り交《ま》じった瞳《ひとみ》で見つめてしまう。

信号待《ま》ちの前に前川さんが一度振り向く。俺との距離差《きょりさ》に眉《まゆ》をひそめ、切れ悪く手を振る。待っていてくれても困るものがあるので、手を振り返す。

前川さんは更《さら》に加速して、その細長な身体を縦《たて》に縮小《しゅうしゅく》して去《さ》っていった。

「……モヤシ以下か、俺は」

小遣《こづか》いを節約《せつやく》して、中古《ちゅうこ》の自転車でも購入《こうにゅう》してこようと買い物リストを作成した。

帰宅《きたく》すると、布団《ふとん》が転《ころ》がっていた。もうちくわと見間違《みまちが》えないぜ。

見慣《みな》れた所為《せい》か、ポイント減退《げんたい》も肌《はだ》で感じなくなった。

ニートの妖精《ようせい》というか、妖精を目指すニートみたいなのが通路の途中《とちゅう》で横に寝転がっているから、踏《ふ》んでいってやろうかと足を振り上げたが、小動物虐待《ぎゃくたい》は世間《せけん》の目がうるさいので跨《また》ぐだけに留《とど》めた。ふんがぁ、とまた、「お、わ！」

突如《とつじょ》転がったロールケーキみたいなのに足を取られ、尻《しり》から転んだ。「っつぅ……」

床《ゆか》が軋《きし》むぐらい、遠慮《えんりょ》と防護《ぼうご》のない無様《ぶざま》な転倒《てんとう》。仕掛《しか》け人含《ふく》め、誰《だれ》も目撃《もくげき》していないことが不幸中の幸《さいわ》いといえるほど俺は寛容《かんよう》じゃない。

「この……」文句《もんく》を出すべき相手を見据《みす》えようとすると、エリオはまだゴロゴロと床《ゆか》を転《ころ》がって「うぜぇ！」布団《ふとん》上部を蹴《け》った。転がっていった。通路の奥《おく》にぶち当たって急停止。生身《なまみ》だったら鼻血《はなぢ》ダラダラ零《こぼ》して、ストリートファイト敗北後みたいな腫《は》れ具合《ぐあい》の顔面《がんめん》お披《ひ》露目《ろめ》となっていただろう。

いやー、布団って本当にいいものですね。

壁際《かべぎわ》にくっついたまま全《まった》く身動きがないので、一応《いちおう》は安否《あんぴ》を確《たし》かめに近寄る。

「生きてる？」

「生ほんりふ高し」随分《ずいぶん》と元気そうだ。

「というか、何しやがる」

「報《ほう》ふふほう為。ほう然のまっほふだわ。宇ひゅうといふいはめて可《か》ほう性に満ひたへ界からのふんは的接《せつ》ひょくを発へんするほとをこはひ、ほのがひょう来といふいはめてわひ小さつ未ひのはい存はいをふう先する非常ひきを、再《さい》ひょう育の意ひも込めての」「踏《ふ》みつけ」恐《おそ》らく尻部分を覆《おお》っているであろう布団の柄《がら》を踏む。お前の長文《ちょうぶん》は無駄《むだ》すぎる。

いやー、布団最高だ。普通なら女子を足蹴《あしげ》にとか絶対無理《むり》だけど、不思議《ふしぎ》と抵抗感《ていこうかん》がない。そして何となく許《ゆる》される空気を作ってくれる。防寒対策《ぼうかんたいさく》以外にこんな使い道があるなんて、十六年生きてきて初めて知った。学校では教えてくれないことを家で学ぶ、うーん理想型。

これが都会《とかい》の教育なんだなぁ、便利《べんり》な言葉《ことば》の受け皿《ざら》だよなぁ、都会って。

「で、宇宙人《うちゅうじん》は昼間お外で活動してきたわけか？」

「今ふはイホコのさひりょふなかひ観を特へつに尊《そん》ひょうひて、夜はんに活動するほとにしたわ」

「え、やっぱり俺も行くの？」尻《しり》をぐりぐり。いや全《まった》く色気《いろけ》がない。中身《なかみ》知ってるのに、不思議な感覚だ。端《はた》から見たら死体を挟《はさ》んだ布団みたいだからなぁ、これ。

「イホコはワトホンポジホンに収《おさ》まれるうふわではなひへれど、人ざひ不足による臨時判《りんじはん》らんにしたはうほとにしたの」

「過小《かしょう》な人間で済《す》まないことですねぇ、宇宙人もリクルートの雑誌《ざっし》ぐらい発行すればいいのにねぇ」こっちにまた転がって攻撃《こうげき》しようとしてきたので、足の裏《うら》で堰《せ》き止める。

人様《ひとさま》の運転する自転車に乗って移動《いどう》する楽《らく》さに味《あじ》を占《し》めたかな、こいつ。いやそれとも、例の宇宙人発言を真《ま》に受けて、俺を仲間とでも認識《にんしき》しちゃってるのか。

「夜ねぇ……」どうせ、外に何か買いに行かないといけないしな。「ま、いいや。一回ぐらい付き合うとするか」

どれだけ宇宙的な活動なのか、多少の興味《きょうみ》もある。実態《じったい》を知れば幾《いく》ら長文で説明されても「あっそ」でぶった切る自信はあるが。うん、何だかエリオといると、微妙《びみょう》に苛《いら》つく。

理由は定《さだ》かじゃないけど、勘《かん》か癪《かん》のどっちかに触《ふ》れられている。

……まぁ、何だかんだ理由をつけても、この布団の中身を目撃《もくげき》しているからこそ何かしら仲《なか》良《よ》くなってわははを期待《きたい》してる、ってのが一番なのは事実なんだけどね。

「じゃ、夜まで自由行動ってことで解散《かいさん》。さらば」足を上げて、行動抑制《よくせい》を解《と》く。枷《かせ》を外《はず》されたエリオは前進より突撃《とつげき》寄りに回転を始める。飛び退《の》いて避《よ》けたら、そのまま玄《げん》関《かん》まで転《ころ》がっていった。段差《だんさ》を勢《いきお》いよく落下して、露出《ろしゅつ》していた足を打ちつけたらしくて「うう……」と呻《うめ》いているのが微《かす》かに聞こえてきた。一方的に微笑《ほほえ》んで和《なご》んでやった。

二階に行く前に台所を覗《のぞ》くと、机《つくえ》にはまた、ピザの箱《はこ》。開けると目分量《めぶんりょう》で半分が残っていた。

「となると、あの布団《ふとん》の中は……うわぁ、ミキサーばりにシェイクされてるのかな」

エリオの顔面の状態《じょうたい》に思いを馳《は》せつつ、瓶《びん》に注《そそ》いで冷蔵庫《れいぞうこ》で冷やしておいた麦茶《むぎちゃ》をコップに注《そそ》ぎ、飲み干《ほ》した。水が違《ちが》う所為《せい》か、実家《じっか》で入れた麦茶と些細《ささい》に味が異《こと》なる。都会《とかい》の水は、鉄《てつ》の味が強い気がした。血《ち》の味、と言い換《か》えても良い。


夜になった。実はあまりなって欲《ほ》しくなかった。

本棚《ほんだな》を持ってきた本でようやく埋《う》め終わり（途中《とちゅう》、懐《なつ》かしくてつい読破《どくは》するまで読んでしまった本が何冊《なんさつ》かあった）、少し立った埃《ほこり》を、窓《まど》を開けて換気《かんき》して。

室内の淀《よど》んだ生温《なまぬる》さと、屋外の吹《ふ》きぬける暖《あたた》かさが混《ま》じり合う。

「おー、星《ほし》がちょっとだけ見える」窓の縁《ふち》に手を突《つ》いて身《み》を外へ乗り出し、空を見上げる。薄《うす》い雲がはっきりと夜の背景《はいけい》を巡《めぐ》り、渦《うず》を巻《ま》いている。田舎《いなか》の空と正直、大差《たいさ》ない透明度《とうめいど》。「それにしても、都会ってのは夜が侵略《しんりゃく》されてるよな」水平に町を見渡《みわた》すと、真《ま》っ暗闇《くらやみ》なんて何処《どこ》にも見当たらない。人家《じんか》の灯《あか》り、店の光、ビルの輝《かがや》き。窓から覗《のぞ》くと、電波塔《でんぱとう》の赤い点滅《てんめつ》ぐらいしか目に入らない田舎の実家とは、この点が大きく異なる。「ぬーん」それはさておき、夜。公園のベンチに座《すわ》って、友達と星を見上げたとかそういう状況《じょうきょう》なら2点獲得《かくとく》なんだけどな。特に冬がいい。吐《は》き出す息《いき》が白かったり、手を缶《かん》コーヒーか何かで温《あたた》めてると尚良し。「ぬ——ん」ちなみに夏場に実行すると、蚊《か》に刺《さ》されまくる。情緒《じょうちょ》の維持《いじ》が難度《なんど》高い。「ぬぬ——んん」やかましい、どうやって発音してるんだお前は。

　隣《となり》でまだかねまだかねと構ってオーラを放出し続けるエリオをわざわざお姫様抱《ひめさまだ》っこで階下まで運んで（本当は階段で転がしてみたかった）、玄関《げんかん》ではなく台所へ直行《ちょっこう》。

　風呂《ふろ》を嫌《いや》がる犬《いぬ》ばりに暴《あば》れるエリオを押さえつけて無理矢理《むりやり》布団を外し、中身《なかみ》を拭《ふ》いた。前髪《まえがみ》はトマトとチーズの残骸《ざんがい》でがちがちに固まり、転がしまくった所為か首の裏《うら》まで生地《きじ》の粉《こな》が付着《ふちゃく》していた。よくこんな不快感溢《ふかいかんあふ》れる状況で平然と寝転んだり人様《ひとさま》を転ばせたり出来《でき》るな。

　しかしそんなことより更《さら》にもの悲しいのは、エリオの素肌《すはだ》にこれだけ触《ふ》れても大《たい》して感動やら動悸《どうき》が血管と脈《みゃく》の中で飛び跳《は》ねないことだ。慣《な》れるほど回数重ねてもいないのに、世話を焼く小動物的な視点《してん》でエリオを見つめるようになってしまったというか。損《そん》した気分だ。

「はい、綺麗《きれい》になりましたよー」濡《ぬ》れ布巾《ぶきん》で見える範囲《はんい》を綺麗にしてから、拘束《こうそく》を解く。エリオは礼《れい》の一つも言わずに高速で、俺が別に引っ張り出して用意した布団《ふとん》へ駆《か》け寄って、くるくると巻《ま》かれる。目線《めせん》が布団で遮《さえぎ》られる刹那《せつな》、俺に『縛《しば》って』とハートマーク付き……かは定《さだ》かじゃない乾《かわ》いた視線《しせん》を投射《とうしゃ》してきたので、溜息《ためいき》と悪態《あくたい》つきながらエリオを縛る。

「最大の長所をこうやって隠《かく》してさぁ……お前なに、修験者《しゅげんじゃ》か何か？　世《よ》を儚《はかな》んでるの？」

「わたしという宇ひゅうに内ふうする存在《そんざい》を公《おおやけ》に晒《さら》ふのは、とふさふじゃないの」

「いや晒されまくりだろ、別の意味で」お前みたいなのを世間《せけん》は晒し者と呼ぶ。

付き合う俺も、同義《どうぎ》に纏《まと》められてそうなのがなぁ。ま、仕方《しかた》ないか。

俺みたいなのが可愛《かわい》い子と交友《こうゆう》深めたかったら、それなりに苦労しようってことだな。

リュウシさんとも今はデメリットが目立たないけど、いずれ今までの幸福分を纏めて請求《せいきゅう》されるときがくるんだろうなぁ、と陰《かげ》ながら気を滅入《めい》らせてるわけだし。

布団の調整を完了《かんりょう》して、布団上部から顔だけ晒したエリオを担《かつ》いで、外に出る。美少女専門《せんもん》誘拐犯《ゆうかいはん》に思われないかなぁ俺と不安になりつつ、自転車籠《かご》へ空輸《くうゆ》。ドッキング完了。ある意味これも痛車《いたしゃ》。

「で、何処《どこ》行く？　そもそもご町内の平和を守るヒーローさんに目的地なんかあんのか？」

「現地調査《ちょうさ》に向かうの。追って指示を出すわ」「今出せ」「家出て右折《うせつ》」かなり目先かつ、分かりやすい宇宙《うちゅう》の指令だ。

地面を蹴《け》って加速《かそく》をつけて、自転車を発進させる。「はい右折しましたよー」

「……テレパス送信中」「ごめーん、携帯《けいたい》電話とテレビはお家に置いてきちゃったから受信出来ない。はい次はどっちですかー、ライトオブレフト」「レフトサイド」

こんなやり取りが挟《はさ》まれた指示でも十《じゅう》分《ぶん》間に合う速度しか出せない自転車が恨《うら》めしい。

そのナビが何処へ向かおうとしているのかも不明瞭《ふめいりょう》なまま、暫《しばら》く運転を続けた。

「リライト」格好《かっこう》つけて右と言いたい模様《もよう》。daysをダイズと呼んだことある俺は笑えない。

「伸《の》びのある真《ま》っ直ぐ」宇宙でも野球《やきゅう》は大人気。火星《かせい》リーグ出《しゅっ》身者《しんしゃ》かお前は。

「サニーサイドアップ」それ目玉焼きの焼き方。用語の出所《でどころ》メチャクチャ。

……何処へ行こうというのかね。


着いた先は、隣《となり》の町とか突《つ》っ切って夜の海だった。

夜の海だった！

二時間近くかけて休《きゅう》憩《けい》なしに自転車こぎ続けてきた酬《むく》いが欲《ほ》しかったので、強く言い直した。

やり遂《と》げた感で満たされないかなぁと少し効果《こうか》の浸透《しんとう》を待《ま》ったが、特に変化はない。

都会《とかい》だろうと、海は暗黒《あんこく》だらけで静閑《せいかん》としていた。

仕方なく、砂浜へ降り立つ。シャリシャリ鳴る。歩く。シャリシャリ鳴るぞ！

何か嬉《うれ》しくなって鶏《にわとり》みたいに歩き回る。テンション上がってきた。タップダンス風《ふう》に足を素早く腿《もも》上げ。シャカシャカ鳴ってる。うわぁ！　すっげー馬鹿《ばか》っぽいな、今の俺！

一方、夜の海に灯台《とうだい》のように立ち尽《つ》くす布団《ふとん》と両足。ロォーマンティックには程《ほど》遠い。波が足首を覆《おお》おうと身動ぎせず、水平線を見つめている。まあ多分《たぶん》。

「何してるんだー？　見えないものが見えてたら眼科《がんか》でも行けよー」

判別難《はんべつむずか》しいけどなー。人間社会は『見たくもないもの』を見なきゃいけない場面が多々《たた》あって大変だけどなー。しかし今、砂浜で一人はしゃげるテンションの俺には些末《さまつ》なことであった。

「あーはっ、あーっはっは、は、ぜ、ぜは、は、は……」ごめん、無理《むり》。

膝《ひざ》に手を突《つ》き、項垂《うなだ》れて荒い息《いき》を吐《は》く。疲《つか》れた。自転車こいだ後だっていうのを忘れて腿上げ運動しすぎた。しかも足を取られる砂浜で。明日の筋肉痛《きんにくつう》のご予約を入れられてしまった。

「……あ？」

波打《なみう》ち際《ぎわ》でぱちゃぱちゃやっていたエリオが、少しずつ沖《おき》の方角《ほうがく》を目指して歩き出していることに気づく。海面へと沈《しず》みゆく布団。足取りに全《まった》く恐怖《きょうふ》の類《たぐい》がなく、一定。

顔も布団の中に収納《しゅうのう》して、ぬかりなし。

おいおい。

無駄《むだ》に体力なくした俺だが、仕方《しかた》なく駆《か》けてエリオを追いかける。

「自殺《じさつ》しに来たとか、そういうことじゃ、ないだろうな！」

俺の叫《さけ》びをまるで無視《むし》して、エリオの海水突入《とつにゅう》は腰《こし》より上まで至《いた》る。

あ、馬鹿前向きに転びやがった。あれ、腕《うで》も縛《しば》ってるから体勢《たいせい》戻すの無理っぽいのに。

ほとんど入水《にゅうすい》自殺だ。馬鹿じゃねーの。バカジャネーノ！

「だあぁぁあ！」海に浮かんでるなんか袋《ふくろ》っぽいものを蹴散《けち》らして、馬鹿一名をサルベージする。潜水艦《せんすいかん》みたいな入水を行っているそいつを持ち上げ、どうしよう。

無性《むしょう》に投げ出したくなった。やっぱりこいつといると、イライラして仕方ない。

「ぶくぶー」布団の生地《きじ》からじゅわっと海水及《およ》び泡《あわ》が噴《ふ》き出る。「えぇい」と、布団をずらして顔面を露出《ろしゅつ》させた。前髪《まえがみ》が海水でべったり額《ひたい》に張りついた、エリオが無表情に俺を見上げている。

「おい蟹《かに》。危機的状況下《じょうきょうか》で遊ぶな。帰ったら海老《えび》反《ぞ》りさせてやるから甲殻類《こうかくるい》の真似《まね》止めろ」

海から引き上げる。海水をたっぷり吸水《きゅうすい》した布団と相《あい》まって、相当《そうとう》重量が上がっている。

「この位置なら力を抜けば浮かぶだけよ。体験済《たいけんず》みだから」

「いや目一杯《めいっぱい》沈んでたよ。布団が水分吸《す》って」

「わたしにだって……分からないことぐらい……ある」

「あーそうですか、じゃあ今回は貴重《きちょう》な体験でしたね」もうどうでもいい。

自前《じまえ》の足で歩かせると、また沖に向かいかねないので抱《かか》えて運ぶ。波に乗り飽《あ》きたサーファーの陸への帰還《きかん》ってこんなやるせない気分なんだろうか。前川《まえかわ》さんより重いぞ、こいつ。

「つうか何でこんなとこまで来たんだよ」

「普段《ふだん》からここで調査《ちようさ》を行《おこな》う為《ため》に訪《おとず》れてるの。ここに全《すべ》てがあるのよ」

「ここまで？　歩きで？　……暇《ひま》なのか、馬鹿《ばか》なのか、熱心なのか」

取り敢《あ》えず言えることは、健脚《けんきやく》ですねぐらいだ。

「違《ちが》う。飛んでる」

「は？」

訪れるとは思わなかった、反論の来客《らいきやく》に虚《きよ》を衝《つ》かれる。エリオの口が海水と言葉《ことば》を吐《は》く。

「イトコの粗末《そまつ》な語学力で表現すればアイキャンフライ。だから先程《さきほど》の潜水行為《せんすいこうい》も、緊急時《きんきゆうじ》には飛翔《ひしよう》することで危険から逃《のが》れることが出来《でき》たの」

「………………………………………………」これは予想出来なくて良かったな、と俺の頭を慰《なぐさ》める。

確《たし》かに宇宙人《うちゆうじん》とかヒーローって特に修行《しゆぎよう》とか理屈《りくつ》の説明なしで飛んでる奴《やつ》多いしな。こりゃー納得《なつとく》だ。

……お前が宇宙人だったらこれで万事《ばんじ》解決なんだけどねぇ。

「まぁ深くはお前に聞いたって電波《でんぱ》だらけに布団《ふとん》だらけで解読不可能《かいどくふかのう》に決まってるからさ、もういいけどさ……自殺《じさつ》みたいな真似《まね》は止めとけよ。叔母《おば》さんが一緒《いつしよ》に暮《く》らしてるんだし」

「今回のは天文的確率《てんもんてきかくりつ》によって生《しよう》じたミスね。次回以降は大丈夫《だいじようぶ》」

「安易《あんい》なミスでも何でも、死ぬ条件《じようけん》さえ満たせば人はあっさり死ぬ。冗談《じようだん》とか本気とかそういうのは当事者《とうじしゃ》の気分に過《す》ぎなくて、もたらされる結果に感情って挟《はさ》めないんだからさ」

「……………………………………推定《すいてい》ＩＱが半分以下のイトコに説教」

「はっは、精一杯《せいいっぱい》ショック受けてろ」

ゲームの『Ｉ。Ｑ』をクリア出来なかったからな。まぁ、認《みと》めてもいいや。

「自称《じしょう》宇宙人の癖《くせ》に何でワープ技術の一つも持ち込んでないんだよ、お前」

「オーバーテクノロジーは正当な調査に持ち込むと支障《ししょう》を来《きた》すから」

「未来《みらい》の世界《せかい》の猫型《ねこがた》ロボットを見習えよこの野郎《やろう》」

というわけで、帰りも当然俺が自転車こぎこぎしなければいけないのであった。ずぶ濡《ぬ》れの服が肌《はだ》に張《は》りついて風がくそ寒く身《み》を凍《こご》えさせて、足はパンパンに腫《は》れて、見事に最低。

腹減《はらへ》ったを通り越《こ》して吐《は》き気がしてきた。籠《かご》の荷物を道ばたに捨てて楽《らく》になりたい。

夜の六時過《す》ぎに出発してきたから、今は八時回ってるだろう。帰ったら十時。こんな時間まで外に出ていたのは、ひょっとして俺は初《はつ》ではなかろうか。両親が厳《きび》しかったし。

女々《めめ》さんは既《すで》に帰宅《きたく》して、家族の帰りを待《ま》ってるだろか。帰ろお家かえーろな気分なのは確《たし》かなんだけど、それが恐《おそ》ろしい。夜間外出を怒《おこ》る派《は》か、それとも放任主義《ほうにんしゅぎ》か。

エリオに関しては何だか淡泊《たんぱく》というか投げやりな態度《たいど》を見せているけど、俺にはどんな難癖《なんくせ》をつけるか分かったものじゃない。例えば『きゅーん、真《まこと》くんが不良になっちゃったー。管理不行き届《ふゆとど》き、噛《か》まずに言えたわやったー。さっそく真くんのご両親にお電話して報告しないとー。お宅《たく》の息子《むすこ》さんは夜《よ》な夜な遊び回って都会《とかい》に染《そ》まったあげくなんかずぶ濡《ぬ》れになって帰ってきたの。分かる濡れてるのよ、つまり（以下十八歳未満《みまん》に相応《ふさわ》しくない単語《たんご》多数の為《ため》、削除《さくじょ》）』

あーやだやだ。この親子、俺から安息《あんそく》を奪《うば》いすぎ。

辟易《へきえき》しながら町を一つ通過《つうか》し、喉《のど》が渇《かわ》いて舌《した》を突《つ》き出してこいでいた頃《ころ》。

道の途中《とちゅう》でサンドイッチの具《ぐ》になった女が電柱《でんちゅう》に隠《かく》れかけて、中止した。

「……………………」

「……………………」

見つめ合う俺と、えーと何サンドだろうねぇ？

いやはは、流石《さすが》都会、不審者《ふしんしゃ》続出だぜ！

……取《あ》り敢えず、感心してる場合じゃねぇな。こっちも不審者一名が籠《かご》にはまってるし。ガシャガシャ籠を蹴《け》ってうるさいし。威嚇《いかく》行動か？　宇宙《うちゅう》の人は実に粗野《そや》で野蛮《やばん》でいらっしゃる。

「転校生。……夜の転校生」

サンドイッチの中身は別に引き伸《の》ばしかける必要《ひつよう》ないのであっさり言うが、前川《まえかわ》さんだった。

俺の存在《そんざい》を認めてから、てくてくと平然と運動靴《ぐつ》を鳴らして近寄ってくる。長方形のサンドイッチの着ぐるみを着込んだ同級生が、え、あれ本当に俺の学友？　と疑心《ぎしん》に囚《とら》われそう。

遠目《とおめ》だとダイエットに成功したぬりかべか、コンビニから逃亡《とうぼう》してきたハンペンみたいだ。

そして何故《なぜ》かその手に握《にぎ》られているのは看板《かんばん》。『五千円ポッキリ』のお約束《やくそく》な文字が踊《おど》っているが、そこで察《さっ》しが付いたのでうわーなんだろうと現実逃避《とうひ》気味《ぎみ》に見なかったことにしてた。

昼も思ったが、今度は別の意味合いで何だこの人。

「こんばんは、サンドイッチウーマンです」ご丁寧《ていねい》にご挨拶《あいさつ》された。腰屈《こしかが》めるのが辛《つら》そう。

「……クソな内容の特撮《とくさつ》ヒーローの綺麗所《きれいどころ》みたいなお名前ッスね」

「あれ、面白《おもしろ》くない？　サンドイッチマンと、サンドイッチの衣装《いしょう》を引っかけて」「いいですから」俺たちは暖《だん》を取りたいのです。

「うーむ、反応薄《はんのうう》い……でもサンドイッチウーマンだから。マン違《ちが》うよ、そこだけよろしく」

「いやどうでもいいからそのこだわり」言い張るなら女性的な部分をもっと自己主張《じこしゅちょう》してください。

「良くない。全然良くない。私は女だ」

強固《きょうこ》に主張された。逆《ぎゃく》はよく聞くけど、女と言い張《は》るのは少し新鮮《しんせん》。

「モデル体型ですねと、美容院に行って言われるのが密《ひそ》かな自慢《じまん》」

公表してる時点で密かではない。というか、その讃辞《さんじ》を求めてるのかな。

「モデル体型ですね」

「…………………………………………」にやにやしている。お気に召《め》したようだ。

何という出来《でき》レース。

「前川《まえかわ》さんって、身長幾《しんちょういく》つ？」気になっていた事柄《ことがら》を質問《しつもん》してみる。コスプレの件《けん》は後回し。

「百七十九、九センチ」胸《むね》というか看板《かんばん》を張って、得意《とくい》げ。

「あー、百八十ってことか」

「違《ちが》う。百七十九、九」

「……えい」背伸《せの》びして髪《かみ》を一本摘《つま》み上げた。「これで百八十センチオーバー」

「舐《な》めんじゃねーぞゴルァ！」

「おぅ」切れた。前川さんが巻《ま》き舌混《じたこ》みで切れた。逆鱗《げきりん》に触《ふ》れ、た？

そのまま俺の襟首《えりくび》でも掴《つか》みあげるかと身構《みがま》えたら、前川さんの頭がへなへなと萎《な》えて垂《た》れ下がる。既視感《きしかん》ありすぎなその状態《じょうたい》で、すっかりテンションを落とした前川さんが呟《つぶや》く。

「うー頭ガンガンする……いや昔《むかし》から慢性的《まんせいてき》な偏頭痛《へんずつう》持ちなんだ、大声出すといつもこうだ。きっと食生活が駄目《だめ》なんだ、多分《たぶん》……いや肩こりかな、原因《げんいん》何だろう」

「…………………」それで病弱《びょうじゃく》ではないところがすげーよ、あんた。

復活後《ふっかつご》、態度《たいど》がやさぐれ前川さん。大部分は俺に責任《せきにん》があります。

ふん、と顔を背《そむ》け、そこでついと自転車の籠《かご》のアレを見つける。

「何だこれ。転校生から仄《ほの》かに犯罪《はんざい》の香《かお》りだよ」生足《なまあし》見えてるからな。

「いや生きてるよアレだけど。えーと、貴女《あなた》と同じくコスプレ好《ず》きな淑女《しゅくじょ》です」

「いねーよこんなキャラ。何処《どこ》の十週打ち切り漫画《まんが》からもオファーこねーよ」

「じゃあマスコットで。郷土心溢《きょうどしんあふ》れる息苦《いきぐる》しくも痛々《いたいた》しい通称《つうしょう》スマキン」

「そのまま海にすてられちまえ……てーかこいつ、藤和《とうわ》じゃないか……まぁ多分《たぶん》。中身《なかみ》見てないけど、あんなファッション他に見たことないし」

「あ、知ってるんだ」

「新一年と転校生以外で藤和の存在《そんざい》を知らない奴《やつ》はいないよ。いたらスパイだ」

ジロ、と横目《よこめ》で睨《にら》んでくる。あ、俺転校生だからスパイ容疑者《ようぎしゃ》か。何をどう伝《つた》えろというのだ。購買《こうばい》の総菜《そうざい》パンがぶっちゃけ味薄《あじうす》すぎとか報告《ほうこく》するのか。誰《だれ》にだ。

「一時期《いちじき》町で有名《ゆうめい》だったんだ……って知り合いっぽいのに知らないのか？　そいつ、半年ぐらい失踪《しっそう》してたんだよ。六月に消えて、戻ってきたのは十一月。でしょ、藤和」

ガシャガシャ籠を踵《かかと》で蹴《け》って、声は発さない。元《もと》同級生と遭遇《そうぐう》して気まずいのだろうか。いやこいつにそんな気は芽生《めば》えないだろう。格好《かっこう》もなぁ、サンドイッチと布団。料理と家具。

……んー。僅差《きんさ》で布団の勝ちかな。何で勝負《しょうぶ》したかは黙秘《もくひ》するけど。

ていうか、失踪？　……何だそれ。

俺の疑問符《ぎもんふ》が伝わったのか、前川さんが続きを遠慮《えんりょ》なく本人の前で話してくれる。

「藤和は宇宙人《うちゅうじん》に誘拐《ゆうかい》されたって話してたよ。Xファイルの見過《みす》ぎだと思った。途中《とちゅう》から実は自分が宇宙人《うちゅうじん》で、地球《ちきゅう》の観察《かんさつ》をしてたとか言い出して周囲《しゅうい》をどん引きさせたあげく、退学《たいがく》していったけど。こっちはカップヌードルのCMでも見過ぎたかな」

当事者《とうじしゃ》が側《そば》にいても辛辣《しんらつ》な物言いを崩《くず》さない。前川《まえかわ》さん、相手《あいて》の耳をガン無視《むし》。エリオは更《さら》に籠《かご》を蹴《け》って、抗議《こうぎ》の意《い》を示《しめ》し続ける。

……宇宙人。誘拐《ゆうかい》。失踪《しっそう》。ふぅん。ちょっと、こいつの言動《げんどう》の動機《どうき》が見えたかな。

「それで、転校生は何で藤和《とうわ》と行動を共《とも》にしてるわけ？　二人乗り……うーん、自転車に二人乗ってるのは間違《まちが》いないな、は、どういう意味だい？」

にやにやと、下世話《げせわ》に探《さぐ》りを入れてくる。それでも下品《げひん》になってないのは凄《すご》い。

「いやまぁ従妹《いとこ》だから、これと」布団《ふとん》ぽふぽふ。

仰《の》け反《ぞ》った。「おっとっと」またふらふら転《ころ》びそうになった、虚弱《きょじゃく》前川さん。

「うっわマジで。これと？　へぇーえ、しかも一緒《いっしょ》に住んでるって？」

「まだそこまで話してないんですけど」俺の背後《はいご》にカンペでも出てるのか？

前川さんがもう一度仰け反る。「お（略《りゃく》）」。学習能力まで貧弱《ひんじゃく》なのかこの人。

「いや、住んでるなんて適当《てきとう》に言ってみただけなのに。更にうわーだよ、凄《すご》いな転校生。冴《さ》えない没個性《ぼっこせい》キャラだと思ってたら、トンデモ設定《せってい》を引き連れてるじゃないか」

同級生を見る目が珍獣《ちんじゅう》を観賞《かんしょう》する狐《きつね》目に変化する。元々《もともと》細い目が更に鋭《するど》くなり、思わず何か見えているのかと大きなお世話を焼いてしまいそうになる。

「うわー、うわー。クラスの連中に言ったら台風襲来《しゅうらい》だね。転校生の真価《しんか》発揮《はっき》だよ、場をかき乱《みだ》してくれ」

「都会《とかい》の人は他人《たにん》の火事と喧嘩《けんか》がホント好《す》きですな」

「あっは、冗談《じょうだん》だよ今のところ。まだ学校では言わないって」

色々、不穏《ふおん》になるものがくっついた先延《の》ばしを約束《やくそく》してくれる。

「というか、言わない方がいいね。波風《なみかぜ》好きじゃない性格《せいかく》っしょ？」

「ええほんとに」波に当たり風に吹かれ、寒さに震《ふる》えております。

いつの間にかエリオの足抗議《こうぎ》は止まり、ぐったりしていた。ニート、良く頑張《がんば》った。

「前川さんは何でこんなとこにいるんですか」何故《なぜ》か時折《ときおり》、丁寧語《ていねいご》になってしまう。

「家の近所を散歩《さんぽ》してただけ。夜の空、特に雲《くも》とかを見るのが好きなんだ」

……む。この人も青春ポイント獲得《かくとく》に励《はげ》んでいるのか？

けど、そんな格好《かっこう》で、ねぇ。

俺の視線《しせん》を読み取ったのか、前川さんが簡単《かんたん》に言い訳《わけ》っぽいものを付け足《た》す。

「普段《ふだん》は他の、制服とか着てるよ。今日は偶々《たまたま》こういう気分だっただけ」

どんな気分だパン気分。そうか食べられたいのか！（無駄《むだ》にドキドキ）

「前川さんはそういう趣味《しゅみ》が？」

「そういうって？」きょとんと、目を丸《まる》くする。あ、出来《でき》たのか。ずっと細いままだと思った。

「コスプレ」

「うんまぁ、そこそこ。休日とかは色々着て外歩いてるよ」

色々……うーん、こういう想像は偏見混《へんけんま》じってるかな。

「コスプレってさ、やっぱりアニメとか漫画《まんが》のキャラみたいな格好《かっこう》したりするのか？」

前川さんが渋《しぶ》い表情になり、顔の皮《かわ》が鼻付近に集中する。

「んー、最初はさ、そっちの二次元形《にじげんけい》っていうの？　そういうのに憧《あこが》れて着てみたりしたんだけど……なんかこう、違和感《いわかん》がすっげーあるわけ。漫画《まんが》のキャラでさ、タッパが百七十九、九近い人って女ではあんまり出てこないじゃん。そうなると、鏡《かがみ》の前で思うわけ。似合《にあ》わねーって。理想と程《ほど》遠くてさ、結局そっち方面は辞《や》めちゃった。で、今は店の制服《せいふく》とか、後は着ぐるみとか凝《こ》ったりしてる」

「着ぐるみ？」ドリーム二足歩行《にそくほこう》ネズミとか、ハロー白猫《しろねこ》（なのか？）とかを連想する。

「機会《きかい》があったら見せたげるよ」

「いやどっちかっていうと……いいや」制服の方が見たいと正直に言いすぎるのを自粛《じしゅく》。

「一応《いちおう》、コスプレしてるときはキボネング・デコって名前を使ってる。ま、チャットのハンドルネームから取ってるだけなんだけど。夜はそう呼んでくれぃ」何故《なぜ》に江戸《えど》っ子口調《こくちょう》。

「キボネングさんかぁ……じゃ、ちょっと弄《いじ》って前川《まえかわ》さんって呼んでぃい？」

「どれだけ整形手術《せいけいしゅじゅつ》すればカタカナ五文字から前川成分を抽出《ちゅうしゅつ》出来《でき》るんだよ」

前川さん、未《いま》だに下の名前は知らないのであった。

家の納屋《なや》に自転車を止めてから気づいたが、エリオは半分寝《ね》ていたのだった。

恐《おそ》らく、前川さんに対する抗議《こうぎ》活動が止まっていたあたりから。

「立って寝るより窮屈《きゅうくつ》そうなのにな」

俺も正直、もう眠《ねむ》かった。パトラッシュが駆《か》け寄ってきたらその場で眠りに就《つ》きそうなぐらい、欠伸《あくび》が止まらない。

エリオを抱《かか》えて、家に入る。出たときより靴《くつ》が一足分、増えていた。

「ただいま」小声で挨拶《あいさつ》して、家主《やぬし》の反応《はんのう》がないことに期待《きたい》する。……うん。

誰《だれ》も出てこないまま、二階へ上がる。通路の行き当たりまで進み、エリオの部屋《へや》に入った。

ベッドの上へ置いて、濡《ぬ》れた布団《ふとん》にくるまっていたら風邪《かぜ》を引きそうなので布団を脱《ぬ》がした。

女性の何かを脱がすのは初めて。うわあ、忘れたい歴史《れきし》がまた一ページ。

「うに……ぬ……」ぐずついて、部屋の電灯《でんとう》から目元《めもと》を隠《かく》すように手の平で覆《おお》うエリオ。

もう布団がないので、発見した夏用のタオルケットを数枚重ねて被《かぶ》せて寝かしつけた。

最近は暖《あたた》かくなってきたし、これで十分《じゅうぶん》だろう。風呂《ふろ》は、ニートの特権《とっけん》いつでも風呂を活用して起きてから好《す》きな時間に入ればいい。

　俺はそうもいかないので、台所へ行って適当《てきとう》に遅《おそ》い夕食を詰《つ》め込んでから、風呂《ふろ》入ってさっさと寝《ね》る必要《ひつよう》がある。去年《きょねん》までと違《ちが》って起こしてくれる家族がいない環境《かんきょう》に、早く慣《な》れよう。

　台所では、帰宅《きたく》していた女々《めめ》さんがピザを食べていた。エリオが昼に残した分だ。

「あ、おかえりー。真《まこと》くんも食べる？」

「それ、エリオのですよ」

「気にしないの。あの子、もう部屋《へや》で寝てるんでしょ？」

　ピザを飲み込んで、口元《くちもと》と指をティッシュで拭《ふ》き取る。

「さっきまで起きて、俺と出かけてましたよ。帰る途中《とちゅう》で寝ましたけどね」

「あら、エリオも一緒《いっしょ》だったの。ふっふぅーん」

　娘《むすめ》に対しては、露骨《ろこつ》にいい加減《かげん》。逆《ぎゃく》に嫌《きら》ってはいないんだな、と分かりやすい態度だ。

「外でエリオと遊んでたの？」

「遥《はる》かに高度《こうど》な文明を持つ宇宙人《うちゅうじん》に見出された、世界《せかい》の調停者《ちょうていしゃ》と夜の見回りしてました」

「あーはいはい、懐《なつ》かしいわぁ」

　微笑《ほほえ》みと一回の拍手《はくしゅ》で軽く流される。絶対その回顧《かいこ》は嘘《うそ》だ。

　女々《めめ》さんの向かい側の椅子《いす》を引き、腰《こし》かける。ピザの切れ端《はし》に、何気《なにげ》なく手を伸《の》ばす。

「去年《きょねん》、エリオが失踪《しっそう》したって話を聞いたんですけど」

「うん、したわよ。私からすれば行方《ゆくえ》不明って呼ぶのかしら」

　二人でピザのチーズを噛《か》んで伸ばす作業に勤《いそ》しみながら、もう一人の家族の話に草《くさ》を生《は》やす。花なんて、きらびやかなものは咲《さ》きはしない。

「誘拐事件《ゆうかいじけん》とかそういうのに巻《ま》き込まれたんですか?」

「どうかしら。犯罪《はんざい》方面に関わってる様子《ようす》は、失踪から戻ってきた直後の格好《かっこう》とか状態《じょうたい》には何にも窺《うかが》えなかったけど。怪我《けが》してたとか痩《や》せていたとか、そういうこともなかったし」

「じゃあ家出《いえで》とかですか」

　ピザの最後の一枚を更《さら》に半分に切り、二人で一欠片《かけら》ずつ口に放り込む。咀嚼《そしゃく》して、嚥下《えんげ》して、それから女々さんの口は喋《しゃべ》ることに従事《じゅうじ》した。

「六月、普通に学校から下校《げこう》したはずのあの子は気づいたら十一月の海に浮かんでいた。この間の記憶《きおく》と足取り、警察が調べたんだけど本当に何も分からなかったらしくて……少なくともエリオに、半年間の記憶がないことは証明《しょうめい》されてるわ。あの子、簡単《かんたん》に言えば記憶喪失《そうしつ》なのよ」

「それで、宇宙人信仰《しんこう》に嵌《はま》った?」

　思わず、歯軋《はぎし》りが鳴る。

「そうみたい。昔《むかし》から宇宙好《ず》きな子だったし、記憶がないっていう恐怖《きょうふ》から逃避《とうひ》する先に、知《ち》識《しき》が豊富《ほうふ》でごまかしの効《き》きやすい宇宙を題材《だいざい》に選んだってとこだと、私は思うの」

「………………」

「ん？　真《まこと》くん、何か怒《おこ》ってる？」

「いや、別に……。取り敢《あ》えず、女々《めめ》さんにではないです」

矛先《ほこさき》は恐《おそ》らくエリオの、何かに。余人《よじん》の知るところじゃない、憤《いきどお》り。

「つうか宇宙人《うちゅうじん》って……馬鹿《ばか》だ。それ以外言いたくないぐらい。証拠《しょうこ》見せてみろよってんだ」

机《つくえ》に突《つ》っ伏《ぷ》しながら、言葉《ことば》の届《とど》かない相手《あいて》に愚痴《ぐち》ってみる。独《ひと》り言《ごと》なのに、反応《はんのう》があった。

「証拠を行動で示《しめ》そうとして失敗したのよ」

「へ？」顔を上げる。

「あの子、自転車で橋から川に向かって飛んだのよ。で、落ちた。川の浅いところに落下して足の骨折《ほねお》って入院して……その後から布団《ふとん》を身体《からだ》に巻《ま》くようになったわねぇ」

「自転車……」ああ、そういうこと。宇宙人ごっこして失敗して錆《さ》びた自転車が、あれか。

全然飛べてねーじゃん。

取り敢《あ》えず即物的《そくぶってき》に、自転車を台無《だいな》しにしたことが腹立《はらだ》たしい。

女々さんが麦茶《むぎちゃ》を俺の分まで用意してくれたので、ありがたく啜《すす》る。苛立《いらだ》ちを収《おさ》めるのに、無言《むごん》の時間を置く。女々さんも仕事帰りで疲《つか》れが溜《た》まっているのか、今日は悪のりせずに欠伸《あくび》を頻出《ひんしゅつ》させている。

聞いてみたいことだけさっと話して、早めに風呂場《ふろば》へ行こうと思った。

「エリオって、どういう経緯《けいい》で生まれたんですか？　少なくとも、俺の両親は存在《そんざい》を知らなかったみたいですけど」

「うぐ」と女々さんが珍《めずら》しく、茶《ちゃ》を喉《のど》に詰《つ》まらせた。湯飲《ゆの》みで口元《くちもと》を隠《かく》しながら、目を横に逸《そ》らす。悪戯《いたずら》の犯人《はんにん》が大人に露見《ろけん》しないか心配してる子供の表情だ。

「あの子の生《お》い立ちなんて……何も話せるようなことないのよね。あれよ、ファミレスのドリンクバーで色々混《ま》ぜて遊んでたら偶然《ぐうぜん》、なんか喉越《のどご》し良くて妙《みょう》に美味《おい》しい謎《なぞ》ジュースが完成しちゃったみたいな、そんな子」

「あんた『いい歳《とし》』して何やってんだよ」いい歳の部分を強調《きょうちょう》してやった。

「まぁ、あの子に関しては原液《げんえき》は一種類のはずなんですがねぇ～」

「完全に下《しも》ネタキャラになってきてるよこの叔母《おば》さん」

本当にこの人、俺の堅物《かたぶつ》の父親と血《ち》を分けた兄妹《きょうだい》なんだろうか。

「うーん、やっぱり宇宙波動《はどう》でも介入《かいにゅう》してるんじゃないかしら」

「結局そこに逃げますか」

でも確《たし》かに……。出産過程《しゅっさんかてい》に横矢印《よこやじるし》で『宇宙人介入』とか表記しても違和感《いわかん》ない。ミラクル宇宙パワーのお陰《かげ》であの奇跡《きせき》の造形《ぞうけい》が生まれたのなら、宇宙人は地球人《ちきゅうじん》と無二《むに》の親友になれそうだ。良いセンスしてやがる、フィギュアとか作れよ。

「実は叔母さんも、いつあの子を身籠《みご》もったかはっきり覚えてないのよねぇ」

「オイ」何しみじみしてんの、このオバ（略称《りゃくしょう》）。

「ホントに宇宙人《うちゅうじん》にアブダクションされて授《さず》かった説《せつ》も根《ね》強く子孫繁栄中《しそんはんえいちゅう》」

「単《たん》にあんたが若い頃《ころ》、遊び人だっただけじゃねえか」そしてそれを認《みと》めてないだけだ。

女々《めめ》さんはムッと「心外《しんがい》な」とばかりに唇《くちびる》を尖《とが》らせ、俺を睨《にら》む。それも長続きせず、はふぅ、と溜息《ためいき》を吐いてから薄《うす》く唇を歪《ゆが》ませた。

「オーケー、認めましょう。私があの子のお母さん」

「そうそう」

「そして貴方《あなた》がお父さん」

「土の下にいる時ぐらい黙《だま》れ」

やっぱり駄目《だめ》だ、この人。早く何とかしてくれる人、募集中《ぼしゅうちゅう》。

四章『失踪する思春期のパラノイア』

●
●
●
●
● 夜の公園でエリオと夕食。そして与太話に付き合わされる。 +1
● 昼休みにリュウシさんと昼食。初回故に加算。 +1
● 前川さんと帰る。 +1
● エリオと夜の海に出かける。 +1
● コスプレ女こと、同級生の前川さんと夜の散歩中に遭遇。 +1

現在の青春ポイント合計 −4

横移動《よこいどう》より、縦《たて》移動の方が得意《とくい》らしい。

いや、藤和《とうわ》エリオの話である。

土曜の昼間という、一種気怠《けだる》さの吹《ふ》き溜《だ》まりのような時間。陽気な日差しが窓《まど》を優《やさ》しく貫《つらぬ》き、部屋《へや》の半分に穏《おだ》やかさと乾《かわ》きを与《あた》えている。それから逃げるように、窓とは正反対の入り口側《がわ》に座《すわ》って、柱《はしら》に背《せ》を預《あず》けていた。昨日《きのう》、学校帰りにリュウシさんに案内してもらった本屋で勧《すす》められた小説を、気分次第《しだい》で捲《めく》ったりして。

身《み》を置いていると、猥雑《わいざつ》とした悩《なや》みが一時的にせよ払拭《ふっしょく》されそうな空気漂《ただよ》う、自室《じしつ》の一時。しかし隣《となり》には、そんな時間帯をぶち壊《こわ》す明らかに暑苦《あつくる》しそうなのが一匹《いっぴき》。

「……何で俺の部屋にいるの」

「もふもふ」何か喋《しゃべ》るのだが、読解《どっかい》が面倒《めんどう》だからクソ可愛《かわい》い四文字で台詞《せりふ》を改変した。

聞くところによると、午後十時に就寝《しゅうしん》して翌日《よくじつ》の午前六時過ぎには起床《きしょう》するこの生物。外見《がいけん》より中身《なかみ》を地《じ》で行ってる健康的《けんこうてき》なエリオだが、現実、それじゃあどうにもならないよなぁがこいつという他人を見て俺の学ぶところだった。

「もふもふ」「あーはいはい、そんな深淵《しんえん》な理由があるんですかへーえ」

言い分を要約《ようやく》するに、わたしも暇《ひま》で、お前も当然暇だから海へ連れて行けってことらしい。

だから極《きょく》力相手《りょくあいて》せずに流して、寝転んだり寝返りを打ったりして声の発信源《はっしんげん》に背《せ》を向ける。

貴重《きちょう》な休日にまで、労力《ろうりょく》とポイント獲得《かくとく》に見合わない海水浴へ出かけたくない。自分一人の時間によって癒《いや》され、蓄《たくわ》えられる英気《えいき》もあるのだ。それにどうせ人に付き合うなら、リュウシさんとデートするとか、車輪《しゃりん》が前向きに回ってるイベントを希望するよ。

エリオは、停滞《ていたい》の象徴《しょうちょう》に感じられるからな。布団《ふとん》を巻《ま》いて、ニートの妖精《ようせい》っぽいし。中身が綺麗《きれい》なのも、家事や作業の一切《いっさい》と縁《えん》がない人間はやたら手が美《うつく》しいのに通じている気もするし。

「……………………」その横顔を覗《のぞ》く。うむ、何処《どこ》が顔か区別つかないぜ。

というかこいつ、さっきから俺の横にわざわざ動いてくるのだ。

俺が部屋内を動くと足下《あしもと》でも見下ろして確認《かくにん》しているのか、x座標《ざひょう》、y座標を移動《いどう》する点のようにすすす、と一緒に移動してくる。それが昔《むかし》、家で友達と熱中していたサッカー盤《ばん》のレバー操作《そうさ》みたいにシャカシャカ動いていて、思わず横倒《よこだお》しにして、枕代《まくらが》わりとかにしたい欲求《よっきゅう》に駆《か》られる。俺はあのゲームで勝率《しょうりつ》が三厘《さんりん》切っていたのだ。

「こーほー、こーほー」眼前《がんぜん》で正座《せいざ》してるおみ足と布団がなんか呼吸《こきゅう》の音を変えている。

それ以上暗黒面《あんこくめん》に落ちたらあれだ、もうミジンコとかになるんじゃない？

人間の止め方としては五指《ごし》に入る退路《たいろ》のなさだけどな。

しかしこいつ、威圧感《いあつかん》はないけど圧迫感《あっぱくかん》が凄《すご》いな。側《そば》の俺まで息苦《いきぐる》しくなってくる。

「俺を洗脳《せんのう》しようとするな。お前の言葉《ことば》と電波《でんぱ》は俺の地元《じもと》によって培《つちか》われた頭のチャンネル表に対応してない、砂嵐《すなあらし》なんだよ」

しっし、と布団《ふとん》を手の甲《こう》で叩《たた》いて押し返す。

お前の外見《がいけん》を全開で利用してきたらどう転《ころ》ぶか不明だけどな！　……我《われ》ながら情《なさ》けないが。

「えぇい、すり寄ってくるな。お前も大人しく本を読め」

「ほーこーほーこー」

落ち着いたら何故《なぜ》か裏返《うらがえ》った。この不思議《ふしぎ》な生き物は確《たし》かに地球《ちきゅう》にいるのです。宇宙《うちゅう》帰れ。

二人で床《ゆか》に俯《うつぶ》せに寝転《ねころ》び、並《なら》んで文庫本《ぶんこぼん》を目で追う。そういうことで状況《じょうきょう》を流したい。

「もーふー、もーふー」お隣《となり》さんが両足をばたつかせて境遇《きょうぐう》に異議《いぎ》を唱《とな》えている。

「あ、真《ま》っ暗で読めない？　自称《じしょう》Ｓパーなら透視《とうし》ぐらいしろよ」

むしろ自分で内容を自作《じさく》してしまえ。そして小説が書けたら即投稿《そくとうこう》だ。

某《ぼう》小説大賞は有能《ゆうのう》な人材《じんざい》の公募《こうぼ》を心待《ま》ちにしています！　……何だ、この電波は。

朱《しゅ》に交《まじ》わると云々《うんぬん》のアレかな。まだエリオと知り合って二週間ぐらいしか経過《けいか》していないのに、凄《すさ》まじい早さで脳《のう》が侵食《しんしょく》されてるなぁ。このままだと身体《からだ》は俺、頭脳《ずのう》はエリオという組み合わせとしては最悪《さいあく》の分類《ぶんるい》であるヒューマンが誕生《たんじょう》してしまう。せめて逆《ぎゃく》なら……需要《じゅよう》、あるか？　しかも手順を誤《あやま》って身体は布団、頭脳は俺とか生まれそうだし。俺まで人間止めたくない。エリオに一日中巻きついていられるぜ、と好条件《こうじょうけん》をちらつかされても心臓《しんぞう》の動悸《どうき》が多少揺《ゆ》れるだけであった。

窓《まど》の方向、階下から呼び鈴《りん》が二回鳴って、玄関《げんかん》への来訪《らいほう》を手軽に知らせてくれる。時間帯とこいつが先程《さきほど》行《おこな》っていたことから推理《すいり》して、来訪者の正体を推測《すいそく》した。

「ほれ、宇宙から食用円盤《えんばん》が届《とど》いたぞ。行ってこい……ってわけにもいかないか」

こんなのだもんな。平日はともかく、いる時ぐらいは藤和《とうわ》家の評判《ひょうばん》維持《いじ》に努《つと》めるのが正しい居候《いそうろう》のあり方といえよう……と思ったかは定《さだ》かじゃないが、エリオを連れたって玄関へ。

ちなみに家主《やぬし》の女々《めめ》さんは『出勤《しゅっきん》なの、休日なのに……休日じゃない……』と呪詛《じゅそ》にまみれた愚痴《ぐち》を残して朝早くから出かけていった。せめていいことあるようにとぼやいて、わざわざ食パンをくわえて自転車で道路へ駆《か》けだしていったのを見送って、『ああ狂《くる》ってるわ』と深々納得《なっとく》した。

玄関で猫背《ねこぜ》のお兄さんに代金を支払い、ピザを頂戴《ちょうだい》する。普段《ふだん》の爽《さわ》やかさんと異《こと》なり、露《ろ》骨《こつ》にエリオを警戒《けいかい》していた。むしろあの爽やかさも、見て見ぬふり故《ゆえ》の演技《えんぎ》かもなぁと、改《あらた》めて隣にいるものの特異性《とくいせい》に気づかされましたとさ、シュバっ（エリオが俺からピザを奪《うば》う音）。

テテテテ、と小走りで台所へ先行していくエリオ。今倒《たお》れたら、パイ生地《きじ》を投げつけられて顔面に直撃《ちょくげき》した人のフルカラー版《ばん》になりそうだよなぁと思いつつその後ろ姿《すがた》をゆっくり追う。

台所に入る。

席《せき》に着いて、二人分のお茶《ちゃ》を用意して。

そしてここからは例の食べ方である。

千《ち》切《ぎ》った半分のピザを持ち、狙《ねら》い定《さだ》めて放り投げるエリオ。

ほーい、と宙《ちゅう》を舞《ま》うピザ。

「ほーい」と俺が中空《ちゅうくう》でブーケの如《ごと》く掴《つか》み取り、手を汚《よご》す。ベチャッと、生々《なまなま》しい付着《ふちゃく》の音を指先が奏《かな》でる。静《しず》まった学校の音楽室で、ピアノの鍵盤《けんばん》を叩《たた》いたときに何故《なぜ》か周囲《しゅうい》を気にしてしまう、あの気持ちが飛来《ひらい》した。

掴んだ部分だけ千切れて本体が落下しそうになったので、慌《あわ》ててもう片方《かたほう》の手で下からピザを掬《すく》い上げる。落下予定地だったエリオは、ピーチクパーチクと口を開けて上を向いていても一向に餌《えさ》をくれない意地悪《いじわる》な母鳥《ははどり》を持つ小鳥のように、事態《じたい》を呑《の》み込もうと右往左往《うおうさおう》に布団《ふとん》を揺《ゆ》すっている。

「脱《ぬ》げ」

一般《いっぱん》の女子に言い切ったら、間違《まちが》いなく訴訟《そしょう》ものの台詞《せりふ》も彼女にならスラスラ口に出来《でき》る。

気が置けないってこのことでしょうか、架空《かくう》の視聴者《しちょうしゃ》である皆さん。違《ちが》いますかそうですか。

「偶《たま》には普通に食べろ。見ていて一緒《いっしょ》に食事を取ってる気がしない」

取りたいわけじゃないが、取りたくないわけでもない。お茶濁《ちゃにご》しまくりの動機《どうき》が首をもたげ、俺の胃《い》の中枢《ちゅうすう》を糸鋸《いとのこ》にかけていく。

「もふこほ」何やら抗議《こうぎ》している模様《もよう》。栄養源《えいようげん》のピザを断《た》たれてご立腹《りっぷく》なのか、テーブル下の足がばたついている。何だか、ピザの代わりにフリスビーでも布団に投げ込んでやりたい気分。

「布団外《はず》すぞ」

自家製の死ぬほど安っぽい封印《ふういん》を解《と》き、藤和《とうわ》エリオを自宅《じたく》の空気に感染《かんせん》させることにする。

宣言《せんげん》して、逃亡《とうぼう》を試《こころ》みるエリオの胴体《どうたい》を両足で挟《はさ》み込む。「もほもほ」謎《なぞ》の拘束力《こうそくりょく》に混乱《こんらん》を来《きた》すエリオの挙動《きょどう》を無視《むし》しながら、布団の戒《いまし》めを剝《は》がして中身《なかみ》の日干《ひぼ》しを強制させた。

「うわぁ、久《ひさ》しぶりに見た」今日の粒子《りゅうし》はしとやかに、周囲《しゅうい》を遊歩《ゆうほ》せず髪《かみ》を覆《おお》っている。

「おのれ地球人《ちきゅうじん》」と言いたげに俺の手と布団を振り払《はら》い、エリオが目を細める。

何だか、眼球《がんきゅう》だけ独立《どくりつ》して、表情《ひょうじょう》筋《きん》の連動が少ない印象《いんしょう》を与えた。

この程度《ていど》で勝ったつもりか？　と海老反《えびぞ》るような鋭《するど》い瞳《ひとみ》が俺を見上げ、不敵《ふてき》に輝《かがや》く。

エリオがピザを摑む。

ピザを折《お》り紙のように畳《たた》んで、生地《きじ》からはみ出た具材《ぐざい》を全《すべ》て指で拭《ぬぐ》い取って口に入れる。そして畳んだピザを口いっぱいに放り込み、さっさと布団にくるまり始めてしまった。

「…………………………」何だその意地の張り方。子供か、こいつは。

「もごもご」咀嚼《そしゃく》と布団の境界《きょうかい》から表れたエリオの意思は『布団縛《しば》れ』。

ついでに首でも絞《し》めてやろうかと、両手の指を大きく開いてしまった。

残った半分のピザを頂戴《ちょうだい》して腹《はら》に収めて、部屋《へや》に戻る。

エリオもそれについてくる。階段《かいだん》を転《ころ》げ落ちても、自分以外が受け身《み》取ってくれるから安心……と思っているかは定《さだ》かじゃない。

そして何で、俺の側《そば》にひっついてくるんだ。仲間《なかま》意識《いしき》持たれていそうだなぁ、参《まい》った。

部屋《へや》の机《つくえ》を背《せ》もたれに、二人座《すわ》って、音楽鑑賞《かんしょう》。

俺が耳に入れていたイヤホンをエリオが片方奪《かたほうば》い、にゅるにゅると布団《ふとん》の下から潜《もぐ》り込ませて音楽に耳を傾《かたむ》けていらっしゃるようだ。地球《ちきゅう》の音楽はお気に召《め》しますでしょうかね。

「…………………………………」

一つのイヤホンを分け合って、寄り添《そ》う女の子と同じ音楽を聴《き》く。

……おかしい。結構憧《あこが》れてた状況《じょうきょう》だったはず。しかし、青春ポイント専用《せんよう》の脳内電卓《のうないでんたく》は手垢《あか》もつこうとしない。むしろ太陽電池《でんち》に光が降り注《そそ》ごうともしないぜ。

うーん、やっぱり隣《となり》の地球儀《ちきゅうぎ》が描《えが》かれた布団を巻《ま》いてる物体が、女の子と認識《にんしき》されてないのかな。サンドイッチ前川《まえかわ》は確実に女性だったのに、難《むずか》しいところではある。

ランダム選曲《せんきょく》で流れている歌が間奏《かんそう》に入り、それを見計《みはか》らって俺がカラオケしてみる。

「お前さ、宇宙人《うちゅうじん》ならさっさと宇宙帰れよ」

台詞《せりふ》の割《わり》に、突《つ》き放した態度が上乗《うわの》りしてないな。冷静《れいせい》な自己《じこ》評価《ひょうか》がそう呟《つぶや》き、苦《にが》さを噛《か》む。

「宇宙広いんだからさ、地球にばっかいるなよ。その他銀河系《ぎんがけい》はお前にやるから、居座《いすわ》るな。夕ご飯《はん》まで食べようと人の家で粘《ねば》る友達みたいに、間違《まちが》った友好発揮《ゆうこうはっき》するなよ」

「……もふもふ」迎《むか》えが来ない？　お前、ハブにされてるの？

地球どころか、銀河系で。規模《きぼ》が巨大《きょだい》だけど中身《なかみ》スカスカすぎるよ。

体育とかで、教師《きょうし》の『二人組作ってー』が悪夢《あくむ》の呼び声となる側《がわ》なのか。

宇宙人も、ドロドロしてんなー。

「宇宙人って、酸素《さんそ》なしでも生きられんの？」

「もふもふ」ふぅん。不景気《ふけいき》なんだねぇ。

「宇宙人って、何でみんな地球好《す》きなの？」

「もほもほ」へぇ。それなら美人《びじん》多い国に行けよ。

「宇宙人って……ピザ好きなわけか？」

「ふもふも」宇宙人はこれしか食べない？　……月面支店《げつめんしてん》でも作ったら大流行《だいりゅうこう》しそうだな。

あー。

やっぱこいつ、苛《いら》つくわ。

車輪がさ、回ってない感じするから。

なのに何で、一緒《いっしょ》に行動してるのかねぇ。

春の陽気《ようき》の中で、疑問と感情が飛び跳《は》ねた。

そんなこんなで、引っ越《こ》してから二週間が経《た》った。

教科書は届《とど》いて、学校の移動《いどう》教室で迷《まよ》うこともなくなった。

男友達も数人出来《でき》た。きっかけは主《おも》に、リュウシさん絡《がら》み。

「何でいきなり仲良《なかよ》くなってんの？」

知らん。

「なに、こっち来る前から知り合いだったとか？」

知らん。

「つーかお前名前何だったっけ」

失せろ。以上、全《すべ》て偽《いつわ》りない本音《ほんね》ですが、実際はもう少し感情豊《ゆた》かに脚色《きゃくしょく》してお伝《つた》えしました。以下、例。

問《とい》、何でい（略）答「自転車競争《きょうそう》で負けたから、負《ま》け犬《いぬ》として気に入られた」

問、なにぃ！　こっち（略）答「前世《ぜんせ》か後付《あとづ》け設定持ち出さない限り、それはない」

問、あ、あのお名前は？　答「失せろ」

ちょっと真面目《まじめ》に考えてみるとだ。

学校内で、もう転校生ではないのだ。目新《めあたら》しさはとうにない。

そんなわけでリュウシさんは俺が教室内で孤立《こりつ》した生徒Aにならないように、あれやこれやと構《かま》ってくれてるのではないだろうか。都会《とかい》に置いておくのは勿体《もったい》ないっていうより、楽土《らくど》かどっか踏《ふ》まないと味わえない優《やさ》しさだよね、この現代だと。

そう説明したら、男子三人の内の一人から、一言《ひとこと》。

「何でそんな羨《うらや》ましい世話焼かれてるの？」

知らん。ということで、尋《たず》ねてみた。

「もふもふ、あたくし影《かげ》の学級委員的なものに憧《あこが》れてるのですよ。クラスで肩書きとかではなく、実力的に頼《たよ》れる大黒柱《だいこくばしら》になって散々柱《さんざんはしら》を囓《かじ》られるけどそれでも倒《たお》れない、的なね。だからまずにわ君を籠絡中《ろうらくちゅう》なのです。ちなみに小学校の時は給食委員だったけどねー」

「……だ、そうだ」

「それの矛先《ほこさき》が何でお前なんだよ」

もう勘弁《かんべん》して。以下、このリュウシさんループが始まりそうだったので、『何歳年上《なんさい》までなら恋愛《れんあい》対象か』議論に話題をすり替えた。その中でグループの一人が「四十歳までならいける」と飢《う》えた狼《おおかみ》の発言をしていたので、是非《ぜひ》紹介《しょうかい》したい人がいるなぁと思いました。

席替《せきが》え（完全《かんぜん》くじ引き制）をしてから出来《でき》た男友達数人。代償《だいしょう》に、お隣《となり》の前川《まえかわ》さんとは三つか四つほど席を挟《はさ》む距離《きょり》が空《あ》いたので、教室ではほとんど会話する機会《きかい》がなくなった。

リュウシさんとも、窓際と教室入り口側ということで最長距離に離れればなれとなった。でも昼休みにはリュウシさんがてこてこ俺の席へ歩いてきて、一緒《いっしょ》にご飯《はん》を食べている。

絆《きずな》はさておき、好奇《こうき》の目《め》線《せん》は更《さら》に深まったわけである。

心優《やさ》しいリュウシさんは、総菜《そうざい》パンばかり食べている俺に「栄養素《えいようそ》の偏《かたよ》りは心の偏り」とどっかの小学校で使われてそうな標語《ひょうご》を唱《とな》えながら、弁当《べんとう》に入っているキノコ類《るい》を譲《ゆず》ったりしてくれる。野菜《やさい》は好《す》きだがキノコは嫌《きら》い、と公言《こうげん》しながら俺に譲るとき、一切《いっさい》悪びれないのは果《は》たして天然《てんねん》なのだろうか。計算尽《づ》くだったら俺、骨《ほね》までしゃぶられて捨《す》てられそうだな。

……そういう感じで。

学校生活は概《おおむ》ね、良好《りょうこう》に回っていた。これが謂《い》わば、自転車の前輪《ぜんりん》。

そして問題が燻《いぶ》っているのは、家庭生活の後輪《こうりん》。

エリオに付き合わされて、夜の海へ遠出《とおで》する。

「やだよ面倒《めんどう》だお勉強しないと」と断ると、何処《どこ》までも後を追ってきて自分の行《おこな》っている事の重大さをぎゃーぎゃー喚《わめ》き立てるスマキン。終《しま》いには人の部屋《へや》のテレビを勝手《かって》につけて「ぴーぴーがーがー」と宇宙交流《うちゅう》を始める始末《しまつ》。もはや新たなる妖怪《ようかい》だ。是非《ぜひ》とも、不思議《ふしぎ》なことなど何もない世界《せかい》に引《ひ》っ越《こ》して頂《いただ》きたい。

で、結局根負《こんま》けして、付き合う羽目《はめ》になることも時々あったりするから、自分に驚《おどろ》きだ。

何でだろう。

正直、エリオには苛立《いらだ》つ部分が確実《かくじつ》に存在《そんざい》しているのだが。

三日に一度くらいは、俺が運転手となって。

他の二日は、日中にエリオが自前《じまえ》の足で海を訪《おとず》れる。

自分が、記憶《きおく》を失《うしな》って浮かんでいた海を。

ある意味、有言実行《ゆうげんじっこう》を守り続けているわけで、その根気《こんき》だけは感心する。

「この海に来てさ、ボトルメールみたいに記憶が浜に流れ着いてたりするわけか？　犯罪者《はんざいしゃ》が現場に戻ってくるっていう法則《ほうそく》じゃねーんだからさ、そりゃないだろ」

波《なみ》が届《とど》かない位置に置いてあるものの、潮風《しおかぜ》に晒《さら》されて朽《く》ちる寸前《すんぜん》のベンチに腰《こし》かけて、直《ちょく》立不動《りつふどう》の布団《ふとん》に疑問を投げかける。返事と振り向きはない。

最近は、海に足を運ぶと布団から顔だけ露出《ろしゅつ》させて、何かを窺《うかが》っている様子《ようす》だった。時折《ときおり》吹《ふ》いてくる、少しべたついた冷風がエリオの露出した髪《かみ》を持ち上げ、粒子《りゅうし》をかっさらう。だけどすぐさま、放出が始まって首から上だけ美少女然《びしょうじょぜん》とする。

宝《たから》、持《も》ち腐《ぐさ》れすぎだろ。その後頭部を眺《なが》めての感想なんて、そんなものだ。

横顔とか眺め続けたら、また違う感想を持つんだろうけどな。気恥《きは》ずかしいからそこまで露《ろ》骨《こつ》には覗《のぞ》けない。

今日は、夜の日だった。明日は土曜日ということで、その点だけ気が楽《らく》。

「しっかし……静《しず》かだなぁ」

前回、ツッパリヤンキーやバイク集団が我《わ》が物顔で席巻《せっけん》してないかと若干《じゃっかん》期待《きたい》を込めて周《しゅう》囲《い》を捜索《そうさく》したけど、春に桜《さくら》や芽吹《めぶ》く草花の命を無視《むし》して海水浴を先取りする連中は一人として見当たらなかった。まぁ、バイクが錆《さ》びるからあまり来ないよな、普通。

脱《ぬ》いでいたサンダルを履《は》いて、エリオの隣《となり》まで砂浜を歩く。あー、この砂を踏《ふ》む音にも慣《な》れてしまった。人間の慣れは本当にもの悲しい。生きる糧《かて》を平気で食い散《ち》らかす。

青春ポイントも初回は増加《ぞうか》したけど、日常《にちじょう》に塗《ぬ》りたくられてしまってもはや変動なし。

「おい電波《でんぱ》女《おんな》、俺の声聞こえてますか？」

「なに地球猿《ちきゆうざる》、どうぞ」

安直《あんちょく》な毒舌《どくぜつ》が返ってくる。地球とつけるぐらいだ、宇宙にも猿が……ああ、いるな。映画《えいが》の世界《せかい》の話だけど。

「お前さ、宇宙人なのに何で地球に住んでるんだ？」

自分の星《ほし》帰れよ、と思うのは鎖《さ》国大好《こくだいす》きヤーパンだからでしょうか。

「宇宙人の一員として地球侵略《しんりゃく》に来たとき、宇宙艇《てい》から落っこちてしまったとか言うなよ？」

「何故《なぜ》それをっ」

驚《おどろ》きの演技《えんぎ》が良く咄嗟《とっさ》に出来《でき》るな。そしてそんなのでいいのか。ああ、いいんだろうな。こいつの妄想《もうそう》は、根幹《こんかん》にある記憶《きおく》の在処《ありか》を守っていられれば、それでいいのだ。

「後、お前の母親はどう見てもジャパニーズだが、国籍《こくせき》は何処《どこ》の銀河《ぎんが》あたりで？」

「地球の言語《げんご》では言い表せないわ。地球代表語である英語《えいご》の成績《せいせき》が小数点以下のイトコには読解不可能《ふかのう》と判断するけど」

「随分《ずいぶん》な評価《ひょうか》だな、おい」過大《かだい》評価しすぎだろ、その成績。

ごほん、ごほん。

言葉《ことば》の電磁波《でんじは》でシールドばしばし張って。

記憶がないことが、そんなに怖《こわ》いかね。

……怖いかもなぁ、やっぱり。

それってほとんど、死んでるようなものだもんなぁ。


コスプレ前川《まえかわ》さんとは時々、夜に遭遇《そうぐう》する。生活圏《けん》が結構重なっているみたいだ。

「前川さんはさ、宇宙人の存在《そんざい》についてどう思う？」

児童《じどう》公園のブランコ（以前、エリオと弁当《べんとう》を食べた場所だ）に座《すわ》って、俺は隣《となり》で景気《けいき》よく振り子運動している前川さんに興味《きょうみ》を迸《ほとばし》らせる。

エリオは、前川さんと遭遇したら自前《じまえ》の足で家へ帰るようになっていた。

ちなみに前川さん、今日は某《ぼう》コンビニの制服《せいふく》を着ている。青と白の縦縞《たてじま》な服のアレである。

地元《じもと》では結構な数見たが、こっちに来てからは一軒《いっけん》も目撃《もくげき》したことがない。進出していないのだろう、恐《おそ》らく。

「宇宙《うちゅう》、じぃん？　転校生は藤和《とうわ》に感染《かんせん》したか？」

膝《ひざ》を屈《かが》めながらも、更《さら》なる加速を求めてブランコを揺《ゆ》らし続ける。

最初に背《せ》を伸《の》ばした状態《じょうたい》でブランコを動かしたら、上部にある金属《きんぞく》部分へ思いっきりヘッドバットをかまして、前川《まえかわ》さんは「あばばばば」と土の上で五分以上悶絶《もんぜつ》し続けた。

その為《ため》、某《ぼう》コンビニ店制服《せいふく》は高校球児《きゅうじ》のヘッドスライディング後みたいに土埃《つちぼこり》にまみれているのであった。

「いや単純《たんじゅん》な興味《きょうみ》。どういう風《ふう》に考えてるか、適当《てきとう》でいいんだけどさ」

「ふぅん。そうだね……宗教《しゅうきょう》と大差《たいさ》ないと思ってるよ。信じる奴《やつ》がいて、それで儲《もう》ける奴がいる。目の前にないものを崇拝《すうはい》して心の拠《よ》り所《どころ》するっていう点で、私はそう感じる」

「へぇ……なりほど」

「藤和絡《がら》み以外でそんなこと聞く理由なんかあるかい？」

「ちょっとね。考えることと、やるべきことの両方の参考にしたくて」

宅《たく》のエリオさんを放置してると、俺の健康《けんこう》に悪そうだから。

しかし、おかしいな。リュウシさんや前川さんと仲良《なかよ》くなる予定が、エリオと海に行ったりして時間を潰《つぶ》してるのはどういうわけだろう。俺のポイント、プラスになった期間が引っ越《こ》し以来、存在《そんざい》してないんだけど。もっとエリオ以外と絡《から》むべきかな、と思わないでもないのに。

「あ、そうだ。明日暇《ひま》だったら一緒《いっしょ》に着ぐるみ着てみない？」

「気さくに誘《さそ》われてオーケー出来る内容か考えようぜ」

「ふふふ、君《きみ》の好《す》きな動物は何かなー？　何でもあるぜー」

「チュパカブラ」

「っしゃ！　つがいで吸血《きゅうけつ》しに行こうぜ！　狙《ねら》うはカップルだ！」

「あるのかよ！」

　ていうかそれ、騙《だま》されてるって。実物発見した奴いるのかよ。

「ま、どっちにしてもごめんだ。明日は予定がある」

「予定？　暇そうな転校生にどんな用事が？」

「些《いささ》か忙《いそが》しい用事」

　前川さんの手長猿《てながざる》パンチが飛んできた。手を思いっきり上へ伸ばして、振り下ろす。

　あかんて、あんたそんなことしたら。

　三回俺をぽふぽふ殴《なぐ》ったら「あー」前川さんが敗北《はいぼく》した。

「うーあー、血《ち》が、巡《めぐ》るー。ぐりんぐりん上ってきてるわー」

　ブランコがビュンビュン振《ふ》り子《こ》して背中を掠《かす》めるなか、地面に蹲《うずくま》って恍惚《こうこつ》中。

「……あー」この居《い》たたまれ無さは、何だろう。

　まるでわがことのような、『痛《いた》み』がそこにあった。

昨日《きのう》の明日は、デートの約束《やくそく》があった。

二週間前にこっちへ訪《おとず》れて以来、足を運ぶ機会《きかい》のなかった駅前《えきまえ》に十一時に到着《とうちゃく》する。

タクシー乗り場の付近しか分からないと説明したら、『じゃーそこらへんで待《ま》ち合わせ』と合わせてもらったので、そこで自転車を停車。

無駄《むだ》に気を遣《つか》って選んだ……はずなのに着ているのは七分《しちぶ》丈《たけ》のシャツとジーンズ。どう見ても普段着《ふだんぎ》である。もう少し都会《とかい》要素《ようそ》を加味《かみ》した服装《ふくそう》（って何だ？）にすれば良かったかな、と後悔《こうかい》がよぎりかけたけど、元《もと》の素材《そざい》を考慮《こうりょ》すれば背伸《せの》びしてもなぁ……と前髪《まえがみ》を摘《つか》む。その内、髪でも染《そ》めてみようかなと思った。

それに、約一晩中《ひとばんじゅう》、所持してる服を引っ掻《か》き回してあーだこーだと独《ひと》り言《ごと》で論議していたのは、確実に青春ポイントの息吹《いぶき》を感じさせる行《おこな》いだったし、まあ、もう、いいや。少し眠《ねむ》いし。

今日の籠《かご》はエリオじゃなくて、ちゃんと普通に鞄《かばん》が収《おさ》まっている。本領発揮《ほんりようはつき》だ。

「まあ、こいつに限ってだと一概《いちがい》にそうも言えねーけどさ」

世間《せけん》より与えられた役割《やくわり》から、考えても。

籠乗りの常連であるエリオは今日も徒歩《とほ》で、件《くだん》の海へ出かけていった。休日まで俺という運転手に頼《たよ》ろうとしてきたので、振り切って逃げてきた。罪悪感《ざいあくかん》は特にない。ただ、自転車は元々《もともと》エリオの所有物なわけだから、使用するかは聞いておくべきだと今頃《いまごろ》になって後悔《こうかい》。帰ったらそれとなく謝《あやま》っておこう。

「……どうやって乗るんだって話だけどな」

腕《うで》を布団《ふとん》の中に入れて縛《しば》って、顔だけは出して。あれで自転車が運転できるなら曲芸者《きょくげいしゃ》として就職先《しゅうしょくさき》の一つでも用意してもらえるだろう。そもそも、発進とか一人だと無理《むり》そう。

「……お、来た来た」

軽快《けいかい》な足取りでこっちへ駆《か》け寄ってくる女の子一名捕捉《ほそく》。

……ん？　なんか格好《かっこう》が、非常に見慣《みな》れているような。ポイント上昇《じょうしょう》に指を伸《の》ばそうとする心を一時停止させて、目を凝《こ》らす。

女の子は道路を挟《はさ》んで信号待《ま》ちに引っかかり、足踏みして赤信号の変化を待っている。そんなに慌《あわ》てるほど大《たい》した相手を待たせてるわけでもないのに、と軽く自虐《じぎゃく》。

待ち合わせの相手は、リュウシさんだった。

町を色々案内してくれるというから、休日に会おうという話になって。

普段は部活《ぶかつ》があるから、リュウシさんの放課後は空《あ》いていないのだ。

自転車の前方へと滑り込み、靴《くつ》と地面の摩擦《まさつ》で急停止を図《はか》るリュウシさん、参上《さんじょう》。早速《さっそく》、肩で息《いき》をして発汗《はっかん》も見受けられる。化粧《けしょう》、既《すで》に少し崩《くず》れてないかなという点には目を瞑《つむ》った。

ていうか、何故《なぜ》か制服《せいふく》着用してるし。

「おは、よ……ふい、あっつい」

「おいっす。えーと……お洒落《しゃれ》な普段着《ふだんぎ》ですね」

「あ、これ……ごめんね。朝、部活《ぶかつ》出て、けっこー長引いちゃって、着替えるのに家帰る時間なくて……すっげー恥《は》ずかしいけど、待《ま》たせるのもなぁって……」

疲労《ひろう》で回り辛《づら》そうな舌《した》と乳酸《にゅうさん》溜まりまくりの腕《うで》を少し動かして、服装《ふくそう》の説明。

「いやいいけどね、全然。それで、自転車は？　もうどっか停めてきた？」

「え、あは……走ってきた」

膝《ひざ》に手を突《つ》きながら、無理《むり》に笑って咳《せ》き込む。

「何で？」

「自転車に乗ると、ヘルメット、被《かぶ》るから」

「あぁ、うん……？」

「だから、髪《かみ》、セットしてもくちゃくちゃになるから……走ってきた」

「…………………」

じゃあ被らなきゃいいのにと思うわけがない。可愛《かわい》さ魔神《まじん》だね、この子。

リュウシさんの呼吸《こきゅう》が落ち着くまで、その頭部を撫《な》でたいなーと何度指先が疼《うず》いたことか。

「ちゅーかこの髪がねー、も、ほんと駄目《だめ》な子なわけ。ほっとくと髪がねー、すぐ真《ま》っ直《す》ぐになっちゃうんだー。あたしはキューティクル派《は》なのに、も、がんがんゴーティクルしちゃうわけですよ」

造語《ぞうご》として成立していないのに、何故《なぜ》か意味だけは伝《つた》わってくるのは凄《すご》い。乱《みだ》れのある前髪を手櫛《てぐし》で直しながら、俺の自転車の籠《かご》を覗《のぞ》き込むように、身体《からだ》を横へ倒《たお》す。

「自転車停めてこないの？」

「ああ大丈夫《だいじょうぶ》だよ。この自転車ならリュウシさんの足に追いつけるから」

「なんかにわ君、わけ分かんないこと言ってる気がするよ……」

「そしてリュウシじゃねーっちゅうに」とお約束《やくそく》を付《つ》け足《た》して、移動《いどう》。

ガッシャガッシャと普通《ふつう》の靴《くつ》の音が、都会《とかい》の喧噪《けんそう》に呑《の》まれて歩き出す。

「お、今日は調子《ちょうし》いいな。徒歩《とほ》より速い」

小股《こまた》で二歩分、リュウシさんに差をつけてご満悦《まんえつ》な俺とその足代《が》わり。目標が低レベルすぎて、地面を掘《ほ》り返して一々発見しないといけないからかえって手間がかかりそうだ。

分不相応《ぶんふそうおう》でも、人並《な》みを目指した方がいいのかな。リュウシさんの視線《しせん》が少々痛《いた》いし。

うーむ、これでは自転車の存在意義《そんざいいぎ》を疑われる。ここは人馬一体《じんばいったい》であることを証明《しょうめい》せねば。

周囲《しゅうい》の人通りが減《へ》ったのを見計《みはか》らい、重心《じゅうしん》を後ろへ傾《かたむ》ける。

「おりゃ、ウィリー走行」自転車で唯一出来《ゆいいつでき》る俺なりの技術を披露《ひろう》してみた。

厳密《げんみつ》には走行じゃなくて、後輪《こうりん》で飛《は》び跳ねる芸《げい》になってるけどな。

「おー、サーカスマンだ」憐《あわ》れむ視線が若干払拭《じゃっかんふっしょく》され、二度ほど拍手《はくしゅ》を頂戴《ちょうだい》する。

人の往来《おうらい》が激しい道路ではただの迷惑野郎《めいわくやろう》なので、早々に両輪を地面に戻した。

自転車の分相応《ぶんそうおう》は、地面を走ること。

背伸《せの》びしたって、重力を飛び越《こ》えることなんか出来《でき》やしないのだ。


昼近いので、まずは近場のファミレスに案内してもらった。

入る前から妙《みょう》に浮き足立って、「ワクワクだすだす」とリュウシさんが宣言《せんげん》していたから、何だろうと訝《いぶか》しんで店内に入った。

禁煙席《きんえんせき》に案内してもらって、注文《ちゅうもん》を取りに来た店員を一瞥《いちべつ》。前川《まえかわ》さんはこの制服《せいふく》、やっぱり所持していたりするのかなと思いつつ、メニュー表を開いて最初に目に止まったハヤシライス、それとドリンクバーを注文した。リュウシさんはトマトサラダとライスと野菜《やさい》スープ、ドリンクバー。つまり、何かしらのセットの主菜《しゅさい》だけ省《はぶ》いた胴体抜《どうたいぬ》きの手足メニュー。

一見《いちげん》さんには、ダイエット挑戦中《ちょうせんちゅう》の女の子と受け止められるだろう。ヘルシーすぎる。

「よくそれで痩《や》せないね」などと言ったら喫煙席《きつえん》から灰皿《はいざら》を借用して殴《なぐ》りかかってきそうなので、「後でお腹空《なかす》いたりしない？」と日和《ひよ》った。

「んー、それはあるかも。じゃ、サラダ二人前にしてもらおうっと」

「……せめて別のサラダ頼《たの》むとかさ」

ドリンクバーに二人で飲料取りに行って、そこで上機嫌《じょうきげん》の矛先《ほこさき》を知った。

「んむ、何ともカルシウムカラー。これじゃちびっ子には人気なさそうなので、きゃわいいキャロットジュースを注入、と」ああ、アポロチョコの上部分みたいな色に液体《えきたい》が変化した。

「リュウシさんもオリジナル飲料作成する人なんだ」

鼻歌《はなうた》交じりに、色とりどりの液体を一つのグラスに収《おさ》めていくではないか。分量問《と》わず。

「リュウシじゅあねーっちゅうの。こーいうのってみんなやってるんじゃないの？」

「都会人限定《とかいじんげんてい》なのかも。俺の田舎《いなか》ではあんまりやってる人いなかったな」

ファミレスの店舗自体《てんぽじたい》少なかったからな。喫茶店《きっさてん》だらけだった。

好《す》き勝手《かって》に注《そそ》ぎ込んだジュースを掻《か》き混《ま》ぜながら、リュウシさんが田舎を非難《ひなん》する。

「それは良くないねー。人生の六割《わり》に調味料《ちょうみりょう》がかかってないようなものだよ」

「そんなにかよ」しかも元《もと》の味については言及《げんきゅう》せず。

ま、逆《ぎゃく》に考えればまだ六割も人生の伸《の》びしろがあるんだと解釈《かいしゃく》しておこう。

「ジュース一号が完成した。ただちに飲みたマエ！」

琥珀色《こはくいろ》の液体を見せびらかし、ずいっと突《つ》き出してきた。

「え、俺が？」

「自信アリ」

「では試飲《しいん》」だってこれリュウシさんの手作りだぜ。誇大解釈《こだいかいしゃく》すれば。

ストローでちゅぞぞブホォッ。

死因《しいん》になりそうな味がした。飲めるってレベルに達してない。

「どう？　甘《あま》み少なかった？」

心配げにガムシロを差し出してくる。いやぁ女の子は甘い物がほんと好《す》きだなぁ。止めて。

「これ、炭酸《たんさん》入り？」

「二酸化炭素《にさんかたんそ》たっぷり」

「じゃ、駄目《だめ》だ。俺炭酸飲めないから」

口に含《ふく》んだだけで、喉《のど》がカラカラになって熱くなってチリチリするからな。

「えー、ごめーん。先に言ってくれたら良かったのに」

両腕《うで》をぐるぐる回して心配だか抗議《こうぎ》だかに及《およ》ぶリュウシさんは可愛《かわい》さアピールしすぎて青春ポイントが大車輪《だいしゃりん》に増加《ぞうか》中《ちゅう》なのだが、まさか俺が飲むとは思わなかったんだよ。

「にわ君はウーロン茶キャラだったもんね。でも失敗は成功のお母さんだから、次に繋《つな》がればいいんだよっ。むふぅ、つまりお母さんは必《かなら》ず失敗しないと生まれないってことですな」

嬉々《きき》快々《かいかい》という真《しん》に前向きな語気《ごき》で、失敗をバネに仕立てるリュウシさん。

何だろう、人生に通ずる深いことを述《の》べているような気もするが、リュウシさんの性格《せいかく》を考《こう》慮《りょ》すると単《たん》にずれた着眼点《ちゃくがんてん》が捻《ひね》り出した、彼女なりの普通《ふつう》の台詞《せりふ》かも知れないし。

「よーし、二号作成開始。今度こそにわ君の口からビーム出しちゃうぜー」

「それいつ完成するのかな？」

「成功を生むにはお父さんもいるよねー、きっと。おーしどーりふーうふー」

失敗前提《ぜんてい》で二号作成に取りかかっていることが判明した。俺、モニタージャん。

それからウーロン茶ベースの二号と、一号のグラスを上書《うわが》きして（リュウシさんが飲み干《ほ》した。つまり間接《かんせつ》キス、わーお）作成された三号を持って、席《せき》に戻った。

「そういえば、リュウシさんの方の趣味《しゅみ》は何かある？」

俺の前に並ぶ二号と三号の輝《かがや》きを眼外《がんがい》に押しやって、軽い世間話に入る。

「マイネームイズリュウコ。うーん、趣味ね。趣味……改《あらた》まって聞かれると、むー、部活《ぶかつ》……とか？　それと、どーぞどーぞ」二号をずずいと指で押してくる。

「何部？」上を向いて生きよう。「女バス。ミッチーに憧《あこが》れて入ったの」グラスが持ち上がる。

「ミッチー……？」時には足下《あしもと》も確認《かくにん》しよう。地を這《は》い、自分の足に縋《すが》って助けを求めている人がいるかも知れないのだから。「スラムダンク。知らない？」二つのグラスが上下から襲来《しゅうらい》した。「ああ、名前ぐらいなら。漫画《まんが》だよね」上でも下でもなく、今を見て生きる。今を生きるだ！「そうそう。スーパー面白《おもしろ》いんだよ、貸すから読んでみてよ。あ、でもにわ君って漫画読まない人？」水の入ったグラスまで、手を限界に酷使《こくし》して出撃《しゅつげき》させてきた。「どっちかっていうと。子供の頃《ころ》からあんまり読んでなかったから、習慣《しゅうかん》づいてないのかな」真《ま》ん中のは飲めるなぁと思ったけど、先に妥協《だきょう》した方が負けの雰囲気《ふんいき》なので無視《むし》する。

和《なご》やかな空気の中で攻防《こうぼう》を繰り広げていたら、リュウシさんのサラダが来た。キャベツの薄《うす》緑《みどり》とトマトの爛熟《らんじゅく》した赤色のコントラストが、見る者に……キノコを食べて大きくなる兄弟を思い起こさせる、こともあるはず。

「じゃ、お先に頂《いただ》きます」

グラスを俺の側《そば》に置いて、一時休戦。手を合わせ、食前の挨拶《あいさつ》を礼儀《れいぎ》正《ただ》しく口上《こうじょう》。

調合《ちょうごう》センスは×だけど、いいひとの特殊《とくしゅ》能力がついてることは間違《まちが》いない。好感《こうかん》が持てる。

フォークでトマトを刺《さ》し、果汁《かじゅう》が垂《た》れる前に口に入れる。俺が好物《こうぶつ》、例えばハンバーグか何かを頬張《ほおば》るときと同様《どうよう》の、幸《しあわ》せ噛《か》みしめ笑顔《えがお》でトマトを咀嚼《そしゃく》するリュウシさん。

んー、トマトまでは分からないでもないけど、キャベツだけとかはね……。リュウシさんは草食《そうしょく》動物なんだな。つまり肉食動物ならリュウシさんを食べていいと！（状態異常《じょうたいいじょう》・狂《きょう》）

「リュウシさん、何か自慢出来《じまんでき》る特技《とくぎ》とかある？」

「ふぇ、特技？」

キャベツの輸送が中空《ちゅうくう》で停止する。フォークをサラダの皿《さら》に戻して、腕《うで》組み。

「特技ぃ、ねぇ……十円玉を、いやあれは違うかな……紐《ひも》を、洗濯紐を、うーん、たまに小学生料金で、ばかー……ないなぁ……いやいや、あるとも。今のなし、撤回《てっかい》。ぶんすかぶんぶん」

「ないなら無理しなくても」

「し、シケーな！　違うシッケーな！　特技あるよいっぱいあるよ！」

イタ可愛《かわい》いリュウシさんの眼球《がんきゅう》がめまぐるしく動き回る。

「あ、そだ！　あんじゃん！」希望の糸を手繰《たぐ》り寄せたように顔がほころぶ。

「小学校の文集に、先生から生徒へ一言《ひとこと》ずつ、その子の凄《すご》いところを書くってコーナーがありましてね」

「ほぉほぉ」

「あたし、花壇《かだん》でシクラメンを咲《さ》かせるのがクラスで一番上手《うま》いと褒《ほ》められました！」

「花咲か粒子《りゅうし》をたーんとばらまいていたんだね」

担任《たんにん》の先生、よっぽど書くことなかったんだなぁ、とは口が裂《さ》けても言えない。灰皿怖《はいざらこわ》い。

「まぁそんときに植《う》えたのはヒヤシンスちゅーオチがあるんですけどね」

「…………………………」

自分で落としてどうする。これだから天然《てんねん》は。

「へへっ、あたしはそんな感じかな。にわ君の方はどーだい？」

自分が何を証明《しょうめい》したか今ひとつ理解浸透《しんとう》していなさそうなリュウシさんがエンドユーしてくる。ついでに放置していたキャベツを口に放り、噛む。「芯《しん》あまーい」とご満悦《まんえつ》のようだ。

「特技ね。さっきのウィリー走行とかじゃ駄目《だめ》か？」

「にわ君が納得出来《なっとくでき》るんならいいんじゃないかなー」

上から目線《めせん》で認可《にんか》された。この台詞《せりふ》以前のやり取りでリュウシさんが墓穴掘《ぼけつほ》ってなかったらムッときたかも知れないのだから、先を見通す力があるなぁと感心してあげました。

「あ、もう一個聞いていい？」

「いいよいいよー、どんどん来なさい」

何処《どこ》にご機嫌《きげん》になれる要素《ようそ》があったか、客観視《きゃっかんし》では探《さぐ》れないながらも事実、リュウシさん絶好調《ぜっこうちょう》である。では、お言葉《ことば》に甘《あま》えて。

「リュウシさんにとって、神秘《しんぴ》ってなに？」

「う、うーん、うーん……その質問《しつもん》」

喉元《のどもと》まで水に浸《ひた》っているみたいに、息苦《いきぐる》しそうな回答《かいとう》。調子急降下《ちょうしきゅうこうか》。

「ちょっと待《ま》って。真面目《まじめ》な方の脳味噌《のうみそ》使うから」

うぃーん、がしゃ。何かを取り替える仕草《しぐさ》と自作効果音《じさくこうかおん》。脳味噌のトラックバックを変更《へんこう》したようだ。あんた凄《すご》いよ、つまり普段《ふだん》はそうやって分割《ぶんかつ》して使用してるから言動が以下略《いかりゃく》。

何故《なぜ》、こんな質問をしたか。

今、俺がエリオに苛立《いらだ》ってる理由は、『神秘』の取り扱《あつか》い方にあるのかも知れないと考えたのだ。だから、他の人の意見を聞いてみたい。

「えーとね、結論出ました」挙手《きょしゅ》。

「はい」指名。

「こうしてることです」回答。

リュウシさんがにこっと微笑《ほほえ》んで、両手を思いっきり広げる。それと同時に店員さんがハヤシライスとスープを運んできて、リュウシさんのポーズと素敵《すてき》な笑顔《えがお》が固まった。

「ふむ」確《たし》かに店員には不思議《ふしぎ》がられたな。「うおぅおぉおぅ」草食《そうしょく》動物、謎《なぞ》の鳴き声。

「あ、続きあるの？　それ」まだ手を広げたままなので、腫《は》れ物っぽく触《ふ》れてみる。

「ありますともっ」立ち直った。姿勢《しせい》を正し、服と髪《かみ》の乱《みだ》れを直す。

両手を膝《ひざ》の上に重ねて添《そ》え、童女《どうじょ》のようにあどけなく『神秘』を語った。

「目で何かを見たり、耳で何か聞いたり、口で何か言ったり……みーんな、あたしの不思議だなぁって思うの。仕組みってさ、理科とかで習うけど、正直ぜーんぜん実感とか湧《わ》かないし。それから、普段使ってるものとかも。電話をね、あたし使えるけど、仕組みなんて全然知らないもん。自動車も速いけど、何で速く動くか分からない。そう考えるとあたし、分かってること幾《いく》つあるのかなーって首を傾《かし》げるぐらい、何にも分かってないはず。でも、ちゃんと何故か生きてられるの。神秘が組み合わさってあたしを生かしてるんだなぁって、たまーに寝る前とかに感心しちゃうなー」

「…………………………」

探《さが》していた回答が、すぐに見つかってしまった。

拍子抜《ひょうしぬ》けと、身近なる賢人《けんじん》への敬意《けいい》で目が熱くなる。

「だよねぇ」思わず、無茶苦茶《むちゃくちゃ》笑顔になってしまった。多分《たぶん》最高に気味《きみ》悪い、今の俺。

「え、あいやー、浅学《せんがく》でお恥《は》ずかしいっす。どもどもでございます」

「リュウシさん、合格！」

「ふぉ！　はや？　合格……わー！」

遅《おそ》まきに喜《よろこ》んだ。フォークを握《にぎ》ったまま万歳《ばんざい》。

そして俺も合わせて万歳。

店内のまばらな客の視線《しせん》を一手《いって》に引き受ける。

それは祝福《しゅくふく》に等《ひと》しい。

こういうのを世間《せけん》ではバカップル……に見られてるといいなぁ、とか下心《したごころ》が疼《うず》いた。


それから、駅周辺《えきしゅうへん》を色々とナビしてもらった。

小遣《こづか》いの使用先の基本となる古本屋《ふるほんや》も紹介《しょうかい》してもらえたし、比較的安価《ひかくてきあんか》な服を販売《はんばい》してるところもリュウシさんに教えて貰《もら》った。男物《おとこもの》が少なめなのは気になったけど。

ちなみに今日のワースト発言、『セレクトショップってなに？』はいゴミ箱《ばこ》行き。削除《さくじょ》削除。

……誰《だれ》か脳細胞《のうさいぼう》をプッチンしてくれ。

などというホクロ程度《ていど》の黒歴史《くろれきし》は生産してしまったけど、全体を通せば非常《ひじょう》に有意義《ゆういぎ》な休日の過《す》ごし方だった。青春ポイントは文句《もんく》なく3点加算《かさん》だ。

ところで今、ポイントって通算どれぐらいなんだろう。適当《てきとう》にその場の気分で四則演算《しそくえんざん》してるから、累計《るいけい》とか正直把握《はあく》してないんだよな。

あの後入った古本屋では、文庫本《ぶんこぼん》を数冊購入《すうさつこうにゅう》した。それから別のところで安い帽子《ぼうし》を購入して被《かぶ》って、「似合《にあ》う？」とリュウシさんに尋《たず》ねたら「あっはっは」だった。あっはっは。

夕飯《ゆうはん》は『お休みぐらい一緒《いっしょ》にたーべーるーのー』と駄々《だだ》をこねるどっかの叔母《おば》さんが家で待《ま》っているので、五時過ぎに解散とした。

「明後日《あさって》の宿題、朝見せてねー」と手を振って帰りも疾走《しっそう》していくリュウシさんと駅前で別れて、俺は自転車の不毛極《ふもうきわ》まりないペダルを踏《ふ》んだのであった。

いつぞやのタクシーの数倍近い時間をかけて、宇宙人《うちゅうじん》の町に入る。七次元キーホルダーを販売している駄菓子屋《だがしや》の前を通り、住宅街《がい》や道路が季節外《きせつはず》れの紅葉《こうよう》のように夕日に染《そ》まるのを観賞《かんしょう》しながら、散歩《さんぽ》気分で帰り道を行く。ゆっくりなのも、心に余裕《よゆう》があるときは悪くないものだ。エリオ搭載時《とうさいじ》はカルシウムの急速消費《しょうひ》が強制だから、加速《かそく》の一手《いって》なのだ。

「……おんやぁ」

道路挟《はさ》んで、反対側の歩道をとぼとぼ歩いてくる、藤和《とうわ》エリオと目が合った（気がする）。最近は布団《ふとん》越しでも何となく視線を感じ取れるようになってきた。いやいや俺がエスパーに養《よう》成《せい》されてどうする。エリオはつったのか、左足を引きずっている。俺は自転車の行き先をほんの少し変更《へんこう》して、エリオの元《もと》へ車輪を回した。しかし日中にあいつがいると、ほんと浮くなぁ。

ウォーリーには絶対向いてない。

「……虚《むな》しい」ハンドル握《にぎ》って自前《じまえ》の足で歩いても、速度に大差《たいさ》がない。

「乗ってくかい？　それとも運転していく？」

並んでから、親切めいた、挑発《ちょうはつ》をしかける。

「イホコの脆《ぜい》ひゃくなにふ体に適《てき》した原ひ道具をみふからひ用することは恥《はじ》はから、不要だわ」

足を引きずりながら（多分《たぶん》）強がるエリオ。足下《あしもと》を見ると、靴《くつ》が片方《かたほう》脱《ぬ》げて素足《すあし》だった。

「つーかお前さ、飛べばいいんじゃね？　原理《げんり》は知らないけど、歩くより道のりが楽《らく》だろ。何なら、いっそのこと自転車で飛ぶか？　夢溢《ゆめあふ》れる名シーン再現出来《さいげんでき》るぜ」

ハンドルを片手離《はな》して、空に向かって広げる。エリオが腰《こし》かけられるように、自転車への道のりを空《あ》けてやる。が、エリオはそれを相手《あいて》にせず手前勝手《てまえがって》な五里霧中《ごりむちゅう》の中を進む。

「まぁ、自転車使っても飛べないよな。宇宙人《うちゅうじん》の癖《くせ》に」

「……………………」

真《ま》っ直《す》ぐだったエリオが振り向く。顔を敢《あ》えて隠《かく》し、防護壁《ぼうごへき》を用意して。

「また川に落ちるもんな、付き合わされる自転車ごと」

「……………………」

すぐに正面へ顔を戻す。戻したって、何も見えないのに。

ほんっと、苛立《いらだ》つ奴《やつ》だな。なのについ構《かま》ってしまうのは、美少女の底力《そこぢから》でしょうか。

エリオの手を引いて、帰り道へ誘導《ゆうどう》する。触れることに対する感慨《かんがい》は、例えあったとしても夏場のアイスクリームより容易《たやす》く溶《と》けて空気中に還《かえ》ってしまう。余韻《よいん》もない。

誘導を終えて、集団登校の班長《はんちょう》気分を味わってから、さてどうしようと自問《じもん》。

本音《ほんね》の呼び水はまだ、水滴《すいてき》が心の蛇口《じゃぐち》から垂《た》れたままだ。

この際《さい》、機《き》に乗《じょう》じて言い切ってしまうか。中途半端《ちゅうとはんぱ》に言葉《ことば》を濁《にご》して残して、次回の一方通行喋《しゃべ》り場の機会を生《う》む羽目《はめ》になったら目も当てられない。

いつまでも、今のエリオの相手を続けていくことになるのは勘弁《かんべん》。胃潰瘍《いかいよう》とニキビ怖《こわ》いし。

「自転車乗れないように布団《ふとん》を巻《ま》いてるわけだろ。まぁ、その思考の行き着き方は正直理解出来んけど……なくなった記憶《きおく》が何処《どこ》にあるか。これ、宇宙人に対するスタンスに近いもんな。もう、そこにあると信じるしかない。宇宙人がいて、そいつの手元《てもと》にって。だけど、お前は宇宙に飛べなかった」

だから、封印《ふういん》するしかない。無能《むのう》を封じて、言い訳《わけ》の藁《わら》にしがみつく。

……それ自体は否定《ひてい》しない。ただ、そこから派生《はせい》しているものに、宇宙人を利用していることが、俺の負《ふ》の琴線《きんせん》に触れるのだ。

「饒舌《じょうぜつ》に、言い訳語らないのか？」

「知へき生へい体じゃないほのに言はをほつ気はないの」

「あっそ」

打ち切った。文庫本《ぶんこぼん》の入った紙袋《かみぶくろ》と鞄《かばん》の上からエリオを籠《かご》に押し込め、自転車をこぎ出す。さっさと帰りたい。今日の良い気分が消えきらない内に。

藤堂家《とうどうけ》、もとい藤和家《とうわけ》に日が沈《しず》みきる前に帰還《きかん》する。納屋《なや》で自転車を停《と》めるまでエリオは籠から下りようとしなかった。俺が下ろしてから、二人で玄関《げんかん》へ。

そして玄関前、二人で立ちすくむ。

「…………………………」

「…………………………」何故《なぜ》かどちらも先に入ろうとしない。

「お前、先行けよ」

「背はからのひゅう撃《げき》に備え、最ほう尾《び》の移動《いどう》を希ほう」

「……背後《はいご》からの襲撃《しゅうげき》に備え、最後尾《さいこうび》の移動を希望？」

お前、全方位不意打ちだろうが。


二日後、月曜の夜。前の学校と比《くら》べて、授業の進み具合《ぐあい》に差があるので自習中。

大学進学をする気なので、それなりに真面目《まじめ》に勉強はする。今日はエリオも早めに就寝《しゅうしん》して、夜間外出は控《ひか》えるようだし。この前の一方的な口喧嘩《くちげんか》っぽいのが尾《お》を引いてるのかね。

俺は何にも気にしてないのだが。言った方なんですけどね。

デリカシーないねー、はいそうねー。

室内にはシャープペンが紙面をジョギングする音、教科書が捲《めく》れる音だけが響《ひび》く、予定だったのに「マーコーちゃん、あーそーぼーっ」何か露骨《ろこつ》に暇《ひま》そうなのが部屋《へや》まで来た。

「歳《とし》を考えろ歳を」

根《ね》は正直な俺なので偶《たま》には本心《ほんしん》を打ち明けてみたりする。

「いいじゃない。マコ君、まだまだ子供なんだし」

「そっちじゃねえよ……」

三十路《みそじ》完走間際《かんそうまぎわ》の年齢言及《ねんれいげんきゅう》への回避力《かいひりょく》には舌《した》を巻《ま》くばかりです。

風呂上《ふろあ》がりで湯気《ゆげ》が溢《あふ》れている女々《めめ》さんは、バスタオルで髪《かみ》を巻きながら俺の脇《わき》に立ち、机《つくえ》を覗《のぞ》き込んでくる。「へー、真《まこと》くんお勉強中だったの？　すーがく、ですって」

女々さんが教科書を指先で摘《つま》み上げる。開いていたページを保存《ほぞん》するとかそういった配慮《はいりょ》なく無造作《むぞうさ》に教科書を捲り、「こんなの習ったかなぁ」とデコピンをページの隅《すみ》に打ちまくる。

「勉強中は静《しず》かにして人の邪魔《じゃま》しないようにって習いませんでした？」

「習わなかった。私の家、自分の部屋とかなかったもん」

あっさりと否定《ひてい》された。それも反論しづらい分類の事実を矛《ほこ》として。

「お父さんに聞いてない？　昔《むかし》のアパート暮《ぐ》らしのこととか」

また教科書をパラパラ捲《めく》りながら、女々《めめ》さんが言う。

「いえ、昔《むかし》からあまり父親と話しなくて」

だから、親元《おやもと》を離《はな》れて独《ひと》り暮《ぐ》らしっていうことに憧《あこが》れてた。

側《そば》にいなきゃ話さないじゃなくて、話せないだもんな。ぎくしゃくとか、しなくていい。

「そっか。面白《おもしろ》おかしい話じゃないから、人には話さないかもねぇ」

教科書を閉じる。ノートを閉じる。ペンと消しゴムを筆箱《ふでばこ》に「何故《なぜ》仕舞《しま》う」

手首を握《にぎ》ってお片付《かたづ》け代理《だいり》の手を一回休みにする。女々さんはきょとんと目を丸《まる》くして、童《どう》
女《じょ》のようにあどけない振《ふ》る舞《ま》いを、恐《おそ》らく演《えん》じた。素《す》だったら戦慄《せんりつ》ものだ。

「え？　だってマコ君、私と遊んじゃうし」

「物事を決めつけすぎると子供の自主性《じしゅせい》が育ちませんよ」

「こーんな夜中まで細かい字と睨《にら》めっこして。ふーけーるーわーよーぉー」

リアリティ溢《あふ》れる妖怪《ようかい》（命名、四十霞《かすみ》）の真似《まね》だ。むしろ真似か？　と疑ったぐらいだ。

「夜更《よふ》けまで熱心に勉強するのが悪いことですか？」

「答えの分かりきってる質問《しつもん》は叔母《おば》さん無視《むし》する性格なの」

ほんとに無視して、部屋《へや》を徘徊《はいかい》し出す。「あ、何この飾《かざ》ってある賞状《しょうじょう》。エロ本？」

「異人《いじん》さん、ここは日本《にほん》だ。しっかりした日本語使ってくれや」

「なになに……漢字《かんじ》検定《けんてい》三級？　しょっぱー」質問じゃなくても基本無視ですか。

　賞状の文面《ぶんめん》に目を通してから、額縁《がくぶち》をかけ直す。それから、本棚《ほんだな》の方へ向いた。振り返る仕《し》草《ぐさ》にバスタオルの垂《た》れた先端《せんたん》がポニーテールのように揺れる。

「ふぅん、深海《しんかい》の本。……ふむふむ、マコ君は漫画《まんが》あんまり読まない子？」

　本棚の中身《なかみ》を確認《かくにん》した後、女々さんが質問してきた。確《たし》かに棚には古本屋《ふるほんや》で購入《こうにゅう》してきた、作者名もろくに覚えてなくジャンルも節操《せっそう》ない小説ばかりで埋《う》め尽《つ》くされている。残りは深海生物の図鑑《ずかん》だ。その手の科学とか仕組みとか、そういう方面には興味《きょうみ》がないので学術書みたいなイラスト少なめのハードカバーは存在《そんざい》しないけど。

「そうですね、あんまり。ジャンプを買ってた時期もあるんですけど、最近は偶《たま》にコンビニで立ち読みするぐらいです」

「そうなの。私の部屋に料理《りょうり》漫画ならいっぱいあるから、好《す》きに読んでいいわよ」

「ども」

「そして料理を覚えて掃除《そうじ》を学び洗濯《せんたく》を極《きわ》めて、立派《りっぱ》な主夫《しゅふ》になって叔母さんを支《ささ》えて頂戴《ちょうだい》」

「家事手伝《かじてつだ》いと堂々《どうどう》名乗れる娘《むすめ》がいるんだから、そっちに仕込《しこ》んでくださいよ」

「そういえば叔母さんの友達にも、漫画読まない子いたわ。女の子だったけど」

　本の背表紙《せびょうし》を指でなぞりながら、女々さんが回顧《かいこ》する。また無視……もう慣《な》れた。

「本のページをバラバラに破《やぶ》いてね、それをピースに見立ててパズル遊びしている友達がいたのよ。学校の図書館で借《か》りた本を全ページジパズルにして、司書《ししょ》さんを泣かせてたわ」

「……………………………」

そっぽを向き、こっちも無視《むし》してみた。何で俺がこんなガキみたいな張り合いせねばならんのだ。この家族曰《いわ》く『大供』は、確実《かくじつ》に俺の精神年齢《ねんれい》を引き下げてくる。

造語《ぞうご》の読み方は色々あるが、『だいきょう』としておこう。大凶《だいきょう》っぽくて良いね。

「さて、マコ君の部屋《へや》を漁《あさ》りましょうか。まずお財布《さいふ》よね、所謂宝箱《いわゆるたからばこ》。その後は貯金通帳《ちょきんつうちょう》見つけてー、番号は追々《おいおい》調べるとしても、他に貯金箱《ばこ》とかないかしら。でぇーいと投げ割《わ》って」

「叔母《おば》さんの首を絞《し》めたくないので止めてください」無視中止《ちゅうし》。あかん、メリットがない。

これはある意味侵略《しんりゃく》なのだ。無言《むごん》を貫《つらぬ》き通してもそれは泣き寝入《ねい》りでしかない。

そして女々《めめ》さんは現代に染《そ》まった勇者《ゆうしゃ》であり、虱潰《しらみつぶ》しではなく金目《かねめ》のものから検索《けんさく》しようとする。つまるところ、ただの泥棒《どろぼう》である。

「冗談《じょうだん》よ。養《やしな》うお金はちゃんとマコ君のお父さんお母さんから頂《いただ》いてるわ」

手の平を肩より上に掲《かか》げて、パッと笑顔《えがお》を咲《さ》かす。動物が腹見《はらみ》せるのと同じく、友好《ゆうこう》の証《あかし》のつもりなんだろう。何かさ、この人の挙動《きょどう》って酔《よ》っぱらってんのかなって疑う時があるよ。

でも、これで生活の懸念《けねん》は一つ消えた。完全《かんぜん》に叔母さん任《まか》せだったら肩身《かたみ》が狭《せま》いし。

「遊ぶったって、ここ何にもありませんよ」額《ひたい》を押さえて嘆息《たんそく》しつつ、言ってみる。

「マコ君がいるじゃない」最高のスマイルで即答《そくとう》してきた。

「…………………………………………」同世代《どうせだい》の女の子にそれを言われたい。そうすれば俺の地下に忍《しの》んでる青春ポイントも、日の目を見られた可能性《かのうせい》があったのに。

女々さんがてこてこ歩いて、俺に近寄ってくる。俺の足の近くに座《すわ》りこんで、何かと言及《げんきゅう》はしないが蕩《とろ》けた微笑《びしょう》で見上げてくる。……こ、この人とフラグは立てないぞ。胸《むね》とかに目線《めせん》をさりげなく行き交《か》わしてたまるか。そう、俺は別のとこに注目《ちゅうもく》しているんだ。パジャマの柄《がら》とか。ほのぼのアニメに良くある、渦巻《うずま》き太陽のマークが入った変なパジャマだ。似合《にあ》わねぇ。巻いていたバスタオルを頭部から外《はず》して、半乾《はんかわ》きの綺麗《きれい》な黒髪《くろかみ》を下ろした女々さんは、恐《おそ》らく角度《かくど》の所為《せい》だが三十代前半の容姿《ようし》が二十代中間に若返っていた。

「はぁ……ショック」

部屋の正面をぼけーっと見つめていた女々さんが俯《うつむ》き、溜息《ためいき》を吐《つ》く。

「な、何がでしょうか」何故《なぜ》か声が上擦《うわず》る俺。

「実は明日も仕事《しごと》があるのよ。社会人って信じられない……」

「それは……勤《つと》め人なら当たり前じゃねーか」

今日は月曜日だぞ。まるで休日出勤《しゅっきん》みたいな言い方で語弊《ごへい》を招《まね》こうとしやがって。

「だってー、叔母さんもちょっと前まで学生だったもーん」膝《ひざ》を抱《かか》えて部屋をごろごろ。寝言《ねごと》はさておき、まぁ、詰《つ》まるところ働《はたら》きたくねー、って愚痴《ぐち》ってるわけか。

「やっぱり片親《かたおや》は大変なの、よーなのかしらぁ。生活費《ひ》は一人分安くなるけど、人手《ひとで》が足《た》りなくなってるからキツイとことかあるのかも。比較出来《ひかくでき》ないから、何とも言い辛《づら》いけど」

　つまり、始めから父親が生活にいなかったってことか。

「エリオの父親、本当に特定とか出来ないんですか？」

　少し踏《ふ》み込んだ質問《しつもん》なので、語尾《ごび》が控《ひか》えめになる。

「んー……」寝転《ねころ》んで、足の裏《うら》を合わせて天井《てんじょう》を睨《にら》む。「あーん、電灯《でんとう》まぶちい」聞かなかったことにして、何やらぶつぶつと独《ひと》り言《ごと》の様子《ようす》なので、その結果が出るのを待《ま》つ。

「……あのさぁ、マコ君」呟《つぶや》きの合間に声をかけてくる。リアル二枚舌《にまいじた》なのか、この人？

「はい？」そして今頃《いまごろ》思ったが、マコ君呼ばわりが定着している。

「私今ノーブラなのよ」

「その文章からちゃんと話は広がるんだろうな、ほら風呂敷畳《ふろしきたた》んでみろや」

「んむ……」寝返《ねがえ》りを打って、当然の如《ごと》く無視《むし》。異星人《いせいじん》。いやもはや異性人との遭遇《そうぐう》に等《ひと》しい。

　呆《あき》れか諦《あきら》めか、その背中にかける言葉《ことば》も見つからず、目眩《めまい》がした。

　女々《めめ》さんが呟きを打ち切って、その唇《くちびる》を真《ま》一文字《いちもんじ》に結《むす》ぶ。足の裏《うら》を離《はな》さないまま、ダルマ式に転がって起きあがって、そして、

「ちょっと待って。電卓《でんたく》で計算してみるから」

「……何を？　ねぇ何を？」お父さん、電子部品？

「ぱ、ぱ、ぱー」人の机《つくえ》の引き出しを勝手《かって》に開けて電卓を取り出す……ん、何故《なぜ》置き場所を知

ってるんだ？「ぺ、ぺ、ぺー」電卓を人差し指で打つ。まるでブラインドタッチが未《いま》だに出来なくて、しかもキーボードを人差し指だけで打つ小説家の手つきだった。……ん、俺は何故こんな例えを連想したんだろう。宇宙人《うちゆうじん》の仕業《しわざ》か？　この件《けん》には、これ以上触《ふ》れないでおいた方が良さそうだ。

「えーと、私が二千二百……六百にしとこ。で、一人目は千七百……違《ちが》うわね。次……三千ぐらいは合ったかしら、右斜《なな》めの角度限定で。真横《まよこ》から見ると九官鳥《きゆうかんちよう》みたいだったけど。この人も違う、足《た》りない。じゃあ……」

仕事に疲《つか》れていた女々さんが何かに憑《つ》かれているように独《ひと》り言《ごと》を漏《も》らしながら、真剣《しんけん》な表情で電卓のキーを叩《たた》き続ける。こんな夜更《よふ》けまで算数のお勉強して偉《えら》いねぇ。

「よーし、大分《だいぶ》父親が絞《しぼ》れた」諸手《もろて》を挙《あ》げ、電卓を放り捨てる。

「計算して出る父親って……」

「私と父親を足《た》し算《ざん》してから割《わ》る二によって＝で導《みちび》かれてるエリオは、超美人《ちようびじん》じゃない。まあびゅーちほー、叔母《おば》さんそっくりみたいな感じで」

「前半だけ、はぁと頷《うなず》く」

「だから原材料《げんざいりよう》の顔がよっぽど優秀《ゆうしゆう》なはずだから、私と掛《か》け合わせる男性側《がわ》に、相手《あいて》候補《こうほ》のイケメン指《し》数《すう》を代入して計算してみたの」

「……全面的に、はぁ」

回りくどいなぁ、この人。芸《げい》が細かいと言ってもいいし、ちゃらんぽらんと評《ひょう》してもいい。普通に思い出せばいいのに。少なくともその人たちのこと、好《す》きな時期はあったんだろうし。

「五人ぐらいの候補《こうほ》の中で怪《あや》しいのは……んー、外人のエリオットかな」

「娘《むすめ》の名前からして思いっきり逆《ぎゃく》指《し》名《めい》じゃねえか」今までのやり取りは何だったんだ。

「彼のイケメン指《し》数《すう》はおよそ七千五百」

「地球《ちきゅう》とかぶっ壊《こわ》せそうですね」もうお互《たが》い、独《ひと》り言《ごと》喋《しゃべ》ってる感じでいこう。無視《むし》されるし。

「ちなみにマコ君は二千ぐらいよ。卑《ひ》屈《くつ》にならなくて良いレベル」

しかし誇《ほこ》れるほどでもない、と。女性の忌《き》憚《たん》なき意見は歓迎《かんげい》すべきなので、反論しないが。

「そうかー、あの子のお父さんはエリオットだったのかー。っは、つまりハーフっ」

白々《しらじら》しいにも程《ほど》がある納得《なっとく》の垂《た》れ流し。……っは、けどハーフっ！　初見《しょけん》だ！　ゲージンさんの血族《けつぞく》は、髪《かみ》から粒子《りゅうし》を飛ばせるとは知らなかったぜ……というのは冗《じょう》談《だん》として。

「でも知ってたんじゃないですか、原料の出所《でどころ》」叔《お》母《ば》さんの下《しも》ネタ癖《ぐせ》が移ったかな。同級生、特にリュウシさんあたりと会話する時に出ないよう、気を引き締《し》めねば。

前川《まえかわ》さんになら、雰《ふん》囲《い》気《き》次《し》第《だい》では構わないと判断つけるあたり、今のところはリュウシさんが一番のお気になのかねぇ、俺。

「だって、叔母さんがそんな複数《ふくすう》の異性《いせい》から一時期にモテるほど器量《きりょう》良しに見える？」

悪戯《いたずら》が大人《おとな》に露《ろ》見《けん》してもツンと澄《す》ました顔で開き直る、子供のような顔立ち。

「全盛期《ぜんせいき》の女々《めめ》さんを見たことありませんから、何とも」

冗談《じょうだん》っぽく肩を竦《すく》める。十二歳ぐらいの写真は、若すぎるしな。「まだ若いつもりぃ」と唇《くちびる》を尖《とが》らせつつも、次第《しだい》に頭が垂れる。

「あの人格好《かっこう》良かったんだけどねぇ、一緒《いっしょ》に暮《く》らしてても上手《うま》くいかなかったと思う。関係が破綻《はたん》したのも、生活の優先順位《ゆうせんじゅんい》の違《ちが》いっていうか……価値観《かちかん》の相違《そうい》？　みたいなのだったから。だから、今の家がベストなのよ。あでもそーなると私バリバリ働《はたら》くのよ、うあー」

垂れ気味《ぎみ》の頭を抱《かか》え、悶《もだ》える。だがすぐに、天井《てんじょう》を仰《あお》ぐように復活《ふっかつ》。

「まいっか、今はマコ君いるしね。ちょーっと年の若い旦那《だんな》さん代《が》わりだけど」

ニコニコと、俺を線みたいになった目で真《ま》っ直《す》ぐ見つめてくる。うあっ。
ポ、ポイント増加《ぞうか》はないですよ。ある意味マイナスしかけたぐらいです。この人と関わり合いすぎると、青春が強制終了《きょうせいしゅうりょう》しかねない気がした。
「……結局、部屋《へや》に何しに来たんですか」照《て》れてないぜ。本当じゃないかもだぜ。

「マコ君と最近すれ違い気味《ぎみ》だから、ちょっとお話でもしようと、ね」

「一回でも意思が嚙《か》み合ったことありましたっけ……」

参考《さんこう》として、数ページ前の会話じゃないカギ括弧《かっこ》の寄せ集めをご覧《らん》ください。

「ほらあ、そういう態度《たいど》。マコ君つれないもん」

ぷーっと、頰《ほお》を膨《ふく》らます。だから……ねぇ？（架空《かくう》の視聴者《しちょうしゃ》に声なき同意を求める）

「私、これでも職場《しょくば》ではほんわかに定評があるのに」

「ああ、(頭が)」

「今の二文字台詞《せりふ》だった割《わり》に妙《みょう》に長かった気がするわぁ。不思議《ふしぎ》」

「世の中に不思議なことはいっぱいあるんですよ」妖怪《ようかい》もいないこんな世の中じゃ。深海《しんかい》なんて、神秘《しんぴ》の宝庫《ほうこ》だ。俺にとって地球《ちきゅう》で最《もっと》も心躍《おど》る場所であり、高名《こうめい》な美術館やテーマパークなんかより遥《はる》かに足を運んでみたいと熱望している。

ああついでに宇宙《うちゅう》もそこそこ、不思議だけどな。後はお隣《となり》の部屋《へや》の娘《むすめ》さんも。

「あ、そだ」と女々《めめ》さんが掌《てのひら》を打つ。パンパン打つ。パンパンパン「うるさい」

はっきり言わせてもらうが、阿呆《あほ》かこの人。年上をアホの子呼ばわりしかけたぞ。

評価《ひょうか》の二転三転が早すぎるんだよ、あんた。

「せっかくだからババ抜きでもしましょ。私、スーパー強いわよ」

始めからトランプで遊ぶつもりだったのか、女々さんが所持していたのを掲《かか》げる。というか、本当に遊ぶのかよ。いい歳《とし》した叔母《おば》さんと高校生が、夜にトランプで。……夜のトランプ。なんかマジシャンを連想するな。夜ってつけるとたいてい大抵エロ方面に言葉《ことば》が傾《かたむ》くのに、これは新鮮《しんせん》。

「二人でやるんですか。エリオとかは?」

「やーだー。まーちゃんと二人っきりで遊ぶのー」じたばた踵《かかと》を床《ゆか》に打ちつける。

「うっせぇとかガキかと言う前に、まーちゃんは止めてください」

こっちにも色々都合《つごう》があって。名前だって、早い者勝ちなんだよ。何のこっちゃだけどな!

結局、俺は叔母さんとババ抜きすることになった。名前に反《はん》して家の中では娘抜きで。

鼻歌《はなうた》交じりにカードをシャッフルしながら、女々さんが瞳《ひとみ》を光らせる。

「何か賭《か》けましょう。マコ君が勝ったらどんな願いでも叶《かな》えてあげるわ」

「……叔母さんの力を超《こ》える願いは叶えられないとか言うんでしょ」

流石《さすが》に俺でもそれぐらいは知ってる。

「いえほんとに。だって負けなければいいんですもの」

しれっと言い切る。その口ぶりは、全《すべ》ての文字に本気印《ほんきじるし》を烙印《らくいん》していた。

「……じゃあギャルのパンティーくれって言ったら?」

「んもぅ」もじもじ「マコちゃんったら大胆《だいたん》……でも年頃《としごろ》の男の子だもんね。しょうがないから叔母さんが一枚、じゃなくて一肌脱《ひとはだぬ》いで」「ギャル言うてますがな」

人の話の肝心《かんじん》なところを聞き逃さないで頂《いただ》きたい。別に肝心な話じゃなくて冗談《じょうだん》だから別に構わないのだが、腹《はら》が立つのも事実。

「大体《だいたい》、そんなの欲《ほ》しいなら隣の部屋から幾《いく》らでも調達出来《ちょうたつでき》るじゃない。変なマコ君」

「そうだそうだ俺は変ですだから言わせてもらうがあんたの脳味噌《のうみそ》は大変だ!」

静《しず》まりかえった深夜にも関わらず、喉《のど》を痛《いた》める時間を強要《きょうよう》されている俺。アパート暮らしだったら近隣《きんりん》住民から苦情《くじょう》の嵐《あらし》であろう。近所付き合いも総《そう》スカンくらいかねない。

シャッフルを終えて、カードを渡《わた》される前に女々《めめ》さんに尋《たず》ねることがあった。

「……で？」

「デロリアーン！」右腕《うで》の突《つ》き出す握《にぎ》り拳《こぶし》が最高に鬱陶《うっとう》しい。

「あんたの脊髄《せきずい》を黙《だま》らせろ。そっちが勝ったら何を要求《ようきゅう》する気ですか」

そこだけ事前に確認《かくにん》しておきたい。何故《なぜ》なら相対《そうたい》しているのが藤和《とうわ》女々さんだから。

神の常識《じょうしき》を越《こ》える恥部《ちぶ》を狙《ねら》った願《ねが》いを叶《かな》えてもらおうとしそうな性格相手《せいかくあいて》に、枷《かせ》なしで賭《か》け事を始めるのは自殺《じさつ》コースに一直線だ。

「そうねぇ、じゃあ……」キリッと叔母《おば》さんの目元《めもと》が男前《おとこまえ》になる。「今の女と別れなさい」

「俺の力を超える願いは叶えられないんだよ！」今日一番に切実《せつじつ》な魂《たましい》の叫《さけ》び。

「あはは、まぁそんな感じのことをお願いするかもってこと。さーワクワクしましょ」

全《すべ》てを許容《きょよう》、或《あるい》いは呑《の》み込んでしまいそうな微笑《ほほえ》みを浮かべながら、カードを配り始める。

どうせ二人なんだから、カードの束《たば》を半分に分けて渡《わた》せばいいのに。

釈然《しゃくぜん》とはしないのに、妙《みょう》に尻《しり》は落ち着いてその場を離《はな》れたがらなかった。

結果から言うと、ボロ負けだった。

つーか、完敗だ。

始めの二回ぐらいは、まぁ運《うん》がないなとちょっと舌打《したう》ちする程度《ていど》の気分で。

だが雲行《くもゆ》きの怪《あや》しさを感じ取りだした四回戦以降の連敗が、俺を打ちのめす。

十二連敗を達成したところで、目の凝《こ》りと上った血《ち》で視野《しや》狭窄《きょうさく》になっていたのが晴《は》れる。

変だと感じ始めた。確率《かくりつ》としてあり得ない。だってこれ、勝率《しょうりつ》二分の一のゲームだぞ。

しかも女々さんは俺の手《て》札《ふだ》を引くときに全《まった》く迷《まよ》いを挟《はさ》まない。それは勝負に直結する、というか最後の二枚を選択《せんたく》すること以外は作業《さぎょう》でしかないけど、終始《しゅうし》引く手際《てぎわ》が変わらないのだ。

そして俺がどれだけ熟考《じゅっこう》して女々さんの最後の二枚からカードを引いても、ババはその名に反《はん》して俺の手元《てもと》へとやってくる。

だからこれ、何かイカサマをされていたのである。間違《まちが》いない。

「散々《さんざん》負けた後に気づいても遅《おそ》いんですけどね」

「ほんとねぇ」俺のベッドに無断《むだん》で寝転《ねころ》がっている女々さんが、うんうんと同意する。

俺が敗北宣言《はいぼくせんげん》を出したので、ババ抜きはお終《しま》い。名前に反して先に抜けたのは俺。

二人でやってるから、なまじ接戦《せっせん》で終盤《しゅうばん》までもつれ込んだ感じになるのが辛《つら》かった。

「どんなイカサマしてたんですか？」

床《ゆか》に散《ち》らばりっぱなしのトランプを見下ろしながら、人のベッドでゴロゴロするなと思った。

不満が多いと感情の対処《たいしょ》が色々重なって大変なのだ。

「バレてないのに教えるわけないじゃない。マコ君が良い子すぎて、誰《だれ》かに騙《だま》されないか叔母《おば》さん心配しちゃう」

「……リアクションに困る」実際《じっさい》今騙されたし。

「ヒントとして、マコ君は私の持ってきたトランプを認《みと》めたこと。それとカードを切って配るのを私に任《まか》せたこと。この二つが敗因《はいいん》ね」

「やっぱイカサマじゃん」カードに細工《さいく》して、配るときも小細工して。

「さてと、マコ君」

女々《めめ》さんが起きあがって、ベッドの縁《ふち》に座《すわ》り直す。

「……マコ君って呼ばないでください」

「えー、何でぇ？」甘《あま》ったるい語尾《ごび》で、どしてどして光線《こうせん》を放出してくる。

うがー。

認《みと》めたくないが、呼ばれる度《たび》に、顔がにやけそうになってるから。

ここが彼女のいない高校生の悲哀《ひあい》である。自分の叔母《おば》相手《あいて》だろうと、こう、来るのだ。

脳《のう》の皺《しわ》を引き伸《の》ばすその声色《こわいろ》に、弱いのだ。

年上に対して可愛《かわい》いなぁと思ってしまうこと自体、十分末期《じゅうぶんまつき》だし。

地下から頭を覗《のぞ》かせようとしている青春ポイントを踏《ふ》みつけ、その節操《せっそう》のなさを自重《じちょう》させる。

「女の人の名前みたいだから」

理由を捏造《ねつぞう》して、使用凍結《とうけつ》を提案した。けど「いーいじゃーん」と一笑《いっしょう》に付され、「ここ、ここ。お話しよっ」とベッドのすぐ隣《となり》を叩《たた》いてくる。「えー」男子高校生を不用意に近づけすぎるなよ。しかもベッド。勘弁《かんべん》してという思いと同時進行で微妙《びみょう》に状況《じょうきょう》を意識《いしき》して気まずさに目を逸《そ》らす自分が無性《むしょう》に馬鹿《ばか》に思える。

一方、下《しも》ネタ好《ず》きの癖《くせ》に今回はまるで無邪気《むじゃき》に「こっちゃこいこい」と手招《てまね》きを続ける叔母さん。動揺《どうよう》を見抜かれてからかわれるのだけは嫌《いや》だったので、平静《へいせい》を装《よそお》ってお招きに預《あず》かることにした。……あ。

少し隙間《すきま》を空けて座るつもりが目測《もくそく》を見誤《みあやま》り、かなり密着《みっちゃく》して尻《しり》を下ろしてしまった。互《たが》いの太股《ふともも》の外側が擦《こす》れ合っている。離れよう、と思うのだが何だか意識しているみたいに勘違《かんちが》いされたら癪《しゃく》なので、顎《あご》を上げて堂々としてみた。突《つ》かれたら折《お》れるハリボテだけど。

「で、話って？」

わざと無愛想《ぶあいそう》に話題を尋《たず》ねる。で、お隣さんをチラ見。

母性溢《ぼせいあふ》れる表情筋《ひょうじょうきん》の緩《ゆる》みが俺を捉《とら》えて、目が合う度《たび》に気恥《きは》ずかしい。間近《まぢか》で見ると、年齢《ねんれい》にしては肌《はだ》が綺麗《きれい》だ、と自分の母親と比《くら》べてしまう。

そうして一瞬《いっしゅん》、女々さんにも粒子《りゅうし》みたいなのが見えかけた直後、

「　　　　　　は？」

ハグされた。

人生初、女性からの抱擁《ほうよう》。

相手《あいて》は二十三歳年上の女性でした。

普通の高校生だったら軽く忘れたい過去《かこ》になりそうなものだが、それは相手にもよる。

少なくとも女々《めめ》さんが相手だと俺は、スーパー窒息《ちっそく》しかけた。

吸《す》われてる！　ポイント吸われてる！　ってことにしなければ！

「エリオが綺麗《きれい》だから構ってるなら、諦《あきら》めなさい。女の子に飢《う》えてるなら、他の子と仲良《なかよ》くなりなさい。興味本位《きょうみほんい》でこれ以上、エリオに近寄るのは止めた方がいいから」

「は、あ、や」それどころじゃない！　真面目《まじめ》な話なんざ後に回せ！

「んむ？　マコ君？」

「いやあの、いきなり抱《だ》きつかれたので、ちょとびくーりアルね」

緊張《きんちょう》しすぎて喉《のど》の筋肉《きんにく》が引きつっていたのが少し収《おさ》まる。手首《てくび》と甲《こう》の引きつけがまだ健在《けんざい》で、筋が切れそうなぐらいに痛《いた》んでるけど。

「ああ、なるほど。心臓《しんぞう》ドキッてるわね」脈《みゃく》も死に急いでます。

背中に回そうとしていた手を俺の胸元《むなもと》へ持ってきて、覆《おお》うように当てて確《たし》かめてくる。指先が何とも微妙《びみょう》な動きで、シャツの上をなぞったり軽く掻《か》いたりするのを、艶《なま》めかしいと表現したいんですが構いませんか。正面の壁《かべ》の染《し》みに、今の状態《じょうたい》を覗《のぞ》き見されているようですぐにでもペンキをぶちまけて模様《もよう》替えを施《ほどこ》したかった。

「えーあのー」「はいはい」「何故《なぜ》にハグしてますか」「その場のノリ」すんな。

とは強く言い切れないので、口を噤《つぐ》んで動悸《どうき》を抑《おさ》えることに徹《てっ》した。呼吸《こきゅう》を整《ととの》え、首に触《ふ》れている髪《かみ》の感触《かんしょく》やまだ暖《あたた》まっている肌《はだ》の柔《やわ》らかさ等々に感想がなびかないよう気を遣《つか》いながら、壁《かべ》の染《し》みと火花を散《ち》らして時間の解決に身《み》を任《まか》せた。

「大分《だいぶ》落ち着いた？」

心臓《しんぞう》付近を触《さわ》っている手の報告《ほうこく》を読み取り、会話続行可能《かのう》な確認してくる。

「何とか。少し慣《な》れました」人間の適応《てきおう》能力は侮《あなど》れず、そして虚《むな》しい。

嬉《うれ》しいことだろうと悲しいことだろうと、慣れて感情の揺《ゆ》れ幅《はば》を失《うしな》っていく。

遅《おそ》かれ早かれ誰《だれ》もが、平坦《へいたん》な心に成形されていくのだ。ま、その過程《かてい》は千差万別《せんさばんべつ》だけど。

「もう一回言った方がいい？」

「お願いします」断じて行数稼《ぎょうすうかせ》ぎではない。だって小説じゃないしな、これ。うん。

「エリオが綺麗《きれい》だから構ってるなら、諦《あきら》めなさい。女の子に飢《う》えてるなら、他の子と仲良《なかよ》くなりなさい。興味本位《きょうみほんい》でこれ以上、エリオに近寄るのは止めた方がいいから」

「今日はそれ、言いに来たんですか？」

ほんとに文面丸々《ぶんめんまるまる》コピーだな、手抜きめ。いや、叔母《おば》さんに言ってるわけでなく。

「うんそう。もう放っておきなさいとご忠告《ちゅうこく》」

「……そういうわけにも、すんなりはいかないというか」

まずは、いいえを選択《せんたく》してみる。意図《いと》が読めない命令《めいれい》に従《したが》いたくない。

「なんで？　やっぱりエリオの外見《がいけん》に惹《ひ》かれて、勿体《もったい》ないと感じるから？」

「……それは、」まぁ。図星《ずぼし》というか、常人《じょうじん》の行き着く先はそこしかない。

「だって、言っちゃあアレだけどエリオが普通未満の容姿《ようし》だったら、あんな言動してる子に付き合って夜にうろうろしたりはしないでしょ？」

「否定《ひてい》は、ないです」

ここで違《ちが》いますと言い切れるほど、俺は人の内面を見《み》尽《つ》くせない。高尚《こうしょう》でもなければ悟《さと》りの一つも目の前にぶら下げて生きちゃいないのだ。何とも立派《りっぱ》な俗物《ぞくぶつ》やってます。

「じゃあ止めときなさい。他にクラスに気になる子とかいるでしょー？」

肩に顎《あご》をごりごり押しつけて、素行調査《そこうちょうさ》を始めてきた。

「いや、まだ転校してきて二週間ですから何ともなー」大嘘吐《おおうそつ》いた。

「例えば隣《となり》の席《せき》の子とか」どき。「他にはそうね、右斜《なな》め後ろの席とかどう？」おい。

全部筒《つつぬ》抜けなのかよ。いや、カマをかけてる可《か》能性《のうせい》もある。ここはまだ突《つ》っ込《こ》みを入れて自《じ》白《はく》する時間じゃない。

幸《さいわ》い、女々《めめ》さんはそれ以上俺の交友《こうゆう》関係へ話題を逸《そ》らさず、本道に立ち戻ってくれた。

「それともやっぱりエリオ一筋《ひとすじ》？」

「エリオのことを好《す》きとか、そういうのはないですよ」

むしろ苛《いら》ついている。その理由が、この前全貌《ぜんよう》を表《あらわ》してきた気がするのだ。

「じゃあ何で一緒《いっしょ》に行動してるの？」

「興味《きょうみ》があったから……というのも一つの理由ですけど」他にはまぁ、成《な》り行《ゆ》きとか。特に他にやることがなかった、が一番の動機《どうき》かも知れないのはあまり認《みと》めたくない。

「極力《きょくりょく》一人でいたいんだから、それを尊重《そんちょう》してあげればいいのよ」

投げやりな印象《いんしょう》のある、突《つ》き放した台詞《せりふ》。言った瞬間《しゅんかん》、背中の手が俺の服《ふく》を強く握《にぎ》り締《し》めた。

「だから、女々《めめ》さんもエリオを極力無視《むし》していると？」

「そう」

「でもエリオのこと可愛《かわい》がってはいるでしょ。あのボールチェア、何十万円とかするのに」

「ああ、あれ？　あの子が欲《ほ》しいって言うから、四年ぐらいこつこつ貯金《ちょきん》してやっと買ってあげられたの。多分《たぶん》あれが、家で一番高価《こうか》な家具よ」

だろうな。俺の部屋内《へやない》の所持品を全《すべ》て合計しても、値段的に敗北《はいぼく》を喫《きっ》すると思う。

「でもね、物を与えるだけじゃ駄目《だめ》なのよ。者もないとね。親は子の最《もっと》も身近な者だから」

「叔母《おば》さんは結構、エリオに取って良い親だと思いますけど」

いい加減《かげん》で悪戯《いたずら》好きだけど、大事な部分で親として機能《きのう》している。……え、結構ギャップ萌《も》えキャラ成立してね？　そんな馬鹿《ばか》な。

「産《う》む前から、育てる覚悟《かくご》と準備してないと。良い母親じゃないのよ、その時点で」

「…………………………」

「取り敢《あ》えず産んでそれからちゃんと育てようと思っても、上手《うま》くいくわけないのよ。うちの両親は大《たい》して働《はたら》きもしないのに子沢山《こだくさん》にしちゃってね、それはそれはみんな苦労したわ。苦労って分散《ぶんさん》しないのよ、全員に与えられる重りみたいなもの」

最後の一文だけ、出涸《でが》らしの茶《ちゃ》のように薄《うす》く、掠《かす》れた声で俺の耳元《みみもと》をざわつかせた。

女々さんに強く抱《だ》き締められ、その重りが俺にものしかかっているような錯覚《さっかく》に陥《おちい》る。

「エリオのこと、俺の両親とかは知らなかったみたいです」

知っていたとしたら、この人に俺を預《あず》けただろうか。

「隠《かく》していたもの。元々《もともと》、親戚《しんせき》付き合いなかったし」

「よくバレませんでしたね」

「……正直ね、本当にいつ身籠《みご》もったか覚えてないの。妊娠《にんしん》してた時期の記憶《きおく》も曖昧《あいまい》っていうか……気づいたらあの子が家にいたような、そんな気さえする」

……宇宙人《うちゅうじん》。あいつの根源《こんげん》には、出自《しゅつじ》が関係しているのかも知れない。

「何で、隠してたんですか？」

「あの子が親戚にまで陰口《かげぐち》叩《たた》かれるのが嫌《いや》だったのよ。出所《でどころ》の分からない子だ、ってね」

「……へぇ」意外だ。いや、そんなこともないか？

俺はまだ、この人をよく知らないのかな。

「話がちょっと逸《そ》れちゃったけど、マコ君がね、エリオの苦労《くろう》とか背負《せお》い込む必要《ひつよう》は全《まった》くないの。むしろそんなことになったら二人とも殴《なぐ》ります」

背中の手が指先で立ち上がり、爪《つめ》を食いこませる準備《じゅんび》を開始する。

「私の話、納得出来《なっとくでき》た？」にこっ☆

「後でゆっくり考えてみます」にかっ★

「がじがじ」首筋《くびすじ》を噛《か》まれた。「ぎゃあ」ちょっと鳥肌《とりはだ》立った。背中は何だったんだ。

話は終わったとばかりに俺の肩を摑《つか》んで身体《からだ》を押し離《はな》し、「うん」と一回区切りのように頷《うなず》く。女々《めめ》さんの湯上《ゆあ》がり効果《こうか》は微妙《びみょう》に薄《うす》れ、頰《ほお》の赤みも標準値《ひょうじゅんち》に戻りつつあった。

「一緒《いっしょ》に寝《ね》ましょう」

「いい加減《かげん》寝なさい、何時だと思ってるの」

背中を押してベッド外へ追い返した。「マコ君が寂《さび》しいかなーと思って」

「いや寂しいのはそっちの方では？」

適当《てきとう》に言い返してみただけなのだが、思いの外《ほか》、女々さんは真面目《まじめ》な表情で受け止める。

「そうかもね」

バスタオルとトランプを回収《かいしゅう》してから、部屋《へや》の入り口に歩いていく。

「遊んでくれてありがと。おやすみ、マコ君」

「いえ、こっちこそ。おやすみなさい」

いつもと同じ笑顔で手を振って、女々さんが部屋を出て行った。

何故《なぜ》俺は、叔母《おば》さんと一番恋愛《れんあい》フラグを立てそうになっているんだろう。

「……はぁ」

彼女の両親に付き合いを反対されるって、こういう気分なんだろうか。

いやまあ、エリオに対して秘《ひ》めたる想いとかそういうのは一切《いっさい》ないけどさ。

エリオは端《はた》から観賞《かんしょう》してその美術品《びじゅつひん》な様子《ようす》を愛《め》でるところが醍醐味《だいごみ》であって、直接的に触《ふ》れてみたいとは思えないのだ。

「あ、エリオは下着類《るい》を棚《たな》の上から二段目に収納《しゅうのう》してるから」

何か戻ってきて、何かとち狂《くる》ったアドバイスしてきた。

「余計《よけい》な地球《ちきゅう》の情報《じょうほう》をありがとう、異性人《いせいじん》」

帰れ。しっし。

「………………」

女々さんが去《さ》ったのを、通路に出てまで確認《かくにん》。よし。駆《か》け足で戻る。

ベッドに寝転んで、鼻をひくつかせてみた。

匂《にお》いがするかなー、と思ったのだ。限りなく変態的《へんたいてき》で後ろめたいが。

……んー、そこまで、

「お風呂《ふろ》上がりで化粧《けしょう》をまだしてないから、そんなに匂《にお》い残らないと思うわ」

「ぎゃああああああ！」

蛙《かえる》が二百匹《ぴき》ほど鳴いて、その後一斉《いっせい》に潰《つぶ》された感のある壮絶《そうぜつ》な鳴き声が自分から絞《しぼ》り出た。

後ずさりして後頭部を壁《かべ》にガンガンガンガンガンガン「頭がたこ焼きになるわよマコ君」

「わ、わ、ワープ？　足音を何処《どこ》に捨てやがった」

「エリオの部屋《へや》に隠《かく》れてもとい、寝顔《ねがお》を見に行ってたの。そしたらマコ君が、きゃーきゃー」

「ぎにゃあああああああ！」

自殺《じさつ》ものの思い出がまた一つ出来《でき》た。ついでに弱みも、力強く握《にぎ》られた。


子供の頃《ころ》、石を飼《か》っていた。……無論《むろん》、鉱物《こうぶつ》の石である。

虫籠《かご》に、黒いの、白いの、艶々《つやつや》してるのを閉じこめていた。時々、水もやった。

物にも心があると信じていたわけじゃない。物と者の区別が、ついてなかっただけだ。

その所為《せい》で、色々失敗と喪失《そうしつ》して、今の俺がいる。

そんなことを、夢《ゆめ》の中で流されるように思い出していた。

さて。

翌日《よくじつ》は火曜日。社会人に仕事があるように、学生には陰鬱《いんうつ》な学校がある。

都会《とかい》の学校は金髪《きんぱつ》や茶髪《ちゃぱつ》の同級生が魑魅魍魎《ちみもうりょう》の如《ごと》く教室を跋扈《ばっこ》してはた迷惑《めいわく》なお祭《まつ》り気分で……とカツアゲが休み時間の定番イベントみたいに想像《そうぞう》していたけど、授業中はちゃんと全席《ぜんせき》埋《う》まってるし、足を机《つくえ》に載《の》せる輩《やから》もいない。移動教室でも、移動する場所は足並み揃えて化学室だった。みんな、ノートを広げて最低でも板書《ばんしょ》を写すぐらいはテスト対策《たいさく》を張っている。

例に漏《も》れず、俺も確《たし》かにノートへ何かを書き込んでいた。ただしそれは、昨日中途半端《きのうちゅうとはんぱ》に齧《かじ》った化学じゃない。強《し》いて言うなら、小学校でも最近はあるか怪《あや》しい、道徳《どうとく》だった。

「……………………………………」

高校入学までは普通の美少女→入学して二ヶ月後、突然《とつぜん》の失踪《しっそう》。本人も動悸《どうき》は不明→半年後、突然帰ってくる。本人曰《いわ》く、気づけば海に浮かんでいた→半年間の記憶《きおく》がない時間に不安を覚える→周囲《しゅうい》からの好奇《こうき》の視線《しせん》に耐《た》えられず、生来《しょうらい》から興味《きょうみ》を持っていた宇宙人《うちゅうじん》の所為《せい》で記憶を失ったと現実逃避《とうひ》→重度《じゅうど》の思いこみから自身《じしん》そのものが宇宙人であると言い張りだし、言動がくるくるパーになり始める→橋から川へ、自転車で飛び込む。勿論《もちろん》、落下して風邪《かぜ》を引く→退学《たいがく》、ピザの食い方がおかしいニートに至《いた》る。でもまだ美少女。

ざっとエリオの遍歴《へんれき》を纏《まと》めると、こんなところか。いやー、典型的《てんけいてき》に危ない奴《やつ》だ。新興宗教《しんこうしゅうきょう》にどっぷり脳味噌《のうみそ》まで浸《ひた》ってないのが不思議《ふしぎ》なくらいだ。

問題となるのは、記憶と、宇宙人。この二つの単語《たんご》を楕円形《だえんけい》で囲《かこ》う。エリオの抱《かか》える藁《わら》の安心感は、宇宙人信仰《しんこう》によって支《ささ》えられている。だから宇宙人が町に来た痕跡《こんせき》を探《さが》し求めるなんて、テレビの特番だって色々と理解して大人をやってくださってるこの時代《じだい》に、真剣《しんけん》に取り組んでいるわけだ。ただ本人も、心底《しんそこ》から完全に妄想《もうそう》に染《そ》まりきってるってわけでもない。そんなつけいる余地《よち》っていうのが、今までの交流から見て取れるのは確《たし》かだ。

一方、記憶《きおく》の方は、正直どうしようもない。現場に頻出《ひんしゅつ》してもエリオが何も思い出せないなら、俺個人に出来《でき》ることなんて何も残っていない。半年間のエリオの動向を辿《たど》るなんて、警察か探偵《たんてい》といった組織力や調査《ちょうさ》の基盤《きばん》を築《きず》いてる人でもなければ不可能《ふかのう》な芸当《げいとう》だ。そして調べた結果、本当に何一つ足取りが摑《つか》めなかったとなれば、エリオの宇宙人誘拐説《うちゅうじんゆうかいせつ》は深く、誤《あやま》った方向に突《つ》き刺《さ》さって邁進《まいしん》していくだろう。マントル層《そう》を突き破《やぶ》って理性と意識が溶《と》ける領域《りょういき》までいきかねない。そうなったら、エリオは宇宙人であることも止めてしまうだろう。

じゃあやっぱり、宇宙人粉砕《ふんさい》ぐらいしか俺の手が届《とど》く範囲《はんい》にないってことだ。幻想《げんそう》を、ぶっ壊《こわ》す！　……いやいやあんな熱血《ねっけつ》キャラじゃないからなぁ、俺。じゃあどういうキャラかというと……特徴《とくちょう》？　……いやあるよ、特徴いっぱいあるよ！　没《ぼっ》個性じゃないよ！　ちくしょう、このままだとどっかのリュウシさんを哀《あわ》れめなくなる。俺はシクラメンで終わりゃしないんだ！

あ、そうだ！　深海《しんかい》生物の知識《ちしき》いっぱいだ！　だからふかざかな君！　結局そこか。お花と大差《たいさ》ないじゃないか。魚&花。フィッシュ・アンド・フラワー。お、なんか格好《かっこう》良い気がする。洋楽《ようがく》のタイトルか、料理《りょうり》の名前みたいだ。フィッシュアンドチップスみたいな。

移動教室で再び斜め後ろに戻ってきた相方ことリュウシさんは、ノートの枠外《わくがい》に熱心に落書きをしていた。俺の視線《しせん》と教師《きょうし》の言葉《ことば》は彼女のアート魂《だましい》に届いていない。

なになに、線を一本真っ直ぐ引いただけの『一次元君《いちじげんくん》』。シクラメンの花を異様《いよう》に上手《うま》く描いてある『二次元ちゃん』。何故《なぜ》か手足《はい》の生えている人参《にんじん》が卑屈《ひくつ》な笑顔《えがお》で立っている『三次元君』。そいつが時計を持ってるだけの『四次元君』。日本史《にほんし》と書かれた『五次元君』。それは今日の五時限目の授業だろーが。最後にお婆《ばあ》さんの顔をデフォルメ調に描写《びょうしゃ》して、何やら幾何学《きかがく》な形状《けいじょう》のキーホルダーを見せびらかしている『六次元お婆さん』。

ああ、初日に女々《めめ》さんが話してた駄菓子屋《だがしや》の婆さんか。でも叔母《おば》さんからの情報《じょうほう》が正しいなら、次元が一つ足《た》りないような気もする。どちらを信じるんだお前はと尋《たず》ねられたら、選択《せんたく》肢《し》のAもBもリュウシさんしかない。間近に寄られて風呂《ふろ》上がりでなくハグもなければ、誰《だれ》があの人の言動《げんどう》を信用するものか。……いやとても素敵《すてき》な人なんですけどね、脅《おど》し的な意味で。

「のぁ……」今現在、身《み》を覆《おお》っている若さが憎《にく》い。何であんな暴挙《ぼうきょ》に出たんだろう……好奇心《こうきしん》に負けたんだ、いや正直に言ってしまえば欲望《よくぼう》だってそりゃあったさ。けどなぁ、この先どんなことがあっても逆《さか》らえそうにない。十年後まで言われてそうだ。

「……ん？」

いつの間にかリュウシさんと目が合っていた。画伯《がはく》の筆《ふで》も止まっている。俺が焦点《しょうてん》を合わせてリュウシさんの目を覗《のぞ》き込むと、困惑顔《こんわくがお》が恥《は》ずかしそうにはにかむ。

画力《がりょく》に自信があるのか、照《て》れ笑いもそこまで露骨《ろこつ》ではない。

六次元婆《ろくじげんばあ》さんの隣《となり》に即興《そっきょう》で、『ふかざかなくん』を描いてくれた。どう見ても半魚人《はんぎょじん》だった。

愛想《あいそ》笑いとエラ呼吸《こきゅう》の真似《まね》でごまかしつつ、半魚人は海から陸へ上がるように、姿勢《しせい》を前に戻す。コンビ結成の話はまたその内ってことで、保留《ほりゅう》。

かといって、授業に耳を傾《かたむ》ける勤勉《きんべん》な学生にまで進化する気はない。

昨夜《ゆうべ》の女々《めめ》さんの警告《けいこく》と忠告《ちゅうこく》が、殻《から》から出た蟬《せみ》のように騒々《そうぞう》しく飛び回る。

外見《がいけん》に釣《つ》られて構《かま》うな、と女々さんは言った。俺は事実その通り、布団《ふとん》の中身《なかみ》のエリオが他に類《るい》のないほど精巧《せいこう》で、眉目《びもく》美麗《れい》な面相《めんそう》を保持していたからあいつの道楽《どうらく》に付き合っていた。あれが例えば性別反対だったら、空気の中でも二酸化炭素《にさんかたんそ》レベルの扱いとなっていただろう。

だから、年長者にして母親の聡明《そうめい》な意見は、鵜呑《うの》みにするべきな珍《めずら》しい大人の助言《じょげん》であるのは間違《まちが》いない。お互《たが》いに放っておくのが、自然でさえあるのかも知れない。

何故《なぜ》なら更《さら》に言うなら、順調《じゅんちょう》だからだ。この二週間近く、俺の新生活は考え得る限りを既《すで》に通り越し、体験すべき本人を置いて独《ひと》り歩きを始めていると言っていい。リュウシさんとも知り合えて、前川《まえかわ》さんまでいる。藤和《とうわ》親子に関わったことによる青春ポイントの減退《げんたい》も解消されてきて、今正《いままさ》にこれから上昇《じょうしょう》機運《きうん》、といった展開が目に映る位置まで訪《おとず》れているのに。

何で、マイナスの元凶《げんきょう》たるエリオと優先《ゆうせん》して関わらねばならないのだ……と理性は語る。正論を。しかし現実はそれをはね除《の》けるように、エリオと関わって、エリオのことを考えている。

自称宇宙人《じしょううちゅうじん》で、自称空を飛べて、自称人間を査定《さてい》して、本質何も自称できるものを持っていない藤和エリオ。自分から起こせる行動の少なさをごまかす為《ため》の布団。

個人は独《ひと》りであり、二人になることは出来《でき》なくとも、誰《だれ》かがいなければとても生きられないことを、身《み》をもって周囲《しゅうい》に教えてしまうそんな生き様《ざま》。

誰かに救援《きゅうえん》されることを前提《ぜんてい》とした生き方なんて、俺は気に入らない。

母親に習い、従妹《いとこ》を無視《むし》する。そう、結論づければいいのだ。

教科書を閉じて、目を強く瞑《つむ》る。俯《うつむ》くと、眉毛《まゆげ》にかかる前髪《まえがみ》が鬱陶《うっとう》しい。

……けどなあ。俺はエリオを見ていると、どうしても疼《うず》いてしまう想《おも》いが一つある。

せっかく河川敷《かせんじき》で俺が誰かと楽しくキャッチボールやってるのに、空気を読めずに川で溺《おぼ》れている人が視界《しかい》の端《はし》で藻掻《もが》いているような……その感覚。

それを呑《の》み込んで胃《い》の中で消化不良のまま生きていたら、いつ神経性胃炎《しんけいせいいえん》が発症《はっしょう》するか分かったものじゃない。女々さんの忠告《ちゅうこく》で素直《すなお》に身を引くことは、まだ受け入れられそうもない。

腹《はら》が立つのだ。

宇宙人を後ろ向きに信じていることが、我慢《がまん》ならない。

それは順調とか満帆《まんぱん》とか、そういった善意《ぜんい》の方向よりも目につき、無視しきれない。

神秘《しんぴ》とは希望であるべきだった。まだ暴《あば》かれていない深海《しんかい》の領域《りょういき》に思いを馳《は》せて俺が年甲斐《としがい》もなくはしゃぎ、未知《みち》の生物を夢想《むそう》するように。前へ前へと、押しやってくれる存在《そんざい》であるべきだった。ニンゲンだろうとスカイフィッシュだろうと、グレイだろうと。

それを自分の過去《かこ》へと置き、後方の安全確認程度《かくにんていど》の立場しか役割《やくわり》を与えない、今の藤和《とうわ》エリオは俺の価値観《かちかん》では地球人《ちきゅうじん》失格だった。

その顔立ちでさえ埋《う》めきれない損失《そんしつ》を、俺はあいつに強く感じていた。

だけどあいつは宇宙人《うちゅうじん》じゃない。種族《しゅぞく》のない、異質《いしつ》に憧《あこが》れる肉《にく》の塊《かたまり》。

だから、
だーかーらー、将来は知ったことじゃない。

でも、今許《ゆる》せないことだけは、解消してやる。

「よーし、よーし、よーし、」

よ――――――――――――――――、し。


一限目が終了《しゅうりょう》してから、俺は学校を抜け出した。

鞄《かばん》は教室に置きっぱなし。持って教室を出ると目立つから。

下駄箱《げたばこ》から自転車置き場まで、教師《きょうし》に見つからないよう警戒《けいかい》しながら小走りで移動《いどう》して自転車の下へ到着《とうちゃく》。その後、更《さら》に周囲《しゅうい》を窺《うかが》いながら、校門より脱出《だっしゅつ》を図《はか》った。

普段《ふだん》とは異《こと》なる、学校周囲を回り込む道を通らないで遠回りで自宅《じたく》回帰を試《こころ》みる。学校をこういう形でサボるなんて生まれて初めてなので、新鮮《しんせん》。2ポイント。

登校以外に、平日の午前中に自転車をこいでる時なんて、早々ない。

通る自動車や暇《ひま》そうなコンビニに太陽光が注《そそ》がれ、やたら眩《まぶ》しかった。

知らない道を通った所為《せい》か若干迷《じゃっかんまよ》って疲労《ひろう》は溜《た》まったけど、二時間目が終了する前には家に到着出来た。今頃、戻らない俺を教室の人や教師はどう判断しただろう。

明日、リュウシさんに質問攻《しつもんぜ》めとかされそうだな、っていうのは自意識過剰《じいしきかじょう》かね？

玄関《げんかん》の戸を開く。閉めもせず靴《くつ》を脱《ぬ》いで、二階へ。

自室《じしつ》を通り過ぎて、やっぱり寝転んでいる奴《やつ》がいたので歩み寄る。

簀《す》巻《ま》き女（見る度《たび》に磯辺《いそべ》揚《あ》げとかにしたくなる）を引っ摑《つか》んで起こし、命令形。

横暴《おうぼう》が、最高に気持ちよかった。

「今から一緒《いっしょ》に空を飛んでやる。出来《でき》なかったらお前、地球人になれ」

五章　『地を這う少女の不思議な刹那』

●
●
●
●
●
●
● リュウシさんと初デート。 +3
● 叔母さんに初ハグを奪われる。 −5
● 学校を途中で抜け出した。 +2

現在の青春ポイント合計 −4

前の高校では学期が始まる毎《ごと》に、自転車点検なる教師《きょうし》のチェックが控《ひか》えていた。ライトは障害《しょうがい》なく点灯《てんとう》するかとか、学校承認《しょうにん》のシールを貼《は》ってあるかとか、ブレーキの利《き》きは甘《あま》くないかとかわざわざ放課後に点検作業してくれるという、かなり大きなお世話なイベントを設定してくれていたのである。しかも強制。

帰宅部《きたくぶ》にしてみれば、放課後はさっさと帰巣《きそう》するなり寄り道するなりしたいところを拘束《こうそく》されて、一台一台ご丁寧《ていねい》な安全確認《かくにん》するのを、列となって待《ま》たなければいけない。しかも外で。四月は散《ち》った桜《さくら》を踏《ふ》みしめ、九月は猛暑《もうしょ》に茹《ゆ》だり、一月は歯《は》の根《ね》が合わない。

運動部も、グラウンドをチャリンコ軍団に占拠《せんきょ》されるので不平だらけだ。

以前、ソフトボール部の連中がフリーバッティングを開始して、明らかに教師を狙《ねら》った山なりの打球を放ちまくって二発命中させたことがあった。奴《やつ》は二年になってレギュラーを獲得出来《かくとくでき》ただろうか。ソフトボール部の顧問《こもん》に直撃《ちょくげき》したことだけが気がかりだ。

ベルが鳴らなかったりロケットエンジンを搭載《とうさい》していて引っかかると再検査《さいけんさ》なので、前日には各自《かくじ》、自転車の整備を怠《おこた》らない。つまり、教師側の目的はその時点で達成されているのである。まるで牧羊犬《ぼくようけん》に追い立てられる羊《ひつじ》の気分だ。あの上から目線《めせん》が気に入らなかった。

そんな自転車整備を自発的《じはってき》に行《おこな》うなんて、何年ぶりかな。タイヤの空気入れぐらいは偶《たま》にしたけど、錆《さび》取りまで、汗《あせ》かいて頑張《がんば》るのはきっと初めてだ。

納屋《なや》の外に引っ張り出した通学用の錆チャリを、原点回帰《げんてんかいき》に近づくよう尽力《じんりょく》する。錆取り用のスプレーをわざわざホームセンターで購入《こうにゅう》してきて、車体を磨《みが》く。いやー、取れないね。テレビの画面に映《うつ》る血痕《けっこん》を頑張って洗濯《せんたく》しようとしてるみたいに虚《むな》しくなるね。

本当は女々《めめ》さんの正常なオバチャリを借りるのが手っ取り早いのだが、母なる海に捨てることになるならボロの方が経済的《けいざいてき》であり、また視聴者《しちょうしゃ》の怒《いか》りを買うことも少ないだろう。

飛べるなんて、ちーっとも信じちゃいないのだ。なはははは。

幾《いく》らこの自転車でも、な。

こいつを何処《どこ》で見たか、やっと思い出したのだ。赤と白のレジェンドカラーの自転車は、確かに空を飛んだことがある。月を背景《はいけい》に、宇宙人《うちゅうじん》を籠《かご》に連れ添《そ》って。

映画《えいが》『E．T．』だ。あの映画の撮影《さつえい》に使用されたモデルの自転車を、俺は今こうして整備しているのだ。二十周年記念《きねん》バージョンの映画を小学生の時に見た記憶《きおく》があった。

結構高値《けっこうたかね》で限定販売《げんていはんばい》されていた同モデルの自転車を、宇宙マニアのエリオが買って買ってと女々さんにねだった構図《こうず》が容易《ようい》に想像できる。あの人、何だかんだで娘《むすめ》には甘《あま》そうだ。

手タレになれそうな、傷《きず》一つない手と形の整《ととの》った爪《つめ》を見た時にそれを確信した。

今も人が汗《あせ》だくで自家用車を整備してやってるのを、声や労《いたわ》りなしに傍観《ぼうかん》しているエリオお嬢様《じょうさま》。飛行機雲《ひこうきぐも》の似合《にあ》うコバルトブルーの青空を背景《はいけい》に従《したが》えて草の生《は》えた地面に裸足《はだし》で立ち、控《ひか》えめに全身《ぜんしん》から粒子《りゅうし》をばらまいて、ファンタジーに現実を肉付《にくづ》けしたような風景画《ふうけいが》を作り出していた。風で煽《あお》られる髪《かみ》を手で押さえる仕草《しぐさ》がさっきツボに来た。

……ん？　非難《ひなん》するはずがどんどんエリオ賛歌《さんか》になっているような……ま、いいか。

見た目より中身《なかみ》重視《じゅうし》な子にすべく、錆《さび》取りを放棄《ほうき》して今にも切れそうなチェーンに触《ふ》れてみる。指で中央《ちゅうおう》を押してみると、締《し》まりが相当緩《そうとうゆる》い。よくこんなので走ってたな、今まで。

こいつで川へ飛び込んだら、そりゃ飛べないって。エイリアンの宇宙《うちゅう》パワーをもってしてもこの整備不足を埋《う》められるか怪《あや》しい。いや、当時はまだ真《ま》っ当《とう》に動いてたのか。落ちてこれだけ損壊《そんかい》したんだもんな。ていうかそんなに自転車に拘《こだわ》らなくても、自前《じまえ》の足を浮かして飛翔《ひしょう》ぐらい出来《でき》そうだが。宇宙の人もハッタリ効《き》かせるのがお好《す》きなようで。

納屋《なや》に放り込まれていた埃《ほこり》まみれの工具《こうぐ》で、自転車の整体師《せいたいし》代《が》わりを努《つと》める。学校サボって、朝から始めて昼過ぎになってもまだ終わらない作業に手を休めず。

何をやってるんだろう、なんて自問《じもん》は聞き飽《あ》きた。睡眠学習枕《すいみんがくしゅうまくら》で一日二十時間ぐらい同じ単語《たんご》だけ聞かされ続けて、聴覚障害《ちょうかくしょうがい》を持ちそうになるレベルで刷《す》り込まれてる。

これは単《たん》に俺とエリオが、意地《いじ》を何処《どこ》まで高く張れるか競《きそ》っているだけなのだ。奴《やつ》を宇宙人と認《みと》めるか、地球人《ちきゅうじん》に堕落《だらく》させるか。互《たが》いに持ち込んだ心の領域《りょういき》を押し合いへし合い、一メートルだって譲《ゆず》ろうとしない。イメージは、花見《はなみ》の場所取りのシートみたいなものか。

相手《あいて》の為《ため》じゃなく、自分の考えを押しつけて塗《ぬ》り潰《つぶ》す。そんな自己《じこ》中心《ちゅうしん》に満ちたフライトだ。整備不良を言い訳《わけ》にはさせない。きっちり地球の重力に押し潰されて頂《いただ》こう。パーツのグレードアップとか、自腹《じばら》に突《つ》き刺《さ》さる無《む》一文《いちもん》の刃《やいば》をこれ以上深く食いこませるのは嫌《いや》なので、タイヤの空気とチェーンの付け替えを完了《かんりょう》して整備は終了とした。

一度家に戻って洗面所で顔を洗い、タオルで汗《あせ》ごと拭《ふ》き取る。それから、また庭に出る。

「おいE・T・（エリオ・トウワの頭《かしら》文字を抜粋《ばっすい》）」

薄手《うすで》のワンピースをそよ風に揺《ゆ》らし、深窓《しんそう》の令嬢《れいじょう》然《ぜん》した風貌《ふうぼう》のエリオに指示を出す。足下《あしもと》で跳《は》ねるバッタを目で追いかけていたエリオは無言《むごん》ながらも顔を上げる。

「……………………………」

わたし？　というニュアンス含めて自分を指差す。そう、お前。

「籠《かご》に乗れ。そっちの方が気分出るだろ」

というかこの自転車、荷台《にだい》が排除《はいじょ》されている。偶然《ぐうぜん》か、意図的《いとてき》か。後輪《こうりん》のスポークが集う中心を足場にすれば立って乗れないこともないが、本式に乗っ取る方が気分出るだろう。

これは所謂《いわゆる》、ごっこ遊びなのだ。名前的には逆《ぎゃく》の役回りの方がしっくりくるけどな。

「世界初《せかいはつ》とは言わないが、人類としては希有《けう》な自転車の有人《ゆうじん》飛行だからな。もうちょっと見栄《みば》え良くしておきたかったけど……妥協《だきょう》するか」

錆の残っている部分を手の平でなぞる。最悪の触感《しょっかん》だ。鳥肌《とりはだ》が立つ。

「飛べるなら、宇宙《うちゅう》に帰ればいいさ。そのままな」

俺は何処《どこ》か適当《てきとう》なとこで下ろしてくれたらいい。

そう、例えば海だっていい。その間の記憶《きおく》を、吹《ふ》っ飛ばしてしまってもいい。

エリオがゆっくりと、頷《うなず》く。迷《まよ》いと怯《おび》えではなく、決意で顎《あご》を引いた、とその横に結《むす》んだ唇《くちびる》が寡黙《かもく》ながらも意思を見せびらかす。

話は決まった。まずエリオが、籠《かご》に乗り込む。大きめに作られた白い籠はエリオを呑《の》み込み、ただ口を開いて天を仰《あお》ぐ。そこに命《いのち》を吹き込むのが宇宙人の仕事だ。

藤和《とうわ》エリオ。

アマゾンの奥地《おくち》に住む宇宙人の住民票《じゅうみんひょう》を持ってないなら、身体《からだ》を張って証明《しょうめい》しろ。

宇宙人の存在《そんざい》を。

お前の失《うしな》われた半年を、宇宙人の所為《せい》にする為《ため》に。

自転車に跨《また》る。行き先は、もうナビの必要《ひつよう》さえない。

宇宙人の痕跡《こんせき》なんて馬鹿《ばか》げた代物《しろもの》を探《さが》した散歩《さんぽ》ルート。

エリオの悔恨《かいこん》が敷《し》き詰《つ》められた、海への道だ。

勢《いきお》い込んでいる当人たちとは裏腹《うらはら》に、自転車のあくまでもマイペースな姿勢《しせい》には頭が下がる。

速度、変わんねぇ。今日の勝手《かって》な個人目標『頑張《がんば》らない』を忠犬《ちゅうけん》ばりに守ってやがる。手錆《てさび》をかけられようと我《わ》が手で蘇《よみがえ》らせた自転車は、俺が普段《ふだん》、リュウシさんに敗北する速度を抑揚《よくよう》なく維持《いじ》して、日常《にちじょう》から引き剝《は》がれる予兆《よちょう》の一切《いっさい》を殺す。

素人目《しろうとめ》には映《うつ》らない異常《いじょう》を内部に来《きた》しているのか。車体の内部は既《すで》に腐《くさ》っていて、既にどうにも手の施《ほどこ》しようがない状態《じょうたい》だったりするのかも。

どっちにしても、この速度で崖《がけ》から海へ飛ぶことは不可能《ふかのう》だ。このままだとただの落下《らっか》である。岸壁《がんぺき》で身体《からだ》をぶつけまくって転《ころ》がり落ちたら、まず間違《まちが》いなく死亡する。

「おい自称《じしょう》宇宙人、奥歯《おくば》の加速装置《かそくそうち》とか使って速度を上げてくれ」

「…………………………」

無視《むし》か無言《むごん》か。近い立ち位置でありながら、態度として大分差《だいぶさ》がある二つの反応《はんのう》。首を左右に巡《めぐ》らすことなく、ただ前方一点だけを注視《ちゅうし》し続けるエリオの脳内《のうない》は、今何が去来《きょらい》しているのだろう。

全速力で踏《ふ》み込んでいたペダルを通常運転に移行《いこう》し、無駄《むだ》な体力消費《しょうひ》を抑《おさ》える。それは同時に、この馬鹿《ばか》げた意地《いじ》を張り続ける気力の体外流出を防ぐことにもなる。

これはチキンレースなのだ、エリオが根負《こんま》けするまでの。誰《だれ》が本気で海に飛び込むか。

だって、怖《こわ》いでしょうが。高所恐怖症《こうしょきょうふしょう》の人間からすれば、紐《ひも》なしバンジーは戦慄《せんりつ》の最先端《さいせんたん》。自殺《じさつ》の最高峰《さいこうほう》であり、後ろ足の指導者《しどうしゃ》としては英雄扱《えいゆうあつか》い。

こんな阿呆《あほう》な挑戦《ちょうせん》で若い命《いのち》が真《ま》っ赤《か》に燃え尽《つ》きたら、またゆとり教育の弊害《へいがい》と嘆《なげ》かれてしまう。死んでたまるかと歯《は》を食いしばり、死なせてたまるかとハンドルを握《にぎ》る手にも力が滾《たぎ》る。ギリギリまで崖《がけ》に高速で近づき、エリオが死の恐怖《きょうふ》をちらつかせたら即減速《そくげんそく》、進路修正《しゅうせい》。即時帰路《そくじきろ》に就《つ》き、地球人認定書《ちきゅうじんにんていしょ》でも発行する次第《しだい》……だったのだが。

海が見える位置《いち》まで、低速維持《ていそくいじ》で到着《とうちゃく》してしまった。飛ぶのにお誂《あつら》え向きの、目的地である下り坂にも後二百メートル強で入ることになる。

この坂は下りが終わってから、少し上り坂となって横の海沿《ぞ》いの道路へと続いている。つまり、ジャンプ台的に利用出来《でき》るのだ。自動車が海へ落下しないよう、道の正面にガードレールはあるが出鱈目《でたらめ》に加速してブレーキをかけなければ飛び越せると思う。

普通《ふつう》の人間が正しい自転車の乗り方を実践《じっせん》した場合の、全《すべ》て逆《ぎゃく》を行けば。

しかも前提《ぜんてい》には、速度が必要《ひつよう》だ。今の俺にはそれを生む協力者がいない。この自転車のマイペースぶりは補助輪外《ほじょりんはず》したばかりの小学生なら微笑《ほほえ》ましいが、高校二年生としては失笑《しっしょう》の対象でしかない。思春期《ししゅんき》なのにまるで疾走《しっそう》していないのが最大の問題点だ。

このまま下り坂で車輪《しゃりん》が回っても、ガードレールに正面衝突《しょうとつ》してスクラップ一台追加《ついか》、最悪、その衝撃《しょうげき》でエリオだけ海に投げ出されてバッドエンド一直線かも。

一輪車に初めて乗ったときでも、もう少し時速が出せていたはずなのに。

二輪あるのに負けていいのか、と鼓舞《こぶ》の為《ため》に壊《こわ》れたベルを指で弾《はじ》く。間の抜《ぬ》けた、芯《しん》のない音色《ねいろ》は『争《あらそ》いごとはいけませんよ』と競争《きょうそう》社会からドロップアウトして寝言《ねごと》をほざくニートの声だった。萎《な》えていた意地が、その情《なさ》けなさを下敷《したじ》きにして起立していくのが伝《つた》わってきた。

争《あらそ》いさえ起こせず、おめおめ帰るわけにはいかない。

ここまで無駄骨《むだぼね》、しかも学校をサボっているという事実が、俺に悪足掻《わるあが》きを推奨《すいしょう》してきた。

ペダルを思いっきり踏みしめ、急加速を試《こころ》みる。

スポーツジムのペダル踏みの道具を想像して、暖簾《のれん》に釘《くぎ》の足応《こた》えに苦笑《くしょう》を漏《も》ら、ら？

最初の回転がいやに重く感じられたのを、俺は『違和感《いわかん》』と受け取るのが遅《おそ》かった。

半《なか》ば立ちこぎで、前傾姿勢《ぜんけいしせい》気味《ぎみ》に踏み込まれたペダル。

向かい風の勢《いきお》いが、急激に強まった。

「お？」お、お、お？

それは自転車という乗り物仕組みから考えれば当然のことだった。

ペダルを思いっきりこげば、思い切りの良い速度を提供《ていきょう》してくれる。

常識《じょうしき》が、突然《とつぜん》息《いき》を吹《ふ》き返した。

車輪とペダルの連結《れんけつ》が復活《ふっかつ》して、俺の働《はたら》きを正当に評価《ひょうか》するようになってしまう。

意識だけが取り残され、惰性《だせい》に導《みちび》かれたペダルの回転が凄《すさ》まじい速度を生む。

気づいて足を緩《ゆる》めるまでに異常《いじょう》な加速を果《は》たした、自転車と愉快《ゆかい》な仲間《なかま》たち。

蠟燭《ろうそく》の最後の灯火《ともしび》が脳裏《のうり》を掠《かす》めた。

ちょ、待《ま》おい、こんな速度で坂入ったら、マジで止まれな、い！

ブレーキ、利《き》かねぇ！　点検し忘れた！

先生自転車点検してくれぇぇぇぇぇぇぇぇぇぇ！

「うわぉぉぉぉぉぉぉぉぉぉぉぉぉい！」

坂に入っちまった！　横の林道に逸《そ》れたら絶対死ぬ！　止めるか？　足出すか？　いや出す
よこれはマズイって、って、って靴《くつ》が飛んだ！　アスファルトを跳《は》ねて林の中へ飛んでった！

しかも止まる気配《けはい》なし！　下り坂怖《こわ》い、饅頭《まんじゆう》より怖い！　エリオ身乗り出してるし！

もうこうなったら念《ねん》じる！　止まれ止まれ止まれ止まれ止まれ止まれ、俺もマコトだぞ止め
て見せろ時を止めろ、止まれ止まれ止まれ、とまれぇぇぇぇぇぇぇぇ！

近づいてくる！　坂の終わりとガードレールと、海！　三対三か！

「……ライ！　ア……ヤン……イ！」

エリオ、何か言ってる！　聞こえやしない！　叫《さけ》んで、籠《かご》から落ちそうになって！

飛べと、海が、ガードレールが、あーあーあーあーあー、もぉぉぉぉ！

もう！　もう！　もう！　もう！

このまま、「いっちまっ！　ええええええええええええ！」

ペダルを、踏《ふ》む！　踏む！　もっと！　踏む！

5点は貰《もら》ったあああああああ！

アアイ！　キャアアアン！　ト！

「「フラアアアイイイイイイイイイイイイイイイイイイイイ！！！！！！！！！！！！！！！！」」

何か被《かぶ》ってる気があああああああああ！　する！

ウィリー走行の要領《ようりょう》で跳ね上げた自転車の上体がガードレールを豪快《ごうかい》に跨《また》ぎ、坂の終焉《しゅうえん》と交差道の縫《ぬ》い目が後輪《こうりん》のジャンプ台の代わりを果《は》たし！

ペダルが責務《せきむ》から解放される！　空転、晴天《せいてん》！　座席《ざせき》から上部へと身体《からだ》が追い上げられ！

車輪の異常《いじょう》な回転音が耳を切り刻《きざ》むように鳴り続けて！

空気の壁《かべ》を突《つ》き抜けきった感触《かんしょく》は、至福《しふく》の一言《ひとこと》に尽《つ》きた。

飛翔《ひしょう》の音に翼《つばさ》のはためきはなく、自動車が脇《わき》を駆《か》け抜ける科学の騒音《そうおん》。

音速に縋《すが》りつき、追い抜こうとするように前屈《まえかが》みな姿勢《しせい》で、

俺たちは、重力を飛び越えた。

一切《いっさい》の地面への癒着《ゆちゃく》なき世界《せかい》で、浮かぶ自転車と人間二人。

飛行機じゃない。ロケットでもない。原始的《げんしてき》な科学が境《さかい》を超《こ》えさせた。

一蓮托生《いちれんたくしよう》の空中遊泳《ゆうえい》。

意識《いしき》と状況《じようきよう》があっという間に青色に包《つつ》まれる。

飛んでいる。

　飛んでいる。

　　飛んでいる。「飛んでる！」そう飛んでる！　まだ飛んでる！

「あーはーはーはーあーあああぁぁぁぁぁぁぁあっっちるぅぅぅいぃぃ！」落ち出した。

最高点に達した瞬間《しゆんかん》始まる、重力の支配《しはい》。一瞬の加速で振り切ったそいつは音速も光速も無視《むし》して空の反逆者《はんぎやくしや》を叩《たた》き落としに、馬鹿《ばか》でかい手の平を振り下ろす。

随分《ずいぶん》と長く感じた跳躍《ちようやく》。だが落下時間は一瞬。落ちる、と三文字が脊髄《せきずい》に染《し》みる時間さえなくて、目を反射《はんしや》が閉ざす余裕《よゆう》も挟《はさ》めない。風切り音が耳の周囲《しゆうい》で渦《うず》を巻《ま》き、待《ま》ち構えているにも関わらずどう贔屓目《ひいきめ》に見ても相手《あいて》から迫《せま》り寄ってきてるとしか思えない海面が、神経《しんけい》の大半をぶった切る。

真っ先に落ちるは『宇宙人《うちゆうじん》』を失《うしな》っていく者。

膝《ひざ》を体育座《ずわ》りに抱《かか》えて、砲弾《ほうだん》のように丸まったエリオが先に海面へ飛び込んだ。

そして瞬《また》きが始まり、下りきるまでの時間を空《あ》けて、俺と自転車もダイブを果《は》たす。

予想を立てることも出来《でき》なかった、無茶苦茶《むちやくちや》な衝撃《しようげき》が全身《ぜんしん》をくまなく打ちつけてきた。横から縦《たて》から、全体を突《つ》けば急所《きゆうしよ》もそこに含《ふく》まれる、数打ちの理論で俺の身体《からだ》は痛《いた》めつけられる。

不格好《ぶかっこう》な飛び込みの破水音《はすいおん》で耳鳴りが止まず、口からペース配分無視《はいぶんむし》で噴《ふ》き出す泡《あわ》の駆動音《くどうおん》に四肢《しし》を動かす気力を蝕《むしば》まれる。沈《しず》んでいく。人間はじたばたしなけりゃ浮くとは、誰《だれ》の言葉《ことば》だったか。俺は今、確実《かくじつ》に自堕落《じだらく》に沈殿《ちんでん》していってるぞ。

深海《しんかい》の生物みたいに、ワックスでも身体ん中に溜《た》めこんどければいいのになぁ。

別世界への入り口を潜るってのは、こんな感覚なんだろうか。

麻痺《まひ》しかけている意識が、身《み》に降りかかる事態《じたい》をぼんやりと評価《ひょうか》する。

自転車はとっくに俺の手を離《はな》れ、恐《おそ》らくまだそんなに遠くない位置《いち》を先攻《せんこう》しているだろう。

あいつは万が一にも浮き上がれない。魚の住処《すみか》か産卵場《さんらんじょう》としてこれからは生きていくことになる。俺を恨むかな？　せめてエリオと折半《せっぱん》にしてくれ、あいつが嘘吐《うそつ》いたから、さぁ。

…………………………動く。やっと、潜水《せんすい》速度も緩《ゆる》やかになって、流れに巻き込まれていた身体の麻痺が引っ込み、水を掻《か》けるようになった。

「ぶぁ。ぶぉがごぅえげ！」貴重《きちょう》な酸素《さんそ》を考えなしに吐《は》き出しながら、姿勢《しせい》を変える。

反転。光を目で追って、海上へ頭部を向ける。

それから泡と水質の低下で濁《にご》った海中で目を開けて、エリオの姿《すがた》を探《さが》そうと試《こころ》みる。現実、ゴーグルもなしに海水の中へ眼球《がんきゅう》を晒《さら》すなんて不可能《ふかのう》だ。それでも懸命《けんめい》に、藻掻《もが》いた。

生きる為《ため》の悪足掻《わるあが》きで死者を出すほど、愚《おろ》かしいことはない。

息苦《いきぐる》しくて顔の端《はし》が引きつってきた中、朧《おぼろ》めいた視界《しかい》が捉《とら》える、二本の足。下半身《かはんしん》が真《ま》っ直《の》ぐ海上へと伸びていっている。エリオは、とっくに浮上し終わっているようだ。じゃあ俺も、長居《ながい》は無用《むよう》だな。未《いま》だ動く感覚のない右手は放置して、左手で水を力強く掻《か》き分ける。酸欠《さんけつ》で朦朧《もうろう》とする意識《いしき》が怪我《けが》の功名《こうみょう》となり、身体《からだ》の強《こわ》ばりが抜ける。恐怖心《きょうふしん》が活動する養分《ようぶん》も不足して、平静《へいせい》な精神《せいしん》は強制で維持《いじ》される。焦《あせ》らず、生き続けることが出来《でき》た。海面を容易《たやす》く顔面が破《やぶ》り、浮上する。同時に、鼻と口から噴《ふ》き出る飲み込んだ海水。肺《はい》にまで入ったらしく、噎《む》せると同時に海水を吐《は》いて、酸素《さんそ》を取り込む隙間《すきま》が生まれない。

こめかみが引きつって、そのまま脳《のう》の血管千切《けっかんち ぎ》れそうだ。ゲロの中身《なかみ》が全部水になっただけで、効果音《こうかおん》は紛《まぎ》れもなく嘔吐《おうと》だった。格好《かっこう》つけてたらそのまま死にそうなので、女子の前だろうと遠慮《えんりょ》なく吐く。先に上がっていたエリオもまだ噎せているけど、既《すで》に海水は体内から出し尽《つ》くしたらしい。空気を過剰《かじょう》に吸《す》い込んでは、咳《せ》き込むことを繰り返している。

暫《しばら》く二人で噎せ続けて、蛮勇《ばんゆう》の代償《だいしょう》を支払《しはら》い続けた。

プール開き直後の水温より体感温度の低い、春の海水に浸《ひた》る環境《かんきょう》に身体が慣《な》れてきた頃《ころ》、互いの呼吸も落ち着いてくる。海水に濡《ぬ》れて髪《かみ》がべったり肌《はだ》に張りつき、視界《しかい》を塞《ふさ》ぐ。押し寄せる波にどっちも流されないよう、自然と左手を繋《つな》いでいた。相手《あいて》の指先は、海水と同じ温度。だけど、手応《てごた》えがある。

「おいエセ宇宙人《うちゆうじん》。地球《ちきゆう》の海水の味はどうだ？」

「塩梅《あんばい》の加減《かげん》が悪い。もてなしの心が足《た》りない」

使い所を明らかに誤《あやま》った、美食家《びしよくか》気取《きど》りの感想が俯《うつむ》きがちに飛び出す。

でも出てきたのは、真《ま》っ当《とう》な日本語《にほんご》だった。

思わず、感覚の薄《うす》まった指先で手繰《たぐ》り寄せ、エリオの左手を強く握《にぎ》る。

「ちゅーか、全然駄目《だめ》じゃねーか。宇宙どころか江ノ島《えのしま》にも着かなかったぞ」

「これは秘書《ひしよ》のやったことです、わたしは一切関与《いっさいかんよ》しておりません」

「はっはっは、失敗したことに変わりないんだから、俺主犯《しゆはん》でも全然構わないんだけどね」

馬鹿《ばか》笑いすると、口の中に水が入り込んでくる。しかもエリオが、余《あま》った右手で海水を跳《は》ね上げ、俺に浴《あ》びせかけてくる。つまりこれは、女の子と海で水掛《みずかけ》遊びをしている！　ということのはずだ。うーむ、字面《じづら》にするとこう纏《まと》まるのだが、展開されている出来事《できごと》は何か違《ちが》う。これが上手《じようず》な詐欺《さぎ》に遭《あ》った被害者《ひがいしや》の気分なのだろうか。

「しっかし、俺も素行《そこう》不良が板《いた》についてきたな。学校も行かずに海へ出かけるとか、青春ポイントが鰻《うなぎのぼ》登りで、インフレ起こしそうだよ」

「男子友達と遊ぶという1点の補給路《ほきゆうろ》も作ってない、大穴狙《おおあなねら》いの癖《くせ》に偉《えら》そうな物言いね」

何故《なぜ》基準《きじゆん》を熟知《じゆくち》している。もしかしてこれ、グローバルスタンダード？

「それに、わたしは学生じゃないから青春はもう卒業してる」

エリオが海水に浸《ひた》っている横の髪《かみ》を掻《か》き上げ、肩の上に纏《まと》めて非難《ひなん》させる。水浸しでもその粒子《りゅうし》放出は健在《けんざい》で、むしろ今までで一番、放たれるのが鮮明《せんめい》に俺には見えていた。

「そんなことないぞ、まぁ普通《ふつう》に砂浜経由《けいゆ》で海に来ればの話だけどな。こーんな、海水浴じゃあさ……」ぐるっと、見渡《みわた》す。

海が何処《どこ》までも広がっていた。

その先に大陸や島があるなんて、とても思えない。

何処にも行けそうにないと、絶望《ぜつぼう》さえ覚える。

青く、果《は》てなかった。

その遥《はる》かなる水平線へエリオが手を伸《の》ばし、指差す。

「あっち行こう」

「何で。やだよサメ怖《こわ》い」

「無人島探《むじんとうさが》して二人で生きよう」目がどんよりしてて怖い。

「いやだ！　お前と世界《せかい》に二人きりなんて嫌《いや》だ！　アダムとイヴ気取ってんじゃねーぞ大体なあ、アダムだって相手《あいて》がイヴしかいねーから妥協《だきょう》してただけかもしれねーだろ！　ホントは胸がもっとビックバイパーなグラビアアイドルと付き合いたかったかもしんねーじゃん！　俺にはリュウシさんフラグも前川《まえかわ》さんフラグも残ってんだよ！」

「うわー、今にもポッキーより折《お》れそうなフラグに必死《ひっし》に縋《すが》りついてるよこの人」

「何で人の淡《あわ》い希望だけ素《す》で否定《ひてい》すんだよ！　もっと専門《せんもん》用語バシバシ使って理解のオブラート《つつ》を包めよ！」

「そういうのは飽《あ》きた」

しれっと呟《つぶや》きながら、手の平で顔の水滴《すいてき》を拭《ぬぐ》う。

くっついていた水滴は取れたが、手の平から零《こぼ》れた水の粒《つぶ》が新たに付着《ふちゃく》して一時凌《しの》ぎにもならない。

人生に降りかかる問題を象徴《しょうちょう》するようなジレンマが、エリオの顔で展開されている。

「それで、これはなに？」

青紫《あおむらさき》の唇《くちびる》を微細《びさい》に震《ふる》わせ、青白い肌《はだ》に多少の血液《けつえき》が灯《とも》る。

「なにとは？」

「イトコにとってこんなこと、何の意味があったの？」

握《にぎ》る指の関節《かんせつ》に、エリオの爪《つめ》が食いこむ。ふやけた皮《かわ》は、それだけで指から離《はな》れていってしまいそうだ。

「理由とか、動機《どうき》とか。必要《ひつよう》か？」

「当然」

即答《そくとう》された。しかも爪がざくざく刺《さ》さって、急《せ》かされる。……参《まい》ったなぁ、が本音《ほんね》だ。

勢《いきお》いに企画立案《きかくりつあん》を任《まか》せて投げっぱなしだったから、事ここに至《いた》っても主旨《しゅし》がさっぱり把握《はあく》出

来《き》ていないのだ。俺の飛び出した青春は身《み》の振り方で悩《なや》み、まるで進路《しんろ》選択《せんたく》のようだ。後付《あとづ》けで何か、動機《どうき》を持ち込まねば。

不合格の返事だったら、こいつこのまま海に帰りかねないからな。

何だったっけ……ああ、そうだ。リュウシさんと初めて会った日だ。

こう、ちょっと背伸《せの》びする感じを意識《いしき》して。

「みんな仲良《なかよ》く」おー、のところは内心《ないしん》で済《す》ませた。だって可愛《かわい》く出来《でき》る自信ないぜ。

「えっ？」

惚《とぼ》けた面《つら》。珍《めずら》しい。そして可愛らしい。見る価値《かち》も引き出す意味も十分《じゅうぶん》ある。

「人間の理想だよ。取り敢《あ》えずこれ目指すと、色々迷《まよ》わなくて済む」

「うそくせー」

ゲロの臭《にお》いを嗅《か》ぎました、って様子《ようす》のエリオが舌《した》をべーっと垂《た》らす。

「嘘《うそ》なものかよ。俺はこれから暫《しばら》く、お前の家で生活するんだぞ。仲良くやって、より良い暮《く》らしを目指すのは当然じゃあないか」なんか、余計《よけい》に胡散臭《うさんくさ》くなったな。

波の音に紛《まぎ》れ、歯軋《はぎし》りが鳴る。

「わたしは宇宙人《うちゅうじん》だから、飛べるはずなのに！　いや飛んだよ絶対！　ちょびっと！　三マイル！　ぺーハー！　なのに認めないといけないか！　地球人《ちきゅうじん》かわたし！　何で！　いや分かるけど！　さっぱりだ！」

錯乱《さくらん》したふりで現実が見えないごっこするエリオに対し、俺がかけてやれる言葉《ことば》は、「ざまーみろ……と言えば分かりやすく俺が悪者《わるもの》になるんだろなぁ」

だから言ってやらない。

マトモになったんなら、自分で何とかしろ。その方が、本人が一番納得《なっとく》できる。

「だから仲良《なかよ》くなるどころかわたし、すっげー傷《きず》ついた！　異星間《いせいかん》交流はイトコの所為《せい》でぶち壊《こわ》し！　ついでに拠《よ》り所《どころ》ぶち壊されて、悪寒《おかん》するし、あんたの勝ち誇《ほこ》った顔が、すっごく宇宙《うちゅう》協定違反《きょうていいはん》だし！」

宇宙と地球《ちきゅう》のエリオさんがせめぎ合って、成層圏《せいそうけん》を突《つ》き抜けたり大気圏突入《たいきけんとつにゅう》したりお忙《いそが》しそうだ。いい加減《かげん》、重力のない生活を諦《あきら》めろよ。

しかし、そんな顔してるかな。どっちかっつうと、ニヤニヤだと思うが。

「一回も傷つけ合わずに円満《えんまん》なまま終わる関係なんて、絶対ないだろ」

何故《なぜ》なら意地悪《いじわる》なことに、出会いには別れが伴《ともな》うのですよ。

「……意味分かんないし」

冷静《れいせい》に指摘《してき》される。うむ、良いこと言った風《ふう》でごまかす作戦、失敗。

「つーか、何も始まってない。お前とは、今が初対面だからな」

ここぞとばかりに、右手の人差し指を惚《ほう》けたエリオに突きつける……おろ？　腕《うで》が上がらない。ま、いいや。本体に感化されて反抗期《はんこうき》か何かなんだろう。

ボディランゲージは不要だ。やっぱり目と口で物言わせて、上手《じょうず》に懐柔《かいじゅう》させせましょう。

それがみんな仲良く、すなわち平和マニアの最大の武器《ぶき》なのです。

「地球に来るのは二度目か？　今度は永住《えいじゅう》ビザ発行してやるよ」

「…………………………」神妙《しんみょう》な表情。砕《くだ》けて言うと、ちょっと突くだけでぼろぼろ涙《なみだ》を流してしまいそうな、我慢《がまん》の顔。

「地球に帰還《きかん》した美少女と仲良くなりたい。存在《そんざい》しない記憶《きおく》で悩《なや》んだり苦しんでるなら、まぁ愚痴《ぐち》ぐらいなら聞いてやりたい。今日はその為《ため》のレクリエーションだ」

こういうイベントを乗《の》り越《こ》えて（更《さら》に落下した）、心はグッと近寄った気がするよネ。

ふふふ、これぞ吊《つ》り橋効果《ばしこうか》。

冗談《じょうだん》でやってたら実際《じっさい》に橋から落ちたという洒落《しゃれ》にならない結果だけが残ったけどな。

誰《だれ》がときめくんだよ、この結末《けつまつ》。

……さて、もう利益《りえき》には目を瞑《つむ》って締《し》めくくろうか。

陸に上がって、重力に身《み》を苛《さいな》まれる為《ため》に。

「仲良くなるにはやっぱり、お互《たが》いを知る必要《ひつよう》がある。つまり、自己紹介《じこしょうかい》は大事だ」

「あ……わたしとう、わ……」

おい、まだちょっと早い。俺の台詞《せりふ》、もう少し用意されてるのよ。

仕方《しかた》なくエリオに出番を譲《ゆず》ると、感極《かんきわ》まったのか滑《なめ》らかに言葉が続かない。

流れる涙《なみだ》が口に入り込み、喉《のど》を詰《つ》まらせたお陰《かげ》で俺の発言《はつげん》は潰《つぶ》されずに済《す》んだみたいだ。

ああじゃあ、言わせてもらうか。

「おい地球人《ちきゅうじん》、名を名乗《なの》れ」

「藤和《とうわ》、エリ……エリ、オ……藤和、エリオ！」

「おいっす。俺は丹羽《にわ》真《まこと》、ヨロシク」

六章　『都会の宇宙人』

● I Can not fly。	+5
現在の青春ポイント合計	+1

青春ポイント5点満点獲得《かくとく》の代償《だいしょう》は、入院だった。

海面に飛び込んで激突《げきとつ》した際《さい》、自転車のハンドルを握《にぎ》り続けていた右腕《うで》がインドのヨガ使いもびっくりな角度《かくど》に折《お》れ曲《ま》がったらしく、そのとばっちりで肘《ひじ》の骨《ほね》がポッキリ逝《い》った。しかも結構複雑《ふくざつ》に。日々を生きるべくカルシウムを消費《しょうひ》しすぎて、骨まで回っていなかったみたいだ。

あれから浜辺まで泳いで帰るのも一苦労《ひとくろう》だった。エリオ共々《ともども》、良く溺《おぼ》れなかったものだ。途中《とちゅう》から肘の痛《いた》みが酷《ひど》すぎて、俺まで泣きっ面《つら》になっていた。あんなに盛《も》り上がってるのに笑声《しょうせい》の轟《とどろ》かない海水浴は初体験《しょたいけん》でした。というか、春の海は予想以上に冷たい。優《やさ》しさとカルシウムが不足しているから、そこら中に溢《あふ》れてる小魚《こざかな》と十年前のバファリンを服用《ふくよう》すべきだと思う。

人工《じんこう》の砂浜にあがってからも、フライになる前の魚介類《ぎょかいるい》みたいに砂を全身《ぜんしん》に張りつけ、海水まみれの衣服《いふく》は重たくて最悪《さいあく》の一言《ひとこと》に尽《つ》きる帰り道。重力の逆襲《ぎゃくしゅう》に完全に屈《くっ》した。

自転車は当然、海底まっしぐら。宇宙《うちゅう》の正反対へと沈んでいく自転車を濁《にご》った海中で僅《わず》かに目で追うことは出来《でき》た。地元《じもと》の人たちにばれたら不法投棄《ふほうとうき》としてさぞ怒られるだろう。

「こうして俺は通勤《つうきん》の足を失《うしな》い、エリオは縋《すが》っていた藁《わら》の希望が手の中からすり抜けて。
……意味あったのかなぁと、疑問というより反省《はんせい》に近いものが心の水面を揺《ゆ》らす。」

サンタがいないことは子供自身《じしん》が成長して学べばいいのに、大人《おとな》が意地悪《いじわる》く教えてしまったような、そんな一瞬《いっしゅん》の快感《かいかん》が通り過《す》ぎた後の苦《にが》さが自問《じもん》を生み、自答《じとう》出来ず。

落下中に籠《かご》から外《はず》れ、俺と自転車より先に海面へ飛び込んだエリオは全《まった》くの無傷《むきず》だった。けど、最後には泣いていた。その涙《なみだ》が恐怖《きょうふ》か、絶望《ぜつぼう》か、生理現象《せいりげんしょう》なのか区別《くべつ》つけられず、ただ俺はあいつの手を引いた。

口に垂《た》れる海水の味を鬱陶《うっとう》しく思いながら歯《は》を食いしばり、救急車《きゅうきゅうしゃ》と連絡をつけてもらえる人家《じんか》まで、右腕とエリオを引きずって歩いた。歩いている間、垂れた前髪《まえがみ》が目を覆《おお》い隠《かく》すのを直す余裕《よゆう》もなくて、今度の休日には髪を切りに行こうと、漠然《ばくぜん》とそれだけを頭の予定帳《よていちょう》に書き込み続けていた。地元《じもと》の8チャンネルばりに、紙面が黒一色《くろいっしょく》で埋《う》め尽《つ》くされるまで、『床屋《とこや》行く床屋行く床屋行く美容院にも行く』と念《ねん》を刻《きざ》み続けていた俺はその時、心を精神でなく機《き》械《かい》に頼《たよ》って自動操縦《じどうそうじゅう》してもらっていたのだと思う。

そうでなければ、エリオにもっと何か、色々励《はげ》ましだったり罵倒《ばとう》だったり、悲喜《ひき》こもごもに言葉をかけることぐらいしただろうに。

海から上がってからは終始無言《しゅうしむごん》で、最後は握《にぎ》った手まで離《はな》れた。

入院生活は二週間で終了《しゅうりょう》し、ギプスと包帯《ほうたい》で固定された右腕《みぎうで》と一緒《いっしょ》に帰《き》宅《たく》する旨《むね》となった。

世間《せけん》はゴールデンウィークにとっくにピリオドを打ち、五月病《ごがつびょう》の蔓延《まんえん》するアンニュイな世界《せかい》が構築《こうちく》されていた。俺もその空気に感化されて、瞼《まぶた》と首がこうべを垂《た》れがち。

家に帰ればエリオがいる。ついでに女々《めめ》さんもいる。ベクトルは異《こと》なってもこの親子と顔を合わせることによる心労《しんろう》は軽微《けいび》で留《とど》まるはずがない。

あー、右腕痒《かゆ》い。とにかくひたすらバリバリ毟《むし》りたい。

病院の屋外に出ると、気圧《きあつ》の変化に見舞《みま》われている錯覚《さっかく》に陥《おちい》る。深海《しんかい》から急激《きゅうげき》に引き上げられて、道路に広がって倒《たお》れ伏《ふ》してしまいそうだ。着替えの詰《つ》まった紙袋《かみぶくろ》の擦《こす》れる音が、蟬《せみ》の鳴き声の代理《だいり》みたいに鼓膜《こまく》に響《ひび》く。

院内にいたらあまり気づかなかった気温の上昇《じょうしょう》に、目の前が眩《くら》む。

タクシー乗り場目指して歩き出しながら、更《さら》に伸《の》びた前髪《まえがみ》を指で押し上げる。

何か楽しいことを思い出して、今日の活力《かつりょく》を得《え》よう。思い出は心に反芻《はんすう》し、巡《めぐ》る栄養《えいよう》は一回きりじゃないところが素晴《すば》らしい。

……あ、入院中には、リュウシさんと前川《まえかわ》さんが見舞《みま》いに来てくれたよ。

思ったより強度のないピアノ線ばりに、細い綱渡《つなわた》りながらフラグはまだ健在《けんざい》かも知れない。

エリオは姿《すがた》を見せなかったけど。

「マコちゃんおっはー」

最初、女々さんが襲来《しゅうらい》したのかと身構えてしまった。

俺の挙動不審《きょどうふしん》さに目を丸《まる》くするリュウシさんは学校帰りの制服《せいふく》で、鞄《かばん》とヘルメットと大きめの封筒《ふうとう》を脇《わき》に抱《かか》えていた。ヘルメットの影響《えいきょう》で髪は寝《ね》ているけど、可愛《かわい》さ魔神《まじん》は健在。

むしろそういうところが良いのだ（力説《りきせつ》）。

「あ、ちょい親しみやすすぎた？」

扉《とびら》を後ろ手で閉めながら、道路で寝そべっている人が死んでいるか確認《かくにん》する為《ため》に恐《おそ》る恐る触《ふ》れてみる、といった慎重《しんちょう》さを秘《ひ》めてリュウシさんがご機嫌《きげん》を伺《うかが》ってくる。

「いや全然オッケーですが」某叔母《ぼうおば》さんに言われたら『止めてください』の一手《いって》を連呼《れんこ》だが、現金なものである。反抗期《はんこうき》だから保護者《ほごしゃ》に反発するのは義務《ぎむ》である、と自己《じこ》解決。

「はっ！　そうであった」

リュウシさんがしばっ、と俊敏《しゅんびん》かつ大げさば動作《どうさ》で鞄からソフト帽《ぼう》を取り出して両手で被《かぶ》る。いじいじと帽子のツバを弄《いじく》って被り具合《ぐあい》を修正《しゅうせい》し、満足が満杯《まんぱい》（国語の成績《せいせき》をお察《さっ》しください）になってからパイプ椅子《いす》に腰《こし》かけた。膝《ひざ》とスカートの上に鞄その他を載《の》せてる姿が可愛らしい。

俺も載せてくれ。いやむしろ乗る。海水いっぱい飲んだから脳味噌《のうみそ》が錆《さ》びたのかな、俺。

「どしたの？　急に帽子《ぼうし》を被《かぶ》って」これもある意味ＱＢＫ。

「いやー、ははは」男前《おとこまえ》を意識《いしき》したような笑い方でごまかしつつ、程良《ほどよ》く照《て》れている。位置を修正《しゅうせい》した帽子を、ツバを握《にぎ》って目深《まぶか》に被り直してしまう。そして左右にもじもじ。

「髪型《かみがた》がですね、はずっちいから。風でぶおーっとなって、ヘルメットでどぐしゃーっとなって、汗《あせ》でめるとーってでして。病院のお手洗いで直そうと努力してみたんだけど、なんちゅーか、ふんわりしませんな！　パンみたいにオーブンでふっくらとはいきませんわ！」

肩にかかる茶髪《ちゃぱつ》を弄《いじ》りながら、弁明《べんめい》っぽく帽子着用の理由を説明してくる。ああちくしょうあたふたしてる二の腕触《うでさわ》ってみたいなぁとほのぼのとその様子《ようす》を眺《なが》めていて、ふと気づく。

リュウシさんは衣替《ころもが》えして、夏服《なつふく》になっていた。

「変？」帽子のツバをぎゅっと掴《つか》み、上目遣《うわめづか》いで尋《たず》ねてくる。可愛《かわい》さ魔神《まじん》は人の心のツボを天然《てんねん》で心得《こころえ》ていらっしゃるご様子です。針《はり》じゃなくて人差し指で、心をツンと突《つ》いてくるのだ。

「変じゃないって。女の子は何やっても似合《にあ》っちゃうから凄《すご》いよなぁ」

「帽子似合う？　これ、男ものなんだけど」

「もう最高。男と見間違《みまちが》えるほどだね」

「えっ、ほんとー？　殴《なぐ》っていい？」

にこやかに殴打《おうだ》の準備万端《じゅんびばんたん》を晒《さら》すリュウシさん。

なんかその握り拳《こぶし》が子供の手みたいに尖《とが》りが少なくて、微笑《ほほえ》ましさを増長させる。

「ほんと可愛いなこの人」つい包《つつ》み隠《かく》さず口にしてしまった。

リュウシさんの肩がびくっと跳《は》ね上がり、帽子まで飛びそうになっている。「おきゃ？　きゃ、きゃ、」猿《さる》の声帯模写《せいたいもしゃ》のような甲高《かんだか》い奇声《きせい》で、非常に裏表《うらおもて》なく動転していらっしゃる。

同室《どうしつ》の人たちが『何事だ』&『迷惑《めいわく》な』の視線《しせん》を主《おも》に俺に投射《とうしゃ》してくるが、どうしろというのさ。ベッドに寝かしつけろとでも？　魅惑的《みわくてき》だが、まだセクハラに及《およ》ぶには時期尚早《じきしょうそう》だ。

一生機《き》会《かい》を逃せている人生を望んでおこう。

「きゃ、わいい、くないよ！　も、ぜんぜん、です！　地味子《じみこ》ちゃんですから、一年生のとき、男子二人に、フラれましたから！」何かテンパって個人情報《じょうほう》をだだ漏《も》れさせ始めたぞ。

このままリュウシさんを放っておいたらもう少し特ダネを垂《た》れ流しそうだけど、今度は猿の形態模写として、動物園の猿のように病室をぐるぐる駆《か》け回りそうだ。そして恋人《こいびと》の腐乱《ふらん》死体を自分に送りつけ……るところまでは行き着かないで欲《ほ》しいので、落ち着かせないと。

「ごめん、キモかった？」

「う、うん！　ちょキモー！」

「……ごめんなさい」流れとして否定《ひてい》されると半《なか》ば確信していたので、予想外《よそうがい》の衝撃《しょうげき》。

上辺《うわべ》じゃない謝罪《しゃざい》の言葉《ことば》なんて、何年ぶりに紡《つむ》げただろう。

リュウシさんも自身の発言の意図《いと》に気づいたらしく、ぶんぶんと手を横に振って痛烈《つうれつ》に拒否《きょひ》の意を後付《あとづ》ける。

「いやいや！　ほんとはキモくないよ！　そう、よく見たら！」

「遠目《とおめ》だとグロキャラなのか……」ゴミのようだ、とか罵倒《ばとう》される方がまだマシかも。

「あうあう」墓穴《ぼけつ》を掘《ほ》り進めて、マントル層《そう》にでも達したのかリュウシさんの言葉《ことば》が途絶《とだ》える。

帽子越《ぼうしご》しに頭を抱《かか》え、グネグネ。つい手の平とか叩《たた》いて音に反応《はんのう》させたくなる姿《すがた》だ。

やがて落ち着いてから顔を上げ、蒸気《じょうき》した艶《つや》っぽい表情で提案《ていあん》。

「仕切り直してよかですか」

「よかです」

「では、こほんこほん」効果音《こうかおん》だけで、咳《のど》の仕草《しぐさ》は一切《いっさい》なし。なんか中途半端《ちゅうとはんぱ》だ。

「これ、授業のノートのコピー。もうすぐ中間テストあるから」

持っていた茶封筒《ちゃぶうとう》を、淀《よど》んだ空気の換気扇《かんきせん》として利用する。

「うわ、ありがと」礼《れい》を言いながら中身《なかみ》を取り出して、軽く目を通してみる。文章の意味はサッパリだが、字がやたら丸文字《まるもじ》なので、見ているだけで楽しいネ。

これが女々《めめ》さんのメモだったら読み辛《づら》さに辟易《へきえき》するか、握力測定《あくりょくそくてい》に利用するだけだ。

「分からないとこあったら、どしどし質問《しつもん》のお便《たよ》り待《ま》ってますよ。あたし秀才《しゅうさい》さんじゃないから、あんま頼《たよ》りにならんかもですけどね」

「いやいや、貴女《あなた》だけが頼りですよ先生」冗談《じょうだん》めかして、軽い笑い話として締《し》める。

その後に続くのは、言葉尻《じり》の虚弱《きょじゃく》な笑い声の途絶《とだ》えと、表情筋《ひょうじょうきん》の切り替わり。

リュウシさんが握《にぎ》り拳《こぶし》を膝上《ひざうえ》に置きながら、本題を病院の床《ゆか》へ散《ち》らす。言葉の砂浜が出来《でき》そうな、きめ細やかな声色《こわいろ》だ。

「あの、さー」

「うん？」

躊躇《ためら》う視線《しせん》と唇《くちびる》の上下。リュウシさんが、俺の心を覗《のぞ》き込む位置を探《さが》している。

あんまり重くのしかかられると嫌《いや》なので、「ん？」と柔《やわ》らかく呼び水を流す。

その甲斐《かい》あってか、リュウシさんの尻込《しりご》みは早々に表《おもて》舞台《ぶたい》へ姿を現す。

「海に飛び込んだのって、自殺《じさつ》とかじゃ、ないんだよね？」

ああ、なるほど。俺が何したかは伝《つた》わってるんだ。

「違《ちが》うよ。そんな気はなかった」否定《ひてい》は即座《そくざ》に、誤解《ごかい》の間《ま》を挟《はさ》む余地《よち》なく。

あの時俺は生きる為《ため》に。全力でペダルをこいで、飛んだのだ。

宇宙《うちゅう》なんて大《だい》それたものを目指さず、等身大《とうしんだい》の精一杯《せいいっぱい》を懸《か》けて。

「にわ君は知らないと思うけど、ちょっと前にね、同じようなことした子がいたの。その子も怪我《けが》して、変なことばっかり言ってたから……こう、心配なのですわ！」

「それはそれは……心配かけて済《す》まないねぇ」ごほごほ、だけど儂《わし》もその子を心配したんじゃよ。だから、儂なりに出来ることを試《ため》したかったんじゃ。

その子は二度目の挑戦《ちょうせん》で、懲《こ》りてくれると助かるんじゃがのう。

「落下の最後の方は、流石《さすが》に死ぬかと覚悟《かくご》したけどね」

「死ぬのは駄目《だめ》だよ、絶対。うんとね、本人はいいかもしんないけど、残った人は絶対悲しむと思うんだー。それをね、自分は見なくていいからって軽視《けいし》するのは、一番駄目だと思う」

「そだね。リュウシさんも悲しむだろうし」

「当たり前だよー。にわ君なら、全学校が泣いたとか狙《ねら》えるね」

「ははは……逆《ぎゃく》パーフェクトの方がまだ現実的かも」

「そんなことないってー。あたしが拒《こば》んじゃうしね、そんな記録《きろく》」

自信満々に胸《むね》を張る。言ってる本人は自覚薄《じかくうす》みたいだけど、こっちは当事者《とうじしゃ》だからそこまで言い切られると照《て》れるのである。真面目《まじめ》な話を敬遠《けいえん》しがちな高校生ですから。

リュウシさんは、穿《うが》った目線《めせん》でよほど人を疑うこと前提《ぜんてい》の人間でもない限り、感情の発露《はつろ》に遮蔽物《しゃへいぶつ》のない性格《せいかく》として評価《ひょうか》されるだろう。

だけど、それでも他人が内心《ないしん》を完全に読み取ることは不可能《ふかのう》だ。

人間の心は異星人《いせいじん》の存在《そんざい》に等しい。何処《どこ》にあるかも分からず、全貌《ぜんぼう》の淵《ふち》さえ見切れず。

エリオが布団《ふとん》を巻《ま》いていたのは、表見さえ宇宙人《うちゅうじん》と同等であろうと試行錯誤《しこうさくご》した結果なのかも知れない。あいつは、『正体不明』になりたかったのだ。

空気の読めないイトコに、純正地球人《じゅんせいちきゅうじん》の都会娘《とかいむすめ》と証明《しょうめい》されてしまったけどね。

「あ、そうだ。にわ君は携帯《けいたい》電話持ってる主義《しゅぎ》?」

「主義主張《しゅちょう》なく持ってる、クリスマスと元旦《がんたん》は同居《どうきょ》する派《は》。番号交換《こうかん》とかします？」

「しちゃいますか」スチャ、とスカートのポケットから取り出される蛍光《けいこう》ピンクのボディー。

病院内だからか、電源《でんげん》は切ってあるみたいだ。

「今は持ってないからさ、番号メモってくれない？　退院《たいいん》したらこっちからかけるよ」

「おっけー」鞄《かばん》からペンケースを準備《じゅんび》。そして腕《うで》まくりのポージングで茶目《ちゃめ》っ気披露《けひろう》。

いいなぁ、この順調《じゅんちょう》に回るやり取り。ハムスターの運動器具《きぐ》以下だったもんなぁ、エリオとのコミュニケーションは。海で大分《だいぶ》浄化《じょうか》されてたみたいだけど。

エリオと飛んだ、見渡《みわた》す限りの水平線を想起《そうき》して顔を上げる。

「…………」入り口に、何か見えてしまった。

センチメントの期間、未完終了《みかんしゅうりょう》。蜻蛉《かげろう》だってもうちょっと寿命《じゅみょう》まで粘《ねば》るぞ。

それは見舞《みま》いという善意《ぜんい》の欠片《かけら》ではなく、天然《てんねん》の悪意《あくい》の襲来《しゅうらい》だった。

「転校生、退屈《たいくつ》してたかい？」

制服《せいふく》マニアの前川《まえかわ》さんは、病院に来るからという理由でナスのコスプレをして俺の目の前に現れやがった。断じてナース服の誤植《ごしょく》ではない、インド原産のナスの一年草である。紫《むらさき》の着ぐるみの蔕《へた》部分からにょっきり顔を出し、両手が身《み》と皮《かわ》を貫《つらぬ》いて「やあ」とかやっている。

俺とリュウシさんの時間は確実《かくじつ》に二秒ほど停止《ていし》した。同室の人たちも季節外《きせつはず》れに氷漬《こおりづ》け。

空は青く高く澄《す》んで、俺たちをただ包《つつ》み込んでいた……とか急場《きゅうば》に作成した風景描写《ふうけいびょうしゃ》でお茶《ちゃ》を濁《にご》してなかったことにして場面転換《てんかん》したい。ていうか前言撤回《げんげんてっかい》、女の子だって無理《むり》はあります。別のものになってしまえばフォロー不可《ふか》です。

期待《きたい》した反応《はんのう》が巻《ま》き起こらないので、前川《まえかわ》さんは首を（ていうかナスを）傾《かし》げる。

「あれ……受けない？　病院だからナスとナースで」「説明は勘弁《かんべん》してください」

既《すで》に春の海より体内の水分を低温にされましたから。これ以上は、聞かされるこっちが頰《ほお》を染《そ》めて身悶《みもだ》えかねない。滑《すべ》ったギャグを説明されると、もはや屈辱《くつじょく》さえ感じるぞ。

お姉様《ねえさま》、権威《けんい》の失墜中《しっついちゅう》に気づかず。いや前川さん本人はご満悦《まんえつ》そうだけど。なんかこんな茄《な》子紫《すむらさき》の着ぐるみっぽいのが、○○ドナ○○のイメージキャラに昔《むかし》いなかったかな？

「これ、昔やってたバイトで着てたのを貰《もら》ったんだ。店仕舞《みせじま》いするからって」

俺は今のナス川さんをサイドボードにでも仕舞いたいです。貴女《あなた》そんな格好《かっこう》で病院の廊下《ろうか》や町の道路を歩いてきたんですか。スーファミのRPGと違《ちが》って装備《そうび》が見た目に反映《はんえい》される世《よ》の中なのだから、その勇気《ゆうき》と度胸《どきょう》は引っ込めて大人しく普通の服装《ふくそう》で生きるべきだとご忠言《ちゅうげん》したい。

「前川さん、そーいうキャラでしたか……」

ぎこちなく視線《しせん》を向けるリュウシさんが、固まりを解《と》きつつ同級生に憐憫《れんびん》含みの声をかける。

色々踏《ふ》み外《はず》そうと動じない前川さんは「んむ」と若干《じゃっかん》得意げに頷《うなず》き返す。

「ちゅーか前川さん、にわ君のお見舞《みま》い？」あれ、何か少しリュウシさん怖《こわ》い。

「それ以外の何だと？」こっちは別の意味で怖い。

俺はナスに見舞われるほど多岐《たき》に渡《わた》る交友範囲《こうゆうはんい》はないのだが。

でも、ナスとはいえ女子の前川さん。そして女子とはいえリュウシさん。この一ヶ月、はっきり言って善行《ぜんこう》なんて何も積《つ》んでないのに女子二人が見舞いに訪《おとず》れてくれるなんて、嬉《うれ》しいどころか不安である。俺、そろそろ死ぬんじゃないだろうか。

「ふぅーん、いつそんなに仲良《なかよ》くなったのかなぁ。クラスじゃ全然話してなーいーのーにー」

おや、リュウシさんの様子《ようす》が……ていうかヤキモチ？　まっさかぁ。でもリュウシさん、俺と前川さんの様子を教室で結構《けっこう》見てるのかな。

自意識過剰《じいしきかじょう》になって、後でお互《たが》いに傷《きず》つけ合わないようにしないとなー。

などと俺がにわかな悟《さと》りを開いている一方で、前川さんが馬鹿《ばか》になった。

「転校生と一夜《いちや》を過《す》ごしてからだな」

「「は？」」前川さん、二度目の時止め成功。特にリュウシさんが時間泥棒《どろぼう》の被害甚大《ひがいじんだい》みたいだ。瞬《まばた》き止まってるぜあれ。リュウシさんの着ぐるみを誰《だれ》かが着こなしてるみたいだ。

「あのな、そーいう冗談《じょうだん》は俺の素行《そこう》を貶《おとし》める可能性《かのうせい》が」「あんぎゃーお！」ほらぁ。

止まっていた反動か、リュウシさんの時が確実《かくじつ》に加速している。顔に滾《たぎ》る血液《けつえき》は頬《ほお》と目を充《じゅう》血《けっ》させ、その細い手首で脈《みゃく》を測《はか》ったら、医者に『自殺志願者《じさつしがんしゃ》かね？』と勘繰《かんぐ》られるだろう。

「一夜って言ったら夜だよ！　真っ暗なのですよ！」

いや都会《とかい》の夜は正直、暗闇《くらやみ》を『作らないと』見つからない環境《かんきょう》だと感じてるけど。

「冤罪《えんざい》、いや捏造《ねつぞう》だ！　そんな羨《うらや》ましい体験《たいけん》学習は実施《じっし》されとらん」

「羨ましいのかよぉ！」リュウシさんキレすぎ。もう収拾《しゅうしゅう》つけられない。

「おいこらキボネング！　あんたの一言《ひとこと》で俺の高校生活が瓦解《がかい》しそうになってんぞ！」

「いや、夜に逢《あ》った時間を全部繋《つな》げば一晩《ひとばん》くらいにはなるんじゃないかなーって」

「スーパーの福引《ふくび》き券《けん》じゃねえんだぞ！　合わせ技《わざ》にすんな！」

紫《むらさき》の悪魔《あくま》がもたらした真昼の悪夢《あくむ》に、精神は憔悴《しょうすい》する。反目《はんもく》するように、口論《こうろん》は激化《げきか》。

俺とリュウシさんは後半、宇宙語《うちゅうご》喋《しゃべ》り出してた。

気づけば、いつの間にか嵐《あらし》の主成分《しゅせいぶん》であるリュウシさんは病室から消え去《さ》り、残ったのは痛々《いたいた》しいナス女と、これからの入院生活の肩身《かたみ》を限界まで狭《せば》めて頭《ず》痛必至《つうひっし》な高校生だけだった。

「退屈《たいくつ》と退廃《たいはい》の入院生活に、爽《さわ》やかな風が吹《ふ》き込みましたね」

自然を撮影《さつえい》した番組のナレーション風《ふう》に事態の首を絞《し》め終えようとする前川《まえかわ》さん。

「暴風だろ。建造物《けんぞうぶつ》とか交流とか全部吹っ飛ばしていった」

「いやリュウシがあんなに良い反応《はんのう》見せるとは思わなかったよ。ラブ度高めだね」

「そんなことないし！　しかもリュウシじゃないし！」

駆《か》け足で噂《うわさ》の張本人《ちょうほんにん》が戻ってきて真《ま》っ赤《か》な顔で否定《ひてい》し、また競歩《きょうほ》で去《さ》っていった。

「転校生の召喚獣《しょうかんじゅう》かい、あれ」

「媒介《ばいかい》となる携帯《けいたい》電話の番号もまだ知らねーです……」なすびの乱入《らんにゅう》で聞きそびれた。

「平日《へいじつ》はほとんど顔合わせてるから、別にいらないんじゃね？　さて、そろそろこれ脱《ぬ》ぐか。いい加減《かげん》あっついし」

手長猿《てながざる》のイトコのような前川さんは器用《きよう》に背中のファスナーを下ろし、ナスを脱皮《だっぴ》する。中には本当にナース服の前川さんがいました！　という展開があったらいいね、と誰《だれ》も言わないから特に記念日は樹立《じゅりつ》しない。変形もしていない普通の制服姿《せいふくすがた》だった。

「前川さんはやっぱり制服コスが似合《にあ》うよね」

「コスじゃねーよ本職《ほんしょく》だよ」

パイプ椅子《いす》に横着《おうちゃく》に座《すわ》り、長い足を組む。いや本当に長い、先祖《せんぞ》に竹馬職人《たけうましょくにん》とかいても不《ふ》思議《しぎ》じゃないが、そんな発想に至《いた》る俺の頭は不可思議極《ふかしぎきわ》まりない。

「転校生、海に飛び込んだんだって？　今度は種族《しゅぞく》を魚類に転向するつもりだったのかい？」

揶揄《やゆ》を多分に含《ふく》んだ調子《ちょうし》で、行動の意味を尋《たず》ねてきた。

「いや空を飛ぶつもりだったんだけどね、ちょっと出力不足で落ちたわけ」

「なんだ鳥類の方か」「……それよりもっと、高く飛びたかったかな」

少なくともエリオは、大気圏突破《たいきけんとっぱ》とかしたかったんだろうし。

前川さんは足を組み直し、「ふぅん」と俺の何かを察《さっ》したように目つきを変え、前屈《まえかが》みになる。俺の奥《おく》にあるものを透視《とうし》しようという気概《きがい》が見て取れ、少し据《す》わりが悪くなる。

「藤和《とうわ》にさ、伝《つた》えといてよ。今度グレイの着ぐるみ貸してやるから一緒《いっしょ》に着ようって」

「……俺の行動、バレバレだったり？」「するかもね」「了解《りょうかい》。退院《たいいん》したら伝えとくよ」

見舞《みま》いには来ないだろうと、根拠《こんきょ》は言い表し辛《づら》いけど察していた。

「宇宙《うちゅう》には行けなかった、か。藤和は宇宙人の資格《しかく》なかったみたいだねぇ」

「当然のように、ね」

あんな低予算《ていよさん》、低努力で宇宙に行けるなら、三百年前に人類の進歩は終了《しゅうりょう》している。多少の身《み》の危険を天秤《てんびん》にかけて、やっと得《え》られるのが体感できた数秒間の飛翔《ひしょう》と浮遊感《ふゆうかん》なのだ。

前川《まえかわ》さんが身体《からだ》を引いて背筋《せすじ》を伸《の》ばし、嘲笑《ちょうしょう》の口端《こうたん》を別の曲《ま》げ方に変更《へんこう》する。

「まぁ関係ないけど今年の夏は一緒に海でも行こうか」

「有言実行《ゆうげんじっこう》に関係ないスねお姉様《ねえさま》」

「エラと鱗《うろこ》がチャームポイントな魚のコスプレが見られるよ」

「いや自分、魚《さかな》　柔道着《じゅうどうぎ》マン一筋《ひとすじ》ですから、他の魚類に色目《いろめ》を使うのはちょっと」

「どーん！」まだ帰ってなかったリュウシさんが前川さんに体当《たいあ》たりをかましに戻ってきた。

見た目はリュウグウノツカイ、中身はメダカの前川さんは、二回り近く小柄《こがら》のリュウシさんに押し負《ま》けて、「おわっちょ」俺のベッドに倒《たお》れ込んできた。右腕《うで》を咄嗟《とっさ》に庇《かば》ったはいいけど、結果として前川さんを押し退《の》けるものがなくなって綺麗《きれい》に俺の膝上《ひざうえ》へ覆《おお》い被《かぶ》さることになる。

「うぃーん！」リュウシさんがオノマトペ何だか怒《いか》りの表現何だか線引きの難《むずか》しい鳴き声をあ

げつつ、前川さんの身体の下へ手を入れ、ベッド上からパイプ椅子《いす》へ強制《きょうせい》連行した。

前川さんが抱《だ》きかかえられて運ばれる様《さま》は、サーフボードの形態模写《けいたいもしゃ》のようだ。

「何するんだよ」と言いつつも、にやにやと意地《いじ》の悪さを発揮《はっき》する前川さん。

「ショルダーチャージの季節《きせつ》なのです」

リュウシさんがスポーツの秋から抽象性《ちゅうしょうせい》を省《はぶ》き、攻撃性《こうげきせい》を加えた新たな月の風物詩《ふうぶつし》を提唱《ていしょう》する。そして「ぴんぽんぱんぽーん」と、お知らせ前の振りにしては人間味のありすぎる効果《こうか》音《おん》を自演《じえん》した。

「海は禁止です」

「ホワイ」

前川さんの英語《えいご》の発音はやたらあか抜けている。でも文字にしたらきっと俺と大差《たいさ》なし。

「クラゲがいるからです」

「は？　クラゲ？」

「イエス、プヨプヨ」

両手の指をふにふに曲げて、その感触《かんしょく》を伝えようとしてくる。

「つまり、男女で海へ行っては……違《ちが》うか。転校生と海へ行っては駄目《だめ》と」

前川さんは読解能力《どっかいのうりょく》も高め設定《せってい》のようです。初期《しょき》エリオの日本語《にほんご》も訳《やく》せたことでしょう。

リュウシさんは病院内をじたばたして、すっかり冷静《れいせい》さをなくしているようだった。

「にわ君とか関係ないの、男女で海！　もうヒィイーなのですよ、不純異性《ふじゅんいせい》何とかです！」

「そんなこと言ったら転校生なんかどうなる。海どころじゃないよ」

矛先《ほこさき》を致命傷《ちめいしょう》の方向に持っていく前川《まえかわ》さんは素敵《すてき》に他人事《ひとごと》だ。

「そ、そんにゃハレンチックなことをしてるですか！」

ロマンチックと二文字違《ちが》いの造語《ぞうご》だが、随分《ずいぶん》と使い勝手《がって》に改悪《かいあく》が加《くわ》わっていそうだな。

「なんだ、何も知らなかったのかい？　転校生は藤和《とうわ》のイトコなんだよ」

おい、『言わない方がいいね』はどこ行った。リュウシさん、三度凍結《とうけつ》しただろ。

物語の尻尾《しっぽ》は見えだしているというのに、何故新《なぜあら》たに問題を掘《ほ》り出していくんだよ。

……いやまあ、嘘《うそ》じゃないんだから、否定《ひてい》しないんだけどね。少なくとも、俺は。

それで疎遠《そえん》になったとしても、仕方《しかた》のないことと割《わ》り切れる。

何故《なぜ》なら、俺は正しいことをただ伝《つた》えるだけなのだから。

それが正解でない場合は、今の世《よ》の中に多々《たた》あるけれど。

自分が納得出来《なっとくでき》るのは、そういう言い分しかない。

だから俺はエリオの妄想《もうそう》を、破壊《はかい》したのだ。

救《すく》うという、アフターケアを無計画《むけいかく》で、無責任《むせきにん》に。

……帰ったら、何をするかはもう決めてある。

色々と観念《かんねん》したので、ユメナマコのように内臓《ないぞう》だけじゃなく、脳味噌《のうみそ》までさらけ出しておくことにした。

澱《よど》んだ思考の水溜《た》まりが、リュウシさんの自家発熱で全《すべ》て蒸発《じょうはつ》しますように。

「ていうか、エリオと一緒《いっしょ》に住んでるんだけどね」

「「な……なんだってー！」」

いや、片方《かたほう》は知ってただろ。


振り返ると、そこまで楽しい過程《かてい》ではなかった気がする。

まだ思い出補正《ほせい》のかかっていない剝《む》き出し状態《じょうたい》だからな。後《あと》、一、二年は経過《けいか》しないと細部が美化されていかないだろう。されたところで『僕がナスを嫌《きら》いになった理由』とか番外編《ばんがいへん》の短編《たんぺん》っぽいタイトルが一つ出来上《できあ》がるだけで、価値観《かちかん》の底上げには繫《つな》がりそうもないけど。

そうこうしているうちに、タクシーにどんぶらこと揺《ゆ》られて道路という生活の川を通り、第二の家に到着《とうちゃく》する。料金をなけなしの小遣《こづか》いで支払《しはら》い、車外に出た。

初めてこの家を訪《おとず》れた、春休み最後の日のように数歩《すうほ》離《はな》れた位置《いち》から家全体を見渡《みわた》す。懐《なつ》かしの我《わ》が家《や》って感慨《かんがい》はない。

それもこれもあれもどれも、みんなひっくるめて全《すべ》てはまだまだ先のこと。

物語は、ここから始まるのだと思った。

「……よし、第一部完《かん》。続いて第二部な」

ちなみに構想《こうそう》は八十七部まであります。毎日が誕生日的《たんじょうびてき》なのです。

軽やかに入り口の扉《とびら》を横へスライドさせ、(どうでもいいけど、この扉を開ける度《たび》に世田谷《せたがや》の海産物《かいさんぶつ》一家の玄関《げんかん》を思い出すのは俺だけだろうか)「ただいまー」とか細く挨拶《あいさつ》。

そして少し待《ま》っていると二階から慌《あわ》ただしい足音が急降下してきて、『マコ君おかえり!』と満面の笑顔《えがお》のエリオが出迎《でむか》えてきたら素直《すなお》に腰《こし》を抜かすか顎《あご》を外《はず》すが、そんなお約束《やくそく》と理想の境地《きょうち》に藤和《とうわ》家《け》が至《いた》っているはずもなく。懐《なつ》かしい過疎《かそ》空気をひしひしと感じるぜ。

「……ん?」

玄関ではメモ用紙がまた文鎮《ぶんちん》プレイ中で、どうやら、三週間ぶりの俺の出迎《でむか》えは生物以下で事足《ことた》りてしまうと判断されているようだった。座敷童《ざしきわらし》でも奥《おく》から出てくればいいのに。

紙袋《かみぶくろ》を置いてから、左手で文鎮とメモを拾う。メモ用紙には丸々と太って油染《あぶらじ》みた、『真《まこと》くんおかえり』の七文字。レインボーだった。わざわざ使用する蛍光《けいこう》ペンを一文字ずつ変えて、世界一《せかいいち》安っぽいパチンコ屋のネオンみたいになってる。何故《なぜ》か紫担当《むらさきたんとう》の『り』だけ異様《いよう》に汚《きたな》く、また野太《のぶと》い。目を凝《こ》らして、その理由を探《さぐ》ってみる。……なるほど。

どうも、赤ペンの上に青ペンを重ねたら紫色にならないか実験してみて、何だか黒っぽくなっちゃったなぁという状況《じょうきょう》を強引《ごういん》に紫ペンで塗《ぬ》り潰《つぶ》したみたいだ。裏側《うらがわ》から見ると、その実験の跡《あと》がありありと残っている。相手《あいて》が女々《めめ》さんじゃなければ素直《すなお》に可愛《かわい》いなぁと思えたものを。

手の中の使い捨て握力測定器《あくりょくそくていき》をどうするかと考えつつ、靴《くつ》を脱《ぬ》ぐ。家に上がり、「あぁ？」見ると通路の壁《かべ》や床《ゆか》にもべたべたとメモ用紙が貼《は》ってあり、現代における電報《でんぽう》ばりに回りくどい伝言《でんごん》を施《ほどこ》されていることに気づいた。手近な一枚を取ってみる。

『戸棚《とだな》の中のおやつは腐《くさ》ると思います』

「助けてやれよ」鬼《おに》かお前は。エンゲル係数《けいすう》の敵《てき》め。

そして某磯野《ぼういその》さん一家を意識《いしき》しすぎ。人数も足《た》りないってのに。「えーと、無理矢理《むりやり》当てはめるなら俺が、何だマスオ……いやカツオ。エリオは、サザエ……ワカメ。女々《めめ》さんがフネさん……」まあどうでもいいか。言及《げんきゅう》を断定すると後が怖《こわ》いという結論《けつろん》も出たし。

相手をするのが二枚目にして面倒《めんどう》になってきたので、次々に引っ剝《ぱ》がしては手の平で圧縮《あっしゅく》する作業に取りかかる。その単純《たんじゅん》作業は快調《かいちょう》に進み、俺の足取りも軽い。

この際《さい》だから全部握《にぎ》り潰《つぶ》そうとメモ用紙に導《みちび》かれていったら、台所まで続いていた。野菜籠《かご》に貼られたそのメモ用紙が最後らしい。

その一枚だけ目を通して、感想を尋《たず》ねられたらそのことに関して終始《しゅうし》すればいい。夏休みの読書感想文も本の内容の前半にしか言及《げんきゅう》してなくても、何とか書けるものだし。

『冷蔵庫《れいぞうこ》にお祝《いわ》いのケーキが入ってます。賞味期限《しょうみきげん》ギリギリだから、早めに食べてください』

「こういうのでいいんだよ、こういうので」

有益《ゆうえき》な情報《じょうほう》だけには従《したが》う。

冷蔵庫《れいぞうこ》を開く。

女々《めめ》さんが入っていた。

「ヒイイイイイ！」恥《はじ》も外聞《がいぶん》もなく恐怖《きょうふ》新聞が届《とど》いたかの如《ごと》く絶叫《ぜっきょう》して飛び退《の》いた。尻《しり》もちを突《つ》いて後退《こうたい》する際《さい》に右腕《うで》を何度か棚《たな》に打った気もするが、精神（恐怖《きょうふ》）が肉体（痛覚《つうかく》）を凌駕《りょうが》してるので気に留《と》める余裕《よゆう》がない。

膝《ひざ》を畳《たた》んで不格好《ぶかっこう》な体育座《ずわ》りとなって、首は右の急角度に曲げて押し込まれて、冷蔵庫に収《おさ》まりきってしまっている女々さん。白目《しろめ》を剥《む》き、舌《した》がでろり。

エリオ？　エリオなのか？　アーユー、U．N．オーエン？

何で最後の最後にして急なミステリ展開に？　ラブコメ飽《あ》きたかこの野郎《やろう》。

第二部、偶然《ぐうぜん》階段から人を突き落としてしまって仕方《しかた》なく放置して逃げたら他の誰《だれ》かが死体を冷蔵庫に仕舞《しま》ってしまったさてどうしよう編《へん》が始まるのか？

「ま、こ、くん……」

生きてる！　え、生きてんの？　生肉《なまにく》だけど生きてる！

でも不用意に近寄りたくない！　つうか足がすくんでる！

「さむ、い……よぉ」

「あ、うあ、はい……え、あ、はい！」ようやく、床《ゆか》にぶつけて痛む尻をあげて無様《ぶざま》に駆《か》け寄ることが可能《かのう》となった。紙袋《かみぶくろ》を放り捨て、冷蔵庫にかぶりつく。

「だう、大丈夫《だいじょうぶ》、ですか」恐《おそ》る恐る、その右手に触《ふ》れてみる。

……ん？

「凍死《とうし》しそう、だから、マコ君の人肌《ひとはだ》で暖《あたた》めて……」

「……………………」その時、俺に電流《でんりゅう》走る。

一度、冷蔵庫を閉めてみた。一歩引いて、暫《しば》し待《ま》つ。

「……………………………………………………」ノックしてみた。

「どうぞー」随分《ずいぶん》とホットなお返事じゃねえか、あぁん？

「おいコラ」力強く冷蔵庫を開けてみた。省《しょう》エネ社会に真《ま》っ向《こう》から反する、実に電気代を無駄《むだ》にする愚行《ぐこう》だと自覚《じかく》はしている。少なくとも、外側にいる俺はな！

「マコ君つれなーい」ブラウンの瞳《ひとみ》を恋《こい》する乙女《おとめ》の如《ごと》く揺《ゆ》らすな、サミングしたくなる。

「こっちは一瞬《いっしゅん》首を吊《つ》りたくはなったけどな。……聞きたかないけど、何やってんですか」

「涼《りょう》を取っておりました」

「了《りょう》でいいよあんたもう」

「あっはっは。どっこいしょ、んしょんしょ、んがー！」

頑張《がんば》って冷蔵庫の縁《ふち》を掴《つか》んで四苦八苦《しくはっく》して、自力《じりき》で女々さんが床に落ちた。新手《あらて》の貞子《さだこ》みたいな挙動《きょどう》だ。

立ち上がり、首筋《くびすじ》を揉《も》みながら「てへへ」とペコちゃんばりに舌を出す。

「あー超《ちょう》首痛《いた》いし☆」

「そのまま星《ほし》になれ」むしろ俺をあんたのいない宇宙《うちゅう》か別天地《べってんち》へ連れて行ってくれ。

「よい子のみんなは真似《まね》しちゃ駄目《だめ》だゾ！」

「この人の存在《そんざい》は完全なるフィクションです」

むしろぼくの出来《でき》の悪い妄想《もうそう》です。さぁそろそろエンドマークつけて話終わらそう。

「マコ君、どこ行くの？　ここに低体温症《ていたいおんしょう》になりそうな迷《まよ》える羊《ひつじ》が一匹《いっぴき》いるのに」

「ほっときゃ治《なお》るよ。あんたが変温《へんおん》動物じゃなきゃね」

「せっかく五分ぐらい前から頑張《がんば》って入ってたのに、マコ君冷たい」

冷たいのはあんただよ。指先ひんやりしすぎだよ。二《に》の腕《うで》揉まないでくれ。

「大体、仕事《しごと》はどうしたんですか」

「今日はお休み」

「ていうか、何の仕事してるんですか」

「ナ・イ・チョ」

「……………………」男だったらグーで殴《なぐ》ってる。

「そんなことよりね、叔母《おば》さんが入れるぐらい冷蔵庫《れいぞうこ》が空《から》っぽなことを憂《うれ》うべきなのよ」

「頭の中に小人が五十人は移住《いじゅう》できそうなあんたの空っぽぶりを嘆《なげ》くよ！」

今にリトルピープルが一帝国《いちていこく》を築《きず》き上げるぞ。

「マコ君は長い入院生活で糖分《とうぶん》が不足しているとみた、何だか怒《おこ》りっぽい」

「カルシウムはたくさん取ったはずなんですけどねぇ、いやぁ人をイライラさせるのが上手《うま》い大人が半径《はんけい》五十センチ以内で好《す》き勝手《かって》やってるみたいなので」

「或《ある》いは人目の多い環境《かんきょう》にずっといたから欲求不満《よっきゅうふまん》なのね」

「冷蔵庫に帰れ。天《あま》の岩戸《いわと》代《が》わりにしていいから」

「つまりここはやっぱりケーキの出番ってことよ。貰《もら》い物だけど」

またも開かれる冷蔵庫。微量《びりょう》に漏《も》れる冷気がもの悲しい。

「あ、ごめん。叔母さんの腰《こし》でケーキぐしゃぐしゃ」粉砕《ふんさい》した青い紙箱《かみばこ》を見せつけてくる。

「いいんです、俺のおセンチな気分もぐっしゃぐしゃになりましたから」

もういいよー、終わろうぜ、エンドロール流してよー。

グシャグシャのエンドロールでいいからさー。

すっかりやさぐれてしまった。ま、半分ぐらいは照《て》れ隠《かく》しなんだけどさ。

本気でエリオが母親を殺したんじゃないかって、少し心配《しんぱい》してしまったから。

「よーし、じゃあマコ君の出所祝《しゅっしょいわ》いに」「退院祝《たいいん》い」「そうそう、それ。お昼はお外でご飯《はん》食べましょうか。といっても近所のファミレスだけどね」女々さんの周囲《しゅうい》に♪が漂《ただよ》い出す。

この人絶対、ドリンクバーでガソリンみたいな色の飲料を作り出す気だ。

「というわけで、エリオ呼んできて。二階にいるから」

確執《かくしつ》も気まずさもあっけらかんと他人事《ひとごと》に、女々《めめ》さんが言う。

「俺が、ですか？」

女々さんは年相応《としそうおう》に落ち着いた、包容力《ほうようりょく》に溢《あふ》れる微笑《ほほえ》みで全《すべ》てを肯定《こうてい》する。

「それがこの家での、マコ君のお仕事《しごと》よ」

「……っ」善意《ぜんい》の感情に気圧《けお》されそうになるのは、それが初めてだった。

蹈鞴《とうしゅう》を踏《ふ》む右足。振り払《はら》いたくなる鳥肌《とりはだ》。

脳味噌《のうみそ》の固まり具合《ぐあい》が半端《はんぱ》なく速いな、この人。

見透《みす》かすとかそんな次元《じげん》を超《こ》えて、愛《いと》おしげに世界《せかい》に笑いかけてくるし。

年齢《ねんれい》が干支《えと》一回分逆行《ぎゃっこう》した叔母《おば》さんにならつい惚《ほ》れてしまいそうになった。

流石《さすが》ギャップ萌《も》えキャラ、本当に極稀《ごくまれ》に奇跡《きせき》の確率《かくりつ》をくぐり抜けて、キレの良い台詞《せりふ》を吐《は》く。

一分前に冷蔵庫《れいぞうこ》から這《は》い出てきた人の脳味噌とその唇《くちびる》が繋《つな》がってるとは思えないぐらいだ。

「でも、偶《たま》には女々さんが呼んできたらどーです？　普段《ふだん》は冷たいことですし」

「あら、普段というか、マコ君が来る前はもっと普通に娘《むすめ》と過《す》ごしてたわよ」

ほぉ、普通に。懐疑的《かいぎてき》な目線《めせん》をぶつける。布団《ふとん》と普通に暮《く》らすと、一緒《いっしょ》に寝転《ねころ》ぶぐらいしか出来《でき》ませんな。

「私がエリオに冷たかったら、きっとマコ君が構《かま》ってくれて、色々何とかしてくれるでしょうって期待《きたい》してたの。全て計算どーり！」

……その立ってる親指、本当かよ。いや確《たし》かに冷たいけどね、あんた。物理的な意味で。

何とも後付《あとづ》け臭《くさ》い見通しの良さですこと。……まぁいいや、過去《かこ》は不問《ふもん》にするよ。

「分かりました。じゃ、行ってきます」


二階。二つの部屋《へや》、一人の住人。だけど今日から、また二人。

二週間離《はな》れて、改《あらた》めてこの家に入って分かったこと。

この家の匂《にお》いは、エリオの匂いなのだと気づいた。

甘《あま》いわけじゃなくて、心沸《わ》き立たせることもなく。

だけど、足の裏《うら》まで染《し》みる落ち着きを提供《ていきょう》してくれる、心地《ここち》良《よ》い匂いだ。

エリオの部屋を覗《のぞ》く。

「……………………」挨拶《あいさつ》しかけた舌《した》を、一時停止。

布団にくるまっていた。しかも今度は、足の指先以外は全身《ぜんしん》。

何だこの蓑虫《みのむし》は。

駄目《だめ》な方向への成長が窺《うかが》える。

まあいい、まずはとにもかくにも、ご挨拶《あいさつ》からだ。

腹《はら》の底から元気よくっ！

「……ただいまー」

「っ！」景気《けいき》よく飛び跳《は》ねる。うお、しかも布団《ふとん》から足が生《は》えた。前傾姿勢《ぜんけいしせい》ながらも立ち上がり、しゃかしゃかと部屋《へや》の隅《すみ》へ逃げていく。

ヤドカリかこいつは。或《ある》いはコロネに偽装《ぎそう》していたワームから足が出てきた感じ。

うわ、気味《きみ》悪い。深海《しんかい》生物はキモ可愛《かわい》いが、昆虫類《こんちゅうるい》はキモ専《せん》すぎて好《す》きになれないのだ。

「で、でた」

「人を怪人扱《かいじんあつか》いするな。むしろお前が出ろ」布団から。

ぺた、と女の子座《ずわ》りになったエリオは、布団から頭部だけにょきっと生やす。形がボーリングのピンみたいだな。押して倒《たお》して転がしてみたくなる。

「……腕《うで》、だいじょうぶ？」

「痒《かゆ》くて仕方《しかた》ないこと以外は」

後、お前のカーチャンに驚《おどろ》かされて棚《たな》でぶつけた時からなんかそこが凄《すご》く痛《いた》いこと以外は。

「ごめん」

殊勝《しゅしょう》だ。まともだ。でも布団巻《ま》きついてるから笑いがこみ上げてくる。

随分《ずいぶん》と日本語《にほんご》の語彙《ごい》が減少している……が、コミュニケーション能力は正常化したみたいだ。

「改《あらた》めて」

「ん？」

「藤和《とうわ》エリオ、十六歳。職業《しょくぎょう》は……家事手伝《かじてつだ》いです」

「女子は言葉《ことば》の逃げ道があっていいネ」

男子には直球勝負《しょうぶ》しかないのですよ。

「イトコが帰ってきた」俯《うつむ》きがちな視線《しせん》ながらも、俺を視界《しかい》から外《はず》そうとしない。

「うむ。で、女々《めめ》さんが外でご飯《はん》食べようってさ。お前を呼びに来た」

「ん」饒舌《じょうぜつ》じゃなくなったら寡黙《かもく》。極端《きょくたん》な舌《した》だな。

「布団《ふとん》は脱《ぬ》いでけよ」

「……ん」少し残念そうに顔を伏《ふ》せる。何でだよ。

よく観察《かんさつ》すると、布団の柄《がら》が今まで見たことない花模様《はなもよう》だ。菖蒲《しょうぶ》の紫色《むらさきいろ》が艶《あで》やかな、煎餅《せんべい》ではなく焼いた餅《もち》の膨《ふく》らみを保持する布団。

もしかしてそれ、精一杯《せいいっぱい》のお洒落《しゃれ》？　歓待《かんたい》されてんの、俺？

都会《とかい》っ子はどんな雑誌《ざっし》からファッションの知識《ちしき》を吸収《きゅうしゅう》してるんだろう。月刊木綿《げっかんもめん》？

ずるずると、エリオが布団の上から身体《からだ》を引きずり出して床《ゆか》へとその身《み》をさらけ出す。

蛇《へび》の脱皮《だっぴ》みたいに布団を残し、四肢《しし》が現れて部屋《へや》の床を踏《ふ》む。

どうしてこの親子は、挙動《きょどう》が全体的に悪い方向へ生々《なまなま》しいんだろう。

立ち上がり、服《ふく》の皺《しわ》を直すエリオ。憑《つ》き物が落ちた表情は無理《むり》な筋肉《きんにく》の歪《ゆが》みもなく、身体全体を自然体《しぜんたい》に保っている。

「宇宙人《うちゅうじん》、いないのかな」望遠鏡《ぼうえんきょう》を見つめながら、寂寥《せきりょう》を込めて呟《つぶや》く。

「さぁね。俺が証明《しょうめい》したのは、お前がイトコで家事手伝いの引き籠《こ》もりだってことだけだ」

「なんか、ろくでなし扱《あつか》いされてる気がする……」

「気にするな」俺が養《やしな》ってやっから！「なわけないだろ」

「は？」

「いやほんと気にしないで」

肩を回して、話をはぐらかす。危《あや》うく出来《でき》もしないことを取り敢《あ》えず言ってしまうところだったぜ。

「あー……うん」

「ん……」お互《たが》い、ただ立ち尽《つ》くしてるのが辛《つら》くなって愛想《あいそ》笑いを見合わせる。

微妙《びみょう》な間《ま》が生まれる。後は、玄関《げんかん》に行こうってわけなのだが。

仕事《しごと》だけじゃなく、俺個人にも用事があるわけで。

「ちゅーか、なんだな」

言い淀《よど》む。後頭部《こうとうぶ》に手をやり、言葉の後押《あとお》しを図《はか》る。押し出しにも近い。

「なんだな？」

「夢《ゆめ》を壊《こわ》して、悪かったな」

帰ってエリオに会ったら、まず謝《あやま》ろうと病院で決めてきた。

「……？」

「本人が本気で見ていて、それで納得《なっとく》とか出来《でき》てるんなら、余計《よけい》なお世話だったろうって」

顔を町の地図に向け、正確《せいかく》に言えばエリオから逸《そ》らす。

間違《まちが》った方向性《ほうこうせい》だけど、迷《まよ》いをなくして胃腸痛《いちょういた》めず、それなりに折《お》り合いつけて生きていくには、エリオの目指《めざ》したものは非難《ひなん》される必要《ひつよう》ないんだけど。

でもお前はまだ、壊《こわ》れていないと思ったから。

まだ引き返せると思ったから。

だから、破壊《はかい》しちゃったのだ。

「いいよ。イトコはきっと、間違ってないことをした」

微妙《びみょう》な言い回しで、肯定《こうてい》と否定《ひてい》の境界線《きょうかいせん》を綱渡《つなわた》りするエリオ。

破壊だけで解決出来なかった俺を、徹頭徹尾《てっとうてつび》正否《せいひ》どちらかの対象《たいしょう》にすることも出来ず。

でも、まだ続きがあった。

「記憶《きおく》、なくなってて怖《こわ》いけど……」

そこで間を取り、

振り返り終えたように、顔を上げて。

「イトコのお陰《かげ》でちょっとだけ飛べたから。凄《すご》く、スカッとした」

晴《は》れ晴《ば》れ五月《さつき》晴れな笑顔《えがお》で、不安に一馬身差《いちばしんさ》をつけて歩き出すエリオ。

粒子《りゅうし》、完全復活《ふっかつ》だ。目がチカチカして、その顔を直視《ちょくし》しづらい。

「だからお礼《れい》に、これを渡《わた》す」

「礼？」

エリオの手が伸《の》びてきたので、咄嗟《とっさ》に受け取る。

下着だった。

床《ゆか》に叩《たた》きつけた。

本当は天井《てんじょう》に投げ飛ばしたかったが、もしそれが俺の頭に落ちてきたら一生物《いっしょうもの》の恥《はじ》をフォトグラフとなるので自制《じせい》した。

「何する」

「お前が何をしてるか！　まだ電波残留《でんぱざんりゅう》しとんのか！」

「イトコは以前、母にギャルのパンティーを所望《しょもう》していたから」

「なー！」

とんでもない伏線張《ふくせんは》られてた！　つーか聞いてたのかよ！　バッカじゃねぇの！

「お前には冗談《じょうだん》の真偽《しんい》を見抜く能力《のうりょく》が欠《か》けてるのか！」

「熟慮《じゅくりょ》した結果、用意に至《いた》ったけど？」

粒子頭《あたま》を手の平でぶっ叩《たた》いておいた。名誉毀損《めいよきそん》で訴《うった》えるぞ親子共々《ともども》。

あーもう。シリアスな空気だけが早々に退散《たいさん》していく。残るは気怠《けだる》さとグダグダの根粒《こんりゅう》だけ。

「とにかくっ」

「ん」

「記憶《きおく》の方は、俺は何にもしてやれそうにない。悪いが」

強引《ごういん》に真面目《まじめ》な話に戻した。

「いい。自分で何とかする。やることそれしかないから、丁度良《ちょうど》い」

目を閉じながらうっすらと微笑《ほほえ》みを口端《こうたん》に残し、エリオが先に部屋《へや》を出る。

閉じたままでも、家の中なら何処《どこ》に何があるか全《すべ》て分かるみたいだ。正確に俺の方向を振り向き、冗談《じょうだん》めいた調子《ちょうし》で告《つ》げる。

「学校、辞《や》めなきゃ良かった」

「そだな、就職《しゅうしょく》とか有利《ゆうり》だしね」

「ううん、違《ちが》う」とエリオがぶんぶん首を振ってばんばん粒子《りゅうし》をまき散《ち》らす。

それが降りかかれば、平凡《へいぼん》な家の通路も純金《じゅんきん》のふりかけをまぶした白米《はくまい》となるだろう。

別にそんなもの嬉《うれ》しかないけどな。

「イトコと学校行くの、楽しそうだから」

……ごふ。

連れ添《そ》って階段を下りながら。

小さな真実《しんじつ》の可能性《かのうせい》について、少しだけ思案《しあん》。

あの時。

空を飛んだ日。

自転車の速度が急激《きゅうげき》に上がらなかったら飛距離《ひきょり》を稼《かせ》げず、絶壁《ぜっぺき》に接触《せっしょく》して転《ころ》がり落ちて、『高校生二名、謎《なぞ》の落下事故死《じこし》』だったかも知れない。

何故《なぜ》、最後、直前になって自転車は元通《もとどお》りの機能《きのう》を取り戻せたのか。

纏《まと》めて偶然《ぐうぜん》で片付《かたづ》けるのも、ありなんだけど。

……でも、
宇宙人《うちゅうじん》は何処《どこ》にいる？

その疑問符《ぎもんふ》が取れない限りは、幾《いく》らでも意味と価値《かち》のある問題なんだよ。

藤和《とうわ》エリオは地球人《ちきゅうじん》だ。改造《かいぞう》人間でもない、ちょっとした記憶喪失《そうしつ》。

だけどひょっとしてこいつは本当に、この町を見守る宇宙人とやらに愛《あい》されてるのかもな。


外に出ると、女々《めめ》さんが愛車《あいしゃ》を道路で停車《ていしゃ》させて俺たちを待《ま》ち構《かま》えていた。

勿論《もちろん》、自動車などという反《はん》エコかつ最高に便利《べんり》な乗り物じゃなくて、シティーサイコー、俗《ぞく》称《しょう》で言うとママチャリね。

「おっそーい。日焼けしちゃうから早く出てきて欲《ほ》しいですわー、すわすわ」

短期間にちゃっかり化粧《けしょう》までし直している。

「まさかそれに三人で乗ってく気ですか？」

まさかと言いつつそれしかねえんだろうな、と諦《あきら》めがよぎる。

「大丈夫《だいじょうぶ》、叔母《おば》さんドライバーペーパーだから。軽い軽い」

「意味不明の極《きわ》みだよ」暑さか寒さ、どっちで脳《のう》をやられたんだい？

「誰《だれ》が運転？」エリオが真《ま》っ当《とう》な日本語《にほんご》で会話に口を挟《はさ》む。女々《めめ》さんは特に色めき立たず、自然とその相手《あいて》をする。

「そりゃーマコ君でしょ。で、私が荷台《にだい》に乗《の》ると。わー甘酸《あまず》っぱい」

「腐《くさ》りかけですからね、そりゃー熟成《じゅくせい》されて甘いわけだ」そしてマコ君呼ばわり定着。

俺、これ見よがしに怪我人《けがにん》なんだけど。別に自転車だから片手《かたて》運転で問題ないが。

「それでエリオは何処《どこ》に乗るんだ？」

「「ここ」」親子で指定が被《かぶ》った。勿論《もちろん》、エリオの指定席《していせき》っていうのは自転車の籠《かご》だ。

「曲乗《きょくの》りの練習してんじゃないんだからさ……」

……まあ、いいけど。

籠にエリオを尻《しり》から突《つ》っ込み、荷物とする。女々さんは荷台に腰《こし》を下ろし、人の腰に手を回してくる。「抱《だ》きつかないでください」

「その台詞《せりふ》には何割《なんわり》のツン要素《ようそ》が含《ふく》まれてるの？」

「割じゃなくて厘《りん》で、三ぐらいかな」

「わたしへの態度には？」

「秒速五センチメートルぐらい」

ペダルをこぎ出す。一足回すだけでも重い。

俺が動かしたというより、留《と》め具《ぐ》が外《はず》れて勝手《かって》に坂を下りだした、という雰囲気《ふんいき》だ。

やっと回り出した車輪《しゃりん》は微妙《びみょう》に安定を欠《か》いたまま、前進する。

自転車含《ふく》めての四人五脚《きゃく》は、いつまでも『緩《ゆる》やか』から脱却《だっきゃく》出来《でき》そうになかった。

「重力、最高に鬱陶《うっとう》しいわー」

「同感」


今日も自転車は空を飛ばない。

宇宙人《うちゅうじん》じゃない俺たちを、地球《ちきゅう》の何処かへ運んでいく。

あとがき

これを書いてる人間は『自分が受賞者《じゅしょうしゃ》でもない授賞式《じゅしょうしき》など誰《だれ》が行くか！』などと平気で言ったりする妬《ねた》み深さと負けず嫌《ぎら》いでやる気の十割《わり》を補《おぎな》う真《まこと》にアレな性格なのですが、そんなことを言いつつも実は受賞歴《れき》があったりします。最終選考《せんこう》で物議《ぶつぎ》を醸《かも》したとかもう古い。

賞の名前は第一回『直〇賞』。間違《まちが》っても木ではない。人に話す時は『うん俺さ、なお……賞取ったよ』とか語尾《ごび》を濁《にご》すと非常に効果《こうか》的《てき》。ちなみに編集さんの名前は小山直子《おやまなおこ》さんです。

わーびっくり。

その他、提出するプロットは空欄抜《くうらんぬ》きにすると四行で終わって驚《おどろ》きの白さだったり、新宿《しんじゅく》駅《えき》の東口から南口へ行こうとしたら代々木《よよぎ》駅に着いてしまったり未《いま》だにブラインドタッチ出来《でき》なかったり編集部のホワイトボードに落書きしたりと色々ありましたが今作も無事《ぶじ》出版《しゅっぱん》出来ました。これも周囲《しゅうい》の多数のご助力《じょりょく》と、読者の皆様がいてくださったお陰《かげ》です。

作家をここまで続けられるとは正直、思っていませんでした。

あとがきのネタがあまりにないので、次作はあとがきの代わりに一ページのショートショートが登板《とうばん》する予定です。次作があればだけどな！

　今回も本書の作成に尽力《じんりょく》してくださった編集のお二人には感謝《かんしゃ》を禁《きん》じ得《え》ません。多少無茶《たしょうむちゃ》な日程《にってい》で書いた今作品がこうも早く日の目を見られて、大変ありがたく思います。

　またイラストを担当《たんとう》して下さりましたブリキ様。この謝辞《しゃじ》を書いている時点ではラフしか拝《はい》見《けん》しておりませんが、書店に並ぶ際《さい》には素敵《すてき》なイラストで購買力《こうばいりょく》を高めて頂《いただ》けていることと信じています。

　その他、『俺は何でも知っとる！』と豪語《ごうご》した二秒後に『あれなんだっけ』とか人に聞く五十三歳と、ここに書くようになってから迂闊《うかつ》な発言をしなくなった母にも当然ながら感謝しています。それと数年前、『お前なんかが作家になれたらエラ呼吸《こきゅう》だけで生活したるわ！』とか鼻で笑ってくださった水彦君《みずひこくん》から一向《いっこう》に連絡がないのは少し心配です。元気にエラ呼吸しながらこの青空の下を歩くそのお姿《すがた》を拝見するのを、心待《ま》ちにしています。

　最後になりましたが、これが初めての方も、今までの作品から継続《けいぞく》してくださってる方にも、本書に目を通して頂いた全《すべ》ての読者の方に最上の感謝を捧《ささ》げます。ありがとうございました。

入間《いるま》人間《ひとま》

◉入間人間著作リスト

「嘘つきみーくんと壊れたまーちゃん　幸せの背景は不幸」（電撃文庫）
「嘘つきみーくんと壊れたまーちゃん2　善意の指針は悪意」（同）
「嘘つきみーくんと壊れたまーちゃん3　死の礎は生」（同）
「嘘つきみーくんと壊れたまーちゃん4　絆の支柱は欲望」（同）
「嘘つきみーくんと壊れたまーちゃん5　欲望の主柱は絆」（同）
「嘘つきみーくんと壊れたまーちゃん6　嘘の価値は真実」（同）

本書に対するご意見、ご感想をお寄せください。

■

あて先

〒160-8326 東京都新宿区西新宿4-34-7
アスキー・メディアワークス電撃文庫編集部
「入間人間先生」係
「ブリキ先生」係

■

電撃文庫

電波女《でんぱおんな》と青春男《せいしゅんおとこ》

入間人間《いるまひとま》

発行
二〇〇九年一月十日 初版発行
二〇一一年四月二十五日 二十二版発行

発行者 髙野 潔
発行所 株式会社アスキー・メディアワークス
〒一六〇-八三二六 東京都新宿区西新宿四-三十四-七
電話〇三-六八六六-七三一一(編集)
発売元 株式会社角川グループパブリッシング
〒一〇二-八一七七 東京都千代田区富士見二-十三-三
電話〇三-三二三八-八六〇五(営業)
装丁者 荻窪裕司(META+MANIERA)
印刷 株式会社暁印刷
製本 株式会社ビルディング・ブックセンター

ISBN978-4-04-867468-3 C0193

電撃文庫創刊に際して

文庫は、我が国にとどまらず、世界の書籍の流れのなかで〝小さな巨人〟としての地位を築いてきた。古今東西の名著を、廉価で手に入りやすい形で提供してきたからこそ、人は文庫を自分の師として、また青春の想い出として、語りついできたのである。

その源を、文化的にはドイツのレクラム文庫に求めるにせよ、規模の上でイギリスのペンギンブックスに求めるにせよ、いま文庫は知識人の層の多様化に従って、ますますその意義を大きくしていると言ってよい。

文庫出版の意味するものは、激動の現代のみならず将来にわたって、大きくなることはあっても、小さくなることはないだろう。

「電撃文庫」は、そのように多様化した対象に応え、歴史に耐えうる作品を収録するのはもちろん、新しい世紀を迎えるにあたって、既成の枠をこえる新鮮で強烈なアイ・オープナーたりたい。

その特異さ故に、この存在は、かつて文庫がはじめて出版世界に登場したときと、同じ戸惑いを読書人に与えるかもしれない。

しかし、〈Changing Times,Changing Publishing〉時代は変わって、出版も変わる。時を重ねるなかで、精神の糧として、心の一隅を占めるものとして、次なる文化の担い手の若者たちに確かな評価を得られると信じて、ここに「電撃文庫」を出版する。

1993年6月10日
角川歴彦

電撃文庫

電波女と青春男

入間人間
イラスト／ブリキ

ISBN978-4-04-867468-3

「地球は狙われている」らしい。同居する布団ぐるぐる電波女・藤和エリオからの引用だ。俺の青春は、そんな感じ。『嘘つきみーくん』の入間人間が贈る待望の新作！

い-9-7　1711

嘘つきみーくんと壊れたまーちゃん 幸せの背景は不幸

入間人間
イラスト／左

ISBN978-4-8402-3879-3

僕は隣に座る御園マユを見た。彼女はクラスメイトで聡明で美人で——誘拐犯だった。今度訊いてみよう。まーちゃん、何であの子達を誘拐したんですか。って。

い-9-1　1439

嘘つきみーくんと壊れたまーちゃん2 善意の指針は悪意

入間人間
イラスト／左

ISBN978-4-8402-3972-1

入院した。僕は殺人未遂という被害で。マユは自分の頭を花瓶で殴るという自傷で。入院先では、患者が一人、行方不明になっていた。また、はじまるのかな。ねえ、まーちゃん。

い-9-2　1480

嘘つきみーくんと壊れたまーちゃん3 死の礎は生

入間人間
イラスト／左

ISBN978-4-8402-4125-0

街では、複数の動物殺害事件が発生していた。マユがダイエットと称して体を刃物で削ぐ行為を阻止したその日。僕は夜道で少女と出会う。うーむ。生きていたとはねえ。にもうと。

い-9-3　1530

嘘つきみーくんと壊れたまーちゃん4 絆の支柱は欲望

入間人間
イラスト／左

ISBN978-4-04-867012-8

閉じこめられた。狂気蔓延る屋敷の中に。早くまーちゃんのところへ戻りたいけど、クローズド・サークルは全滅が華だからなぁ……伏見、なんでついてきたんだよ。

い-9-4　1575

電撃文庫

嘘つきみーくんと壊れたまーちゃん5 欲望の主柱は絆
入間人間
イラスト／左
ISBN978-4-04-867059-3
閉じこめられた（継続中）。まだ僕は、まーちゃんを取り戻していない。そして、ついに伏見の姿まで失った。いよいよ、華の全滅に向かって一直線……なのかなぁ。
い-9-5 1589

嘘つきみーくんと壊れたまーちゃん6 嘘の価値は真実
入間人間
イラスト／左
ISBN978-4-04-867212-2
雨。学校に侵入者がやってきた。殺傷能力を有した、長黒いモノを携えて。辺りは赤い花が咲きはじめ……最後に一言。さよなら、まーちゃん。……嘘だといいなぁ。
い9-6 1646

獅子の玉座〈レギウス〉
マサト真希
イラスト／双羽 純
ISBN978-4-8402-4127-4
海を離れた元海賊の傭兵と、国土を蹂躙された亡国の聖王女。古の英雄が遺した《王獅子の至宝》をもとめ、彼ら二人が出会うとき、運命の物語が幕を開ける！
ま-7-8 1532

獅子の玉座〈レギウス〉Ⅱ 巨人の聖砦
マサト真希
イラスト／双羽 純
ISBN978-4-04-867222-1
王領アクィタニアに逃れた傭兵レオンと聖王女アリアンは巨岩の地で神話の真実と出会う。一方、皇子ユーサーは邪な皇姫と共に皇国の掌握に乗り出した――！
ま-7-9 1656

獅子の玉座〈レギウス〉Ⅲ 妖精楽園
マサト真希
イラスト／双羽 純
ISBN978-4-04-867460-7
王領ベルギカに渡ったレオンとアリアンは、伝説の妖精小人に出会う。その頃、若くして宰相となったユーサーの前に、聖霊ウルフェと名乗る少女が現れる――。
ま-7-10 1703

電撃文庫

バッカーノ！ The Rolling Bootlegs
成田良悟
イラスト／エナミカツミ
ISBN4-8402-2278-9

第9回電撃ゲーム小説大賞〈金賞〉受賞作。マフィア、チンピラ、泥棒カップル、そして錬金術師――。不死の酒を巡って様々な人間たちが繰り広げる“バカ騒ぎ《バッカーノ》”！

な-9-1 0761

バッカーノ！1931 鈍行編 The Grand Punk Railroad
成田良悟
イラスト／エナミカツミ
ISBN4-8402-2436-6

大陸横断鉄道に3つの異なる極悪集団が乗り合わせてしまった。そこにあの馬鹿ップルを始め一筋縄ではいかない乗客たちが加わり……これで何も起こらぬ筈がない！

な-9-2 0828

バッカーノ！1931 特急編 The Grand Punk Railroad
成田良悟
イラスト／エナミカツミ
ISBN4-8402-2459-5

「鈍行編」と同時間軸で視点を変えて語られる「特急編」。前作では書かれなかった様々な謎が明らかになる。事件の裏に蠢いていた“怪物”の正体とは――。

な-9-3 0842

バッカーノ！1932 Drug & The Dominos
成田良悟
イラスト／エナミカツミ
ISBN4-8402-2494-3

新種のドラッグを強奪した男。男を追うマフィア。マフィアに兄を殺され復讐を誓う少女。少女を狙う男。運命はドミノ倒しの様に連鎖し、そして――。

な-9-4 0856

バッカーノ！2001 The Children Of Bottle
成田良悟
イラスト／エナミカツミ
ISBN4-8402-2609-1

三百年前に別れた仲間を探して北欧の村を訪れた四人の不死者たち。そこで不思議な少女と出会い――。謎に満ちた村で繰り広げられる、『バッカーノ！』異色作。

な-9-6 0902

電撃文庫

バッカーノ！1933〈上〉 THE SLASH ～クモリノチアメ～

成田良悟

イラスト／エナミカツミ

ISBN4-8402-2787-X

奴らは無邪気で残酷で陽気で残酷で優しくて残酷で天然で残酷で――そして斬るのが大好きで……。刃物使い達の死闘は雨を呼ぶ。それは、嵐への予兆――。

な-9-10 0990

バッカーノ！1933〈下〉 THE SLASH ～チノアメハ、ハレ～

成田良悟

イラスト／エナミカツミ

ISBN4-8402-2850-7

再び相見える刃物使いたち。だが彼らの死闘《バッカーノ》はもっと危ない奴らを呼び寄せてしまった。血の雨が止む時、雲間から覗く陽光を浴びるのは誰だ――？

な-9-11 1014

バッカーノ！1934 獄中篇 Alice In Jails

成田良悟

イラスト／エナミカツミ

ISBN4-8402-3585-6

泥棒は逮捕され刑務所に。幹部は身代わりで刑務所に。殺人狂は最初から刑務所に。アルカトラズ刑務所に一筋縄ではいかない男達が集い、最悪の事件の幕が開ける。

な-9-19 1331

バッカーノ！1934 娑婆編 Alice In Jails

成田良悟

イラスト／エナミカツミ

ISBN4-8402-3636-4

副社長は情報を得るためシカゴへ。破壊魔はNYを追い出されシカゴへ。奇妙な集団はボスの命令でシカゴへ。そして、全土を揺るがす事件の真相が――!?

な-9-20 1357

バッカーノ！1934 完結編 Peter Pan In Chains

成田良悟

イラスト／エナミカツミ

ISBN978-4-8402-3805-2

娑婆《シカゴ》を揺るがした三百箇所同時爆破事件と二百人の失踪。獄中《アルカトラズ》で起きた殺し屋と不死者を巡る騒動。それに巻き込まれた泣き虫《ジャグジー》不良少年と爆弾魔《ニース》の運命は――!?

な-9-22 1415

電撃文庫

バッカーノ！1705 The Ironic Light Orchestra

成田良悟
イラスト／エナミカツミ

ISBN978-4-8402-3910-3

1705年のイタリア。15歳のヒューイは人生に退屈し、絶望し、この世界の破壊を考え続けていた。そして、奇妙な連続殺人事件が起き、一人の少年に出会い――。

な-9-23 1454

バッカーノ！2002【A side】Bullet Garden

成田良悟
イラスト／エナミカツミ

ISBN978-4-8402-4027-7

フィーロとエニスの『新婚旅行』に連れられ、日本に向かう事となったチェス。双子の豪華客船が太平洋上ですれ違う時、船は惨劇と混沌に呑み込まれていく――。

な-9-24 1495

バッカーノ！2002【B side】Blood Sabbath

成田良悟
イラスト／エナミカツミ

ISBN978-4-8402-4069-7

双子の豪華客船は未曾有の危機に瀕していた。チェス達の乗る『エントランス』に衝突しようと迫る、もう一方の『イグジット』。その船上に存在したモノとは――!?

な-9-25 1513

バッカーノ！1931 臨時急行編 Another Junk Railroad

成田良悟
イラスト／エナミカツミ

ISBN978-4-04-867462-1

幻の『バッカーノ！1931 回想編』に、知られざる大陸横断特急《フライング・プッシーフット》の乗客や事件に絡んだ面々の多数の後日談を大幅加筆！そして、NYで待つシャーネの許に――。

な-9-29 1705

空ろの箱と零のマリア

御影瑛路
イラスト／415

ISBN978-4-04-867461-4

3月。中途半端な時期にやってきた転校生・音無彩矢に「私はお前を壊すためにここにいる」と唐突に宣言された星野一輝。その言葉が意味するものは……!?

み-8-4 1704

電撃文庫

オオカミさんと七人の仲間たち
沖田 雅
イラスト／うなじ
ISBN4-8402-3524-4

大神涼子、高校一年生。子供も怖がる凛々しい目。笑うと覗く魅惑的な犬歯。ワイルドな美人が世直しのために戦う、熱血人情ラブコメその他色々風味な物語。

お-8-7 1309

オオカミさんとおつう先輩の恩返し
沖田 雅
イラスト／うなじ
ISBN4-8402-3643-7

御伽学園のご奉仕大好きメイドさんこと、おつうさん。彼女のご奉仕の対象とされてしまった対人恐怖症の亮士くんの運命は!? 大事件連発の熱血ラブコメ第2弾が登場。

お-8-8 1364

オオカミさんと〝傘〟地蔵さんの恋
沖田 雅
イラスト／うなじ
ISBN978-4-8402-3806-9

凛々しい優等生、地蔵さん。恋する彼女の恥ずかしい秘密を見てしまったおおかみさんは一肌脱ぐ事になり!? 今回もどうしよーもない事件がフルスロットル！

お-8-9 1416

オオカミさんとマッチ売りじゃないけど不幸な少女
沖田 雅
イラスト／うなじ
ISBN978-4-8402-4024-6

貧困にもめげない熱血勤労少女のマチ子さん。そんな彼女が金持ちと勘違いした亮士くんに猛アタック！ おおかみさんの乙女心も刺激され三角関係の行方は!?

お-8-10 1499

オオカミさんと毒りんごが効かない白雪姫
沖田 雅
イラスト／うなじ
ISBN978-4-8402-4160-1

衝撃！ りんごさんには実はお姉さんがいた。ミス御伽学園の超美少女、その名も白雪さん。だが二人の間には深い溝があり……。今回は泣かせます（本当に!?）

お-8-11 1556

電撃文庫

オオカミさんと長ブーツを履いたアニキな猫

沖田 雅
イラスト／うなじ

ISBN978-4-04-867134-7

美少年なアニキ猫さんが亮士くんの悩みを解決!? 亮士くんを漢にするために二人は変な修行を始める。そんな時、アホな二人をよそに御伽銀行がピンチになり!?

お-8-12　1621

オオカミさんと洗濯中の天女の羽衣

沖田 雅
イラスト／うなじ

ISBN978-4-04-867464-5

おおかみさんと亮士くんがホテルで二人きり。ないない、あるわけない……事が起こってしまう。いかにもラブコメな展開を期待したいところだが、果たして!?

お-8-13　1707

カクレヒメ

佐竹 彬
イラスト／草野ほうき

ISBN978-4-04-867128-6

触覚を物体の中に潜らせることが出来る高校生・明珠は、その力を〝感覚拡大症〟として研究する特別病棟と、その中で八年間も隠れ過ごす少女・梓に出会い——。

さ-11-6　1615

カクレヒメ2

佐竹 彬
イラスト／草野ほうき

ISBN978-4-04-867463-8

徐々に心を開き始めた梓のため、その後も「第八号棟」に通う明珠は、新たな感覚拡大症患者・美雨と知り合う。一方、思わぬライバル（?）の出現に梓は……。

さ-11-7　1706

プシュケの涙

柴村 仁
イラスト／也

ISBN978-4-04-867467-6

不器用な彼女と変人といわれる彼。みんなと同じになれない二人だけど、誰かを好きになることはあるわけで……。これは切なく哀しい、不恰好な恋の物語。

し-9-10　1710